张万金◎著

徽州往事

HUIZHOU WANGSHI

ARTTIME 时代出版
时代出版传媒股份有限公司
安 徽 文 艺 出 版 社

图书在版编目（CIP）数据

徽州往事/张万金著.—合肥：安徽文艺出版社，2019.9
（2022.7 重印）
ISBN 978-7-5396-6751-5

Ⅰ.①徽… Ⅱ.①张… Ⅲ.①长篇小说—中国—当代
Ⅳ.①I247.5

中国版本图书馆 CIP 数据核字(2019)第 163362 号

出版人：姚　巍　　　　策　划：岑　杰
责任编辑：张妍妍　姚　衎　　装帧设计：徐　睿

出版发行：安徽文艺出版社　www.awpub.com
地　　址：合肥市翡翠路 1118 号　邮政编码：230071
营 销 部：(0551)63533889
印　　制：山东百润本色印刷有限公司　(0635)3962683

开本：700×1000　1/16　印张：14　字数：200 千字
版次：2019 年 9 月第 1 版
印次：2022 年 7 月第 2 次印刷
定价：59.80 元

徽州往事

目录

第一章 / 001
第二章 / 042
第三章 / 085
第四章 / 147
第五章 / 202

第一章

一

春天的徽州，静谧而有诗意。

粉墙黛瓦，青山绿水，如诗如画，美不胜收。错落有致的马头墙，山头斜阳映衬的炊烟，沉睡在悠久历史中的祠堂，阳光悉数跌落的天井。其朦胧绿意，引人遐思。

油菜花铺满山坡，包围了皖南古老村落，热烈绽放的桃花和梨花散落其中，碧绿的新安江水悠悠流淌，形成了一幅春色画卷。

1942 年 4 月 18 日，安徽省徽州歙县一年一度茶会的第 4 天。

每年的这个时期，苏、鲁、冀、浙、沪、京等地经营茶叶的老板都会云集歙县，他们会在短短的半个月时间里与茶商订好一年的茶叶供货合同。这些远道而来的老板大都是早年离开徽州的本地人，他们受先辈的影响，一个个把茶行开到了全国各地，源源不断地把家乡的茶叶销往外地。在徽州，老竹大方、顶谷大方、正泰毛峰、新安松萝等名茶尤其被海外客户青睐，成为抢手货，被销往世界各地。

徽州茶商的活动范围非常大，全国各地的大中城市几乎到处都有徽州茶商的身影。徽商经营茶叶，有茶号、茶庄、茶店、茶行、茶栈等多种类型。茶号就是现在的茶叶精制厂，经营手段是从农户手中收购毛茶，进行精制后运销；茶庄与茶店为茶叶零售商店,以经营内销茶为主,后期亦少量出售外销茶;茶行是为茶号提供中间商服务的行商,是茶业界的掮客;茶栈一般设在外销口岸,如上海、广州等地,主要是向茶号贷放茶银,介绍茶号出卖茶叶,从中收取手续费。

徽州茶商是徽商的一个群体。尽管在民国风雨飘摇的岁月,徽商也是当时中国社会的中流砥柱,并且早已富可敌国。

茶叶是徽州的经济命脉,一年一度的茶会更是徽州的盛典。

尽管今年的茶会人气爆棚,可签订合同的总量大大低于往年。

在举办茶会的时日里,当那些外来老板步履匆匆,勉勉强强签完合同,当那些茶号、茶庄、茶行的司账接到订单总是摇摇头之后,一群人还是会自然地坐到了一起。一壶茶,一桌徽州糕点,在轻松时光里本该慢慢读茶、品茶、论道,而此时的他们却感觉口中的茶清淡无味。

"自从日本鬼子打进来之后,我在上海、南京的茶庄已经关掉了 3 家……"

"你甭说,我这两年一直在亏。再这样下去,我准备带老婆、孩子回歙县了。"

"生意亏一点就亏一点,只不过是钱的事情。你们知道吗?雄村曹正泰上海茶庄的那个二当家去年在上海被日军的炮弹炸死了。小伙子正准备结婚,好像他女朋友的肚里还怀着孩子呢,可惜了。"

"听说了,那小子也命苦啊。他父母从南京乘船回老家,船还没有到铜陵就翻了,一船人淹死了一半,他父母也未能幸免于难。"

"我还听说了,那个小子还有个哥哥叫胡伟,不务正业,20 多岁了还没有成家,在上海一会晃到这儿一会晃到那儿,后来曹正泰把他介绍到杜月笙的'忠义救国军'里做事。据说,那小子还真适合干打打杀杀的事,曾经一次刺杀了两个日军……"

这些老板老家大都在徽州,有的虽然不是出生在徽州,但父辈或者祖辈与徽州的联系也不会少,所以他们对徽州境内的歙县、太平、绩溪、婺源等地的一些事还是知道的。比如,像曹正泰在上海的两个茶庄被日军的飞机炸毁这样的大事,他们就更知道了。

大家你一言我一语,对茶的深情、期盼以及满腔抱负,都化作了一缕淡淡惆怅的茶烟。

下午 3 点,走过几条大街查看行情后,曹正泰茶庄老板曹正泰回到茶庄。他闷闷不乐地敲着桌子,对夫人说:“把门关了。你去屯溪医院叫上曼筠,回雄村!”

二

雄村是有历史的。

雄村古名洪村,元末曹姓家族迁入,取《曹全碑》中“枝分叶布,所在为雄”句,改名为雄村。它位于歙县县城西南十五里,三面靠山,一面临水。这水,就是渐江,是新安江的上游,渐江在雄村的这一段也称雄溪,涓涓成流,潺潺为诗。之后,它在不远处的村口与练江汇合,就此浩浩荡荡,经屯溪、过歙县、入千岛湖,再由富春江、钱塘江注入东海。

讲雄村不能不讲曹氏。讲曹氏就得先说说曹振镛。

曹振镛,曹文埴之子,是徽州曹氏的杰出代表。他一生经历乾隆、嘉庆、道光三朝,乾隆四十六年(1781 年),26 岁的曹振镛考取进士,授编修、工部侍郎、太子太保;到嘉庆朝,任吏部尚书、体仁阁大学士,兼管工部,晋太子太保;到道光朝,任武英殿大学士,入值军机,首掌丝纶,取代了托津的位置,成为军机大臣,晋太子太傅,充南书房上书房总师傅、国史馆总裁,并赐第北京,赏用紫鞭,图像紫光阁。从此以后,曹振镛总领清廷最高机构内阁及军机处,长达十四年之久,成为名副其实的三朝元老。

嘉庆十九年(1814 年)至二十五年(1820 年),皇帝六次南巡,五次秋猎木兰,每命曹振镛留京处理朝廷大事。至今雄村还流传“宰相两朝有,代君三月无”的民谚,成为中国历史上独一无二的“代理皇上”,可见嘉庆皇帝对他的信任至何等程度。

曹氏家族重教兴家,人才辈出。“贾而好儒,以儒入仕,以仕护商”的思想在雄村得到了充分体现。族中有54人中举,30人连捷成进士。至今留存尚好的竹山书院,就是曹家众多英才成长的摇篮。

在曹氏族人中,曹正泰就是赫赫有名的一位。

“前世不修,生在徽州;十三四岁,往外一丢。”这是一首流传在安徽大地上的俗谚,形象地说明了千百年来徽人的生存状况:在安徽尤其是皖南地区,自古以来便地窄人稠,缺乏耕地,民众只能向外部世界寻求生机。而早在东晋时代,徽人就已远赴异乡,搏击商场了,所以徽商与晋商、闽商一起,并称为中国最早的三大商帮,涌现出了许多叱咤风云的人物。最盛时,徽州商帮的势力极大,所经营的行业包罗万象,其中以盐、茶、木、典四业为最主要的行业,而茶叶贸易在明清时因为销量激升,成为徽商经营的巨业。

这巨业中,曹正泰一直是领跑者。

这个家族经商的历史,至少可以追溯到明代中后期,但真正兴旺还是在清朝后期。曹氏茶商的发祥地在距老徽州府城十五里的雄村。那时曹家开设了曹氏茶号,他们就地采购茶叶,经加工制作后运往广州,转销外洋。茶叶利润非常丰厚,曹氏积累起了万贯家财。

到了民国初年,曹正泰将曹氏茶号改名为曹正泰茶庄,职工多达千余人,不仅有管号、茶司、司账、庄称、看拣、管锅、毛称架、打印、研靛、保夫、押帮、打杂、司厨等长期雇员,而且有抖筛、撼簸、拣茶、焙茶、风煽等大批临时工,从事收购、加工与运销一条龙业务。曹正泰茶庄的收购网点遍布徽州各地,各年视情况收购数量不同,多则20余万斤,少亦有数万斤。

1938年5月,曹正泰在歙县县城开了招牌店,生意蒸蒸日上。成为徽州第一茶商的曹正泰一度操纵着全国近一半的茶叶市场,高峰时个人资产突破一千万两白银。但他从未停下过脚步,他辛勤劳作,不敢懈怠。他对茶的深情、期盼以及满腔抱负,都融入了生命中。

其实有影响力的徽州茶商，远不止曹正泰。屈指历数，大江南北有诸多的茶叶老字号，都是徽商所设。上海方面，程裕新茶号的创始人是程有相，汪裕泰茶庄的创始人是汪锡纯，他们都来自绩溪；而在北京，最著名的两家老字号吴裕泰和张一元，其创办者分别是歙县人吴锡卿和张文卿……这些充满智慧又能屈能伸的茶商，为徽州茶扬名世界做出了极大贡献，也为国家留下了一抹生机勃勃的亮色。他们的故事被传扬，他们的思想在徽州人的心中延续并升华。

尤其是在日本军国主义的战火烧到中国大地、民族沉浮的关键时候，这些徽商挺身而出，铸就了人生辉煌。

三

在曹正泰的召集下，夫人、大女儿回到了雄村。

“今天是胡亮的祭日，去年的今天他死在日本人的炮火中。当我事后赶到上海时，茶庄面目全非，政府的人告诉我，胡亮的尸体已由运尸队处理了。今天把你们都叫回来，祭奠逝者，不忘仇恨……”说着说着，这位身材高大，50岁的堂堂男人已泣不成声。

谁说时光最能疗伤？谁说旧仇转眼遗忘？旧时笑声泪影，历历在曹正泰的眼前……

胡亮的父亲胡世会是曹正泰的发小，两人情同手足。当年曹正泰茶庄在南京开分店时，胡世会就是南京茶庄的店主。在南京，政界、商界、学界，凡是曹正泰的朋友曹正泰都引荐给了胡世会。几年下来，就连黑道上的人也成了胡世会的朋友。

有一天，曹正泰到了南京，一见面胡世会就说：“正泰，今晚我俩单独喝几杯，有点心事想和你说道说道。”

曹正泰说：“好啊，好啊，咱兄弟俩也好久没有坐下来聊聊了。”

这晚，胡世会与曹正泰聊得最多的就是孩子的事。

胡世会有两个儿子。大儿子胡伟,中学毕业就随同学去了枞阳浮山学武术,几年后在南京的茶庄里没干三个月又跑到上海。在上海,父母不在身边,生活无人照料,胡伟很快就和一帮小混混搞到了一起,帮老板要账,替人打架,整天花天酒地,逍遥自在。

一次,胡伟帮人打架,被打的人竟是上海警备司令部侦缉处二科科长的儿子。这次胡伟就没有那么幸运了,尽管老板花钱找人,胡伟和两个小兄弟还是被警察局抓了起来。

远在南京的胡世会得知消息后急得没办法,只好去找曹正泰。

曹正泰从雄村带了一箱正泰毛峰到了上海,在杜月笙的帮助下,胡伟才被释放了出来。当然,交给警察局的罚金也是曹正泰付的。

也就是这一次,胡伟见到了真真实实的杜月笙。在上海,杜月笙不是什么人想见就能见得到的。尤其像胡伟这样的毛孩子,连做梦都不敢想。

就是连想都不敢想的胡伟一下子觉得自己好像站到了上海素有“远东第一高楼”的国际饭店的顶层,他太高兴了,就连给杜月笙叩头也忘了停下来。

曹正泰在上海还是能吃得开的,这次上海之行他不但把胡伟救了出来,还把胡伟安排进了杜月笙的“忠义救国军”。

时光是一支开弓后的箭,只向前,不后退。所有的好戏都有舞台和背景,你登台了,戏就得唱下去。此时的胡伟已经做好了登台的准备,只不过他不知道在未来的岁月里他会唱一出怎样的大戏。

再说胡世会的小儿子胡亮,这是一个既老实又聪明能干的小伙子,也是曹正泰上海茶庄的二当家。在上海,茶庄的事他干得利利索索。上海到歙县是胡亮的大路,一年到头不知道要跑多少趟,凡是客人要批量的鲜茶,他都亲自回雄村,在山洞的天然冷库里挑茶。可以说,上海茶庄的生意好,除了曹正泰的人脉关系、茶叶质量上乘之外,胡亮精心运作功不可没。

……

这晚,胡世会与曹正泰谈得很久。

“正泰，曼筠、晓茹都还好吧，我看着姐妹俩长大，我喜欢曼筠、晓茹。我是个没有福气的人，老天没有给我留下女儿。我想，您要是不嫌弃的话，可否在我的两个儿子里挑一个做女婿？这样我俩不光是朋友了，还是亲家……”

曹正泰压根儿没有想到胡世会会说这样的事，这叫他很为难。曹正泰想，胡伟这孩子是个不走正道的人，在上海滩混生活，也不知道哪天会小命呜呼；胡亮倒不错，只是文化太浅，没读到书，即便有出息，也只不过是个小老板的料。再说，曼筠、晓茹会同意吗？在他想来，两个女儿是不会同意的。如此，曹正泰也只能说：“世会啊，孩子们婚姻的事我们就不要多管了吧，他们和谁谈，我们做父母的只能建议。他们谈好了，要结婚了，我们跟着忙就行了。”说到这，曹正泰接着说道，“再说，我听夫人说，曼筠、晓茹好像在谈了……”

尽管胡世会提出的事没有个结果，也就是说曹正泰委婉拒绝了，但没有影响到他们之间的兄弟情感。

一个月后，一个意外的消息震惊了曹家。

原来，就在曹正泰离开南京半个月后，胡世会安排好茶庄的事情，决定回老家雄村一趟，一是看看庄稼，二是准备从老家捎些土特产去上海看看两个儿子。

他从南京登上“长江 42 号”小客轮，经马鞍山、芜湖都还顺畅，可是船到了长江铜陵段的时候遭遇了下击暴流的袭击。下击暴流，是指一种雷暴云中局部性的强下沉气流，到达地面后会产生一股直线型大风，越接近地面风速会越大，最大地面风力可达 15 级。

此时已是傍晚时分，“长江 42 号”客轮遭受下击暴流袭击，瞬时极大风力达 12 至 13 级。紧接着暴雨倾盆。

由于风雨太大，服务员在走廊里提醒客人关窗户。当时胡世会夫妇住在一楼 105 室。服务员在走廊里喊：“雨太大了，把窗户关上，把床往门的方向推一点，免得打湿床。”随即船体开始倾斜，胡世会夫妇被滑动的床挤在了墙上。此时，胡世会被涌进来的水推了上去，房间的地毯盖住了他的头，当他把地毯扒掉时，窗户已经成了“屋顶”，他打开窗户，水一下子把他涌到了江中。

短短6分钟的暴风骤雨,“长江42号”彻底沉没。

这次沉船事故,除胡世会夫妇外,还有62人丧生。

胡世会夫妇就这样离开了人间,最后连尸体都没有找到。胡伟、胡亮赶到家里后,只能对着父母的照片痛哭流涕。

人寿几何?逝如朝霜。时无重至,华不再阳。以前那些闹着嚷着无聊的日子,此时想想却是格外怀念,成了弥足珍贵的时光。

办完了丧事,接下来的赔偿事宜全部由曹正泰出面解决。胡伟、胡亮得到的赔偿远远高于其他遇难者家属得到的数目。

就在胡伟、胡亮返回上海的前一天晚上,曹正泰端详胡亮,有一种说不出的伤感。

“亮亮,上海那边的生意我都安排好人替你一段时间了,要不你在家多住几天吧。”

“曹伯伯,我还是明天和哥哥一起回上海。茶庄虽然有人替我,但那些客户还是认我的。虹桥棉纺厂要的200斤正泰毛峰退回了40斤,说包装盒有点问题,我得回去处理好。再说,父母的后事都处理好了,我留在家也不起什么作用。即便家里有什么事情,有曹伯伯在,我和大哥一百个放心……”胡亮说得真诚。

曹正泰走到胡亮面前,伸手拍拍他的肩膀:“亮亮,你真的长大了啊。看看你身边那些20多岁的男孩,哪个有你这样成熟啊?你在上海要多听大掌柜的话,虽然他业务不如你,但他毕竟是我外甥,毕竟比你大几岁。”

“放心,曹伯伯。”

“那个在店里做事的姑娘现在怎么样了啊?”

听曹正泰问到这个,胡亮的脸红了起来:“我和小凤相处得很好,小凤父母也没有多大意见。原来准备等父亲来上海时就把这事说开,可是,爸爸妈妈没有福气见到他们未来的儿媳……”说着说着,胡亮哭了起来。

曹正泰也眼眶湿润,他把亮亮拉在胸前,抚摸着他的头,说道:“亮亮放心,等我把时间定下了，我就去上海，你们确定结婚了，我就在上海给你们风风光光地办！”

一旁的胡伟在默默地流泪。

这时，曹正泰走到胡伟面前。

“胡伟啊，家里的事情已经是这样了，你和弟弟要坚强起来。如果你愿意继续留在杜月笙老板那里做事就好好做，做一个无愧良心的人，做一个对社会对国家有贡献的人。如果你想回到歙县或者回到雄村，我随时欢迎你。只要曹正泰茶庄一天不倒，就一天有你们兄弟的饭吃。”

此时的胡伟心绪难平。他觉得转眼之间，夕阳被大海吞没了。整个天空和海洋顿时暗下来，静下来。低头望去，大海在脚下起伏着，翻滚着。海水像又黑又浓的墨汁，在无声地翻滚着，没有阵阵拍岸的惊涛，没有排排汹涌的巨浪，只有像开了锅的沸水一般翻滚的浪。一个个巨大的气泡从海底涌上来，“哗”地裂开，砸向黑漆漆的海面，四周的海水一阵沸腾，翻滚着，打着旋，纵横着，呜咽着……

当胡伟回过神来时，胡亮已拉着他的手：“大哥，伯伯问你是愿意留在上海还是回到家乡。”

胡伟表示愿意留在上海。

“既然你决定留在上海，伯伯再说几句。胡伟啊，本来上海就不是你能待的地方，即便你现在在杜月笙老板的门下做事，可你还是一个外地人，一个无关紧要的底层人。你要不羡慕繁华，不刻意雕琢，对人朴实，做事踏实；不要太吝啬，不要太固守，懂得取舍，学会付出；不让心灵负重，不去伪装精神，步履轻盈，快乐常在；不贪功急进，不张扬自我……”

第二天一早，胡伟、胡亮告别了曹正泰及所有亲友，踏上了归程。

谁又会知道，此次一别，曹正泰就再也见不到胡亮了。

四

1941 年 4 月 18 日。

上午 9 点,小凤到了茶庄。按照惯例,每天早上都是小凤到茶庄后拖地、擦柜台,然后再把货架上缺的茶叶补齐。一切都妥当了之后,她会给胡亮泡上一壶茶,然后再穿过马路去买烧饼。一看今天这里里外外都打扫得干干净净,小凤说:“胡亮,今天怎么啦,把我的活干了?”

“昨晚补货后,不知怎么的,一直睡不着觉,直到天亮才眯了一会。可是一个激灵又醒了,索性就起床了。我想等你到了之后我去一趟闸北,孙老板的家人昨晚来店里拿去了些青花瓷的罐子,要我今天去他家里替他分装茶叶……”

“哦。那你自己泡茶吧,我去买烧饼。”小凤说着,转身就要走。

胡亮一把抱住小凤,轻轻地亲着小凤的下巴。

“小凤,我说不出来为什么爱你,但我知道,你就是我不爱别人的理由。”

小凤的脸绯红,她把嘴对着胡亮的耳朵:“啥时候开始文绉绉的啦?”

“昨晚在书里看的,现烧热卖。书里有些描述挺适合我们的,书上说‘随着时光的流逝,爱也会成长。你给予我的爱,是一场无声的告白。双眸里流露的不舍与心疼,让我读懂了你的爱恋。我们的爱,是时光轻浅。有的时候,我们需要的不是海誓山盟,不是风花雪月的浪漫,而是最温暖的陪伴’……”

很多时候,胡亮和小凤就像鱼缸里的两条小鱼,想说的很多,可一开口就化成了一串省略号。胡亮是一个不太善于表达的人,小凤是一个喜欢聆听的姑娘。今天胡亮的一番话说得小凤心花怒放。

“小凤,你把茶泡上,我去买烧饼。”胡亮转身迈出了大门。

望着胡亮的背影,小凤心里暖暖的、甜甜的。

就在小凤把茶叶放进壶里,拿起水瓶倒开水的时候,外面传来一阵尖叫,吓得小凤手里的水瓶掉落在地上,摔碎了。接着,又是一声声尖叫响起。小凤这才知道，这是防空警报的声音。

1937 年 8 月 13 日，淞沪会战爆发，全面抗战开始，中日于上海激战 3 个月，上海沦陷。从那时开始，上海人已熟悉了防空警报的声音。每每警报响起，屋外的人都会拼命往屋内跑，屋内的人会尽快躲到桌下。大家都知道，日军又要开始轰炸了。

随着防空警报的再一次响起，大街上的人疯跑起来，尖叫声、碰撞声、哭声，此起彼伏。

不是每次防空警报拉响都会有轰炸发生的。这样一来，有些不怕死的、见过场面的人也就不是很在意了。尽管不是太在意，他们还是加快了步伐，他们不知道这次是不是真的有炸弹落下。

小凤很害怕。

就在人们纷纷往屋里跑的时候，小凤却站到了门口，她在向胡亮离去的方向张望。

原来，两天前日本特务在日本军部的授意下，以日本 2 名士兵失踪为借口，在上海再次挑起了事端。没等上海政府做出反应，装备精良的日本海军陆战队就按照预定计划，气势汹汹地向上海闸北发动了进攻。

这天上午 9 点多，12 架日机袭击上海南市，投下 20 多枚炸弹，当场炸死炸伤平民 750 余人。上海南火车站主要楼房及行车设备被毁，铁路运输中断。被炸后的南站附近到处是死者的断手残肢。电线、电话线布满街心，密如蜘蛛网。车站储水库被炸得像个蜂窝，南站附近的商铺几乎全部被炸飞……

当小凤在人群中奔跑，穿过尸体来到烧饼铺时，目之所及都是死伤的市民。她大声喊道："胡亮——胡亮——"可传来的只有伤者的哀号。

小凤在尸堆里翻找，终于找到了胡亮。胡亮早已没有了呼吸，可他的手里还紧紧握着烧饼。小凤把胡亮抱在怀里哭得死去活来，她把脸贴在胡亮满是血迹的脸上大声喊道："每天都是我买烧饼，今天为什么是你啊？为什么是你啊？——"

刚刚开始的爱情泯灭了，刚刚成熟的生命逝去了。

此时的小凤心如刀绞。

背着胡亮，小凤步履艰难地回到茶庄。说是茶庄，早已是一片废墟了。小凤把胡亮放下来，独自坐在废墟上，看着浓烟滚滚的天空，她放声大哭了起来。

此时的小凤心痛，心碎，心成灰……

小凤也是个苦命的孩子，自小母亲就双眼失明，父亲在她 16 岁那年病逝。后来，她的姨妈把她从四川的大山里带到了上海。刚到上海的那段时日，姨妈还是得宠的，可随着三太太的到来，作为二太太的姨妈，权力就一天天被削弱了。原本姨妈安排在邵老爷家的用人一夜之间被全部辞退，换上了清一色的扬州人。

小凤的心里空荡荡的，她感觉好像全世界都抛弃了她。孤独、寂寞、失落和无助将她压得喘不过气来，她好想逃，逃到另一个世界去，可又无路可逃。

无奈，小凤离开了邵家。

凭姨妈在上海的关系，给小凤介绍一份工作还是没问题的，可是左想右想，姨妈想到了曹正泰茶庄的胡亮。一直以来，曹正泰茶庄送到邵府的茶叶都是姨妈验收，时间久了，姨妈就和胡亮熟悉了。在交谈中，姨妈知道胡亮是个聪明的孩子，是个本分的孩子，是个有责任心的孩子。在这个节骨眼上，姨妈当然想把小凤介绍到曹正泰茶庄，一是曹正泰茶庄在上海赫赫有名，二是她更看好胡亮这个年轻人。在姨妈想来，这次变故或许能给小凤带来好运。

主意已定，姨妈亲自上门。这下可把胡亮乐坏了，他没想到邵家二太太能亲自到茶庄，还给自己带了一套衣服。更没想到的是，她还把一个水灵灵的大姑娘送到了他身边。

其实生命就是一场又一场的相遇和别离，是一次又一次的遗忘和开始。可总有些事，一旦发生，就会留下印记，总有个人，一旦来过，就无法放下。

在日后的工作中，小凤成了胡亮的伙伴。在生活中，他们成了一对人见人夸的情侣。

小凤曾以为，这就是幸福的起点，曾以为，有了爱就会不离不弃，就会与心爱的人携手共赴遥远的天际，朝起同行，日暮而栖。而如今一切都在炮火中化为乌有，她哪里知道胡亮给她的只是一个起点，连一个挥手都没有。

是啊，其实我们一直就在离别中，和爱的人，甚至和时光。小凤相信，她一定会再遇见胡亮，在不远的时光中，在安然流逝的岁月中……

小凤无法用语言表达不舍，表达痛恨，但从这一刻起她记住了仇恨！

五

一切总要归于平静。

稍稍平复的小凤想到了姨妈，想到了胡伟，茫茫上海也只有这两个亲人了。

凭着印象，小凤在废墟中跋涉，直到下午 4 点多才走到邵府。

小凤好不容易敲开邵府的门，邵家的用人问道："你是谁啊，一身血的，来邵府干什么呀？"小凤怯怯地回答："我是来找我姨妈的……"

用人告诉小凤，二太太早在 2 个月前与三太太打架，因为把三太太一只胳膊打断，被老爷逐出了门。

"那我姨妈现在在哪呢？"

用人也说不清二太太是回了四川还是去了哪里，小凤只能失望地离开邵府。就在小凤转身要走的时候，用人说道："等一下，你是一天没吃东西了吧，我去拿点吃的给你在路上吃……"

找不到姨妈，只能找胡伟了，这是小凤最后的希望。

胡伟在哪里呢？平时胡伟在哪里小凤都不清楚，现在战火纷飞，她就更不知道去哪找他了。小凤想，还是回到茶庄，说不定在那里能等到胡伟。

小凤的判断完全正确。

当胡伟知道火车南站一带遭到日军飞机狂轰滥炸这一消息时，他第一反应就是曹正泰茶庄肯定没了，于是他带着两个兄弟向火车南站方向奔去。虽然火车南站一带残垣断壁，烟雾缭绕，但胡伟还是一眼认出了茶庄的位置。

在废墟上，他找到了胡亮，此时的胡亮已全身冰凉。胡亮的腰部有个被弹片打开的口子，血早已凝住。

胡伟把弟弟抱在怀里，眼泪不由自主地流了下来。他突然想了起来，指着两个兄弟："快，你们就在这块找，看看小凤可在废墟里……"一个多小时过去了，茶庄附近没有找到女孩的尸体。这让胡伟心存希望，他想，小凤今天可能是没来茶庄，躲过了一劫。即便这样，她一定会来茶庄的。

残阳如血，战火洗礼过的上海气息哀伤。

天渐渐黑了下来，悲伤在胡伟的心里悄悄地落了根，看着奔跑的人群，在废墟中寻找自己亲人的人们，胡伟的泪水在眼眶里打转。

胡伟终于等到了小凤。这两个无根的浮萍在大上海的风浪里哭泣，为了同一个亲人。

人生如梦。前方会有许多未知的路，谁也不清楚下一秒会发生什么。可即便如此，胡伟还是鼓励小凤要好好地活着，为胡亮，也为自己。

六

安顿好小凤，胡伟干了两件震惊日军及汪伪高层的事。

从 1941 年战争时期，居住在上海的日本人已达到了 10 万人。上海的虹口、北四川路一带居住的大都是日本人，几乎可以称得上是"日本租界"。虹口的主街道北四川路，可谓是上海城中的日本城。在这条街上，有日本驻上海民团创建的小学校，也有图书馆、书店、出版社、报社、电报局、电影院、剧场、日本上海陆战队司令部，甚至还有日本寺庙。在这里，以"日本和中国共存共荣"为目的建立的东亚同文书院，是一家从事中国问题研究，以及促进"中日两国友好发展"的民间团体，同时也是培养了解中国情况的"中国通"场所。当然，这个民间团体主要从事以侵略中国为目的的间谍活动。

有关东亚同文书院的情况，胡伟早有耳闻。

就在胡亮死后不久，这天上午，细雨霏霏，胡伟和他的兄弟小扣子来到东亚同文书院门口。他俩若无其事地进了书院，书院里的人出出进进，谁也没有注意到有个双眼充血的年轻人在四处走动。不多时，胡伟发现右长廊中间的凉亭有两个日本人在下棋，为了弄清楚这两个人是中国人还是日本人，会几句日语的小扣子上前和那两人搭讪了起来。验证二人是日本人后，胡伟和小扣子分别扣住两人的脖子猛拉，他俩还没反应过来就一命呜呼了。

此时，已有人发现情况不对，高喊："抓住这两个刺客！"

一向身手不凡的胡伟一跃跳到墙头上，一伸腿，小扣子一个钩手钩住胡伟的脚脖翻到墙上，二人风似的逃走。

事后，同文书院的日本人认为这是自己人的复仇，但更多的人认为是国民党军统特务所为，也有少数人认为是中共地下党干的。

这事层层汇报，驻沪日军高层十分恼火，命令"76号"查办。

这"76号"又是怎么回事呢？

1938年，抗日战争已经持续了将近一年，处处愁云惨淡。唯独上海的英租界和法租界依靠外国人的势力依旧超然于战祸之外。而且国民党的两大特务机构中统和军统在上海大量派遣特工，刺杀汉奸和日本人，给日本人造成了很大的创伤。日本间谍在上海根本无用武之地，所以日本特务土肥原贤二想到创建和中统、军统一样的特务组织。当时国民党副总裁汪精卫叛变，军统的特务头子戴笠派出了军统天津站的18个特工到越南对汪精卫进行暗杀。结果暗杀失败，使得日本人认识到了汪精卫的重要性。

1939年5月，叛国投敌的汪精卫来到上海筹建伪政权。日本侵略军为增强汪伪实力，将丁默邨、李士群的特务组织拨给了汪精卫。力量薄弱的汪精卫立即把这个特务组织当作自己实施傀儡统治的支柱之一。丁默邨、李士群分任汪伪"特工总部"的正、副主任，但这个组织的真正主人是日本特务机关。

这个组织就设在极司菲尔路76号，所以"76号"便成了它的代称。

就在“76号”还没有捋出头绪的时候,又遭到了迎头一击。

“76号”诞生后,由于人手不够,李士群曾经想办法和青帮老大杜月笙拉关系,结果遭到杜月笙拒绝。这事杜月笙手下都知道,胡伟和小扣子当然知道“76号”是干什么的。同文书院事件不久,胡伟带上小扣子来到了“76号”。

“76号”不像同文书院,不是想进去就能进去的。

不能靠近的胡伟和小扣子远远地猫在树下,用弹弓瞄准了大门两边的两个日军。向来百发百中的小扣子先一秒钟击中了目标,接着胡伟的飞镖也不偏不倚击中了目标的耳门。顿时,“76号”大乱了起来。

第三天,“76号”的人来到杜月笙府邸门口。

杜月笙的管家问:“来的什么人啊?”

手下人回答:“是‘76号’几个办案的。”

“叫他们回去,不见!再多说一句,我手下的人不用弹弓……”

“76号”的人无趣地离开了。

事后,杜月笙的管家问手下:“你知道弹弓的弹丸是什么吗?”还没等手下回答,管家哈哈大笑起来,“是圆圆的铜扣,扣子!曹正泰老板介绍的那个小子的朋友应该是不二之人,我耳闻了,他叫小扣子,据说他的弹弓比刀枪还厉害啊……”

在杜月笙势力的保护下,胡伟和小扣子安然无恙。

这个夜晚,胡伟和小扣子喝得大醉。

他俩坐在金陵饭店的楼顶唱起了叶芝先生那首感动全世界的《当你老了》:

当你老了,头发花白,睡意沉沉,
倦坐在炉边,取下这本书来,
慢慢读着,追梦当年的眼神,
你那柔美的神采与深幽的晕影。
多少人爱过你昙花一现的身影,

爱过你的美貌，以虚伪或真情，
唯独一人曾爱你那朝圣者的心，
爱你哀戚的脸上岁月的留痕。
在炉罩边低眉弯腰，
忧戚沉思，喃喃而语，
爱情是怎样逝去，又怎样步上群山，
怎样在繁星之间藏住了脸……

这个世界本就邋遢，对于一无所有的胡伟、小扣子他们来说没有什么是可怕的。但他们有无法发泄的苦涩，有无力排解的抑郁，有心底浅浅的秘密。但在大上海求生的他们，只有拼尽全力，不择手段，才能活着。也只有活着，才能有爱，才可能有爱情。

上海不会因为你有多惨，而对你有多好。人们在困境中最期待的就是瞬间逆转，需要“天来之物”解决燃眉之急，而些许时间后即使真有什么喜从天降，他们也不会有那种庆幸和感激，他们说不定只记住了仇恨而忘记了悲惨。

不知什么时候，胡伟和小扣子渐渐睡着了。此时，上海的夜晚不仅仅有发黄的“月份牌”、昏暗的汽灯、锈迹斑斑的轨道，还有两个外乡青年浅浅的梦。

七

流年似水，时间总在不经意间流逝。

回忆亦随着时间的流逝被慢慢地遗忘了一些，那曾经熟悉的一切也变得渐渐模糊。剩下一些凋零的记忆，随风飘落成一地的斑驳。生命就是一场又一场的聚与散，随着时钟缓缓地走动着。

一晃一年过去了，去年的今天，在上海，胡亮被日军炸弹的弹片炸死，曹正泰茶庄灰飞烟灭。

今天是胡亮一周年祭日，曹正泰点燃香火。他在祈祷胡亮在天堂安好，他在祈祷战争早点结束，他在祈祷未来平安……

祭奠仪式刚结束，曹曼筠就急着说："爸爸，我该回医院了，这两天医院的伤员、病人太多，医院原来就只有60张床位，现在在走廊上又加了30多张病床，就这样还是不够用……"

还没等曹正泰开口，曹夫人就把话接过来："老爷，让曼筠回去吧，你看她急的样子……"

曹正泰点点头，深深地叹了一口气。

曹曼筠是曹正泰的大女儿。1935年，17岁的曹曼筠考入南京中央大学医学院。在学校，她学的是临床医学。

1937年11月，在国民政府"一寸山河一寸血，十万青年十万军"的号召下，南京中央大学医学院的许多大学生投笔从戎。参加青年军的男同学占在校生的三分之一，大部分女同学组成了游行队伍，其中大三女生曹曼筠就是游行队伍的组织者。

南京的中共地下党在全国都有着代表性和特殊性，地下党发展得也很快。7年前的一天晚上，南京地下党10多名党员正在大纱帽巷10号召开紧急会议，研究如何对付蒋介石，结果被国民党发现了，50多个便衣包围了会场。三四天后，10多名中国地下党员惨遭杀害，尸体用麻袋包裹起来，被运至通济门外，扔进了秦淮河。从那以后很多党员身份过早暴露，南京地下党连续7年遭到8次大破坏。历届党的负责人被捕、牺牲。到1936年只剩下少数党员隐蔽起来，党组织无法恢复。

1937年11月，中共江苏省委成立，曾担任向警予秘书的陈修良任妇委书记。陈修良到南京中央大学医学院下达省委指示，要求龙珊副院长在优秀大学生中发展共产党员，充实南京地下党的力量。

接到任务后，龙珊首先想到的就是曹曼筠。

1937年11月6日，曹曼筠加入中国共产党，成为南京地下党组织的一员。

白天，曹曼筠带着同学们在大街上游行，请求政府对日宣战、停止内战。晚上，她组织一帮文笔好的同学给《救亡情报》《上海文化界救国会会刊》《学生报道》等报刊写稿。文章内容全部是与宣传抗战有关，读来让人热血沸腾。

12 月 9 日，日军进抵南京城下，并用飞机向城中投撒《日“华中方面军”司令官松井石根致中国守军的最后通牒》，进行劝降。

12 月 10 日，日军见中国军队拒绝投降，于是向雨花台、通济门、光华门、紫金山第三峰等阵地发起全面进攻。

12 月 13 日，侵华日军占领了当时的首都南京，在长达 6 周的时间里，对南京无辜平民和放下武器的中国军人进行了血腥大屠杀，其中遭日军集体屠杀并毁尸灭迹者 15 万人以上，被害总人数有 30 万人以上。在疯狂屠杀的同时，日军对中国妇女进行了野兽般的奸淫，很多妇女被蹂躏后又惨遭枪杀、刀戳和毁尸。在占领南京后的一个月中，在南京市内，发生了 2 万起左右的强奸事件……

1938 年 4 月 6 日，一直对大女儿曹曼筠放心不下的曹正泰到了南京。

在南京中央大学医学院副院长龙珊的陪同下，曹正泰来到女生宿舍。曹正泰给女儿分析了南京的形式，以及今后一段时期南京会面临的诸多困难，言下之意，就是要曹曼筠回家。

曹曼筠说：“爸爸，我相信您在广播、报纸上都看到了，日本人在东北，在上海，在北京，在南京，在他们能到的地方杀害了我们多少同胞啊。就在昨天，日军在鼓楼又杀害了 300 多名无辜市民。但凡有点良知、有点血性、有点理想、有点文化、有点爱心的中国人，都会通过各种方式投身抗战的洪流。您说，我能跟您回家吗？龙院长，您说，我能放下这些姐妹，独自离开吗？”

“曼筠，你说得对。国家危难之时，我们每个人都应该挺身而出，有钱出钱，无钱出力。按理说，我现在不应该要你回去。但是，爸爸不完全是考虑你的个人安全。我考虑最多的还是在日军飞机大炮轰炸下伤残的平民。目前的屯溪，缺医少药，诊所以及私立医院最缺的就是外科医生。”父亲的话情真意切。

一旁的龙院长说道:"曼筠啊,曹先生说得对啊。在我看来,我们南京中央大学医学院那些参加青年军的男同学,他们的行动是抗日,你们这些上街游行示威的女同学也是抗日,只不过形式不同而已。如果你回到安徽,在你的家乡救治伤员,这不也是抗日吗?再说,你们的游行活动也很危险,随时都有可能牺牲。作为一个学临床医学的大学生,你为何不换一种方式,拯救他人于危难之中,拯救国家于危难之中呢?"

这是南京中央大学医学院副院长的劝说,更是中共地下组织上线的态度。曹曼筠心领神会。

第二天,曹曼筠踏上了回乡的路。

那时,随着上海、南京、杭州及沿江城市相继沦陷,大批难民拥入皖南山城屯溪,各地商人也逃到这里经商,不少工厂迁建在屯溪四周,屯溪人口骤增至20余万。这样一来,山清水秀的屯溪卫生状况开始急剧恶化,传染病流行,水质污染,食品缺乏,还经常遭受日寇飞机轰炸,伤病号明显增多。当时屯溪只有一所医院"梦飞医院",这家医院位于江西会馆附近,是歙县人毕梦飞从苏州医专毕业后开设的第一家西医医院。

就是这所医院,得到了旅外同乡筹募基金委员会、第三战区救济分会的资金支持,尤其得到了徽州茶叶协会歙县茶业分会的资助。

在首次捐助仪式上,曹正泰一次性拿出5万元,给医院作为购买药品、医疗器械的经费。

就在医院医生、护士人手严重不够的情况下,曹正泰又把女儿曹曼筠从南京带到梦飞医院。

1939年7月22日,屯溪遭日军飞机空袭。10月10日,6架敌机在屯溪汽车站、公园街一带狂轰滥炸,投下燃烧弹。

随着日军轰炸的频繁,伤员日渐多了起来。

1941年,安徽省政府皖南行署在屯溪市民医院的基础上,建立省立屯溪医院。曹曼筠也随之被抽调到省立屯溪医院,既当医生,也当麻醉师,有时也充当护士。

命运就是如此,原本不想回到家乡,以自己的专业能留在南京或者去更好地方的曹曼筠却因战争搁浅了梦想。梦想与现实背道而驰,她无法掌控方向,也不能预知它的未来。这时的曹曼筠需要的是换一个目标,换一种方式,换一个开始。

她在等待。

1941 年 3 月 26 日下午,曹曼筠正在给伤员做手术。这时,医院办公室主任推门进到手术室:"曹医生,南京有个人找你,在我办公室。"

听说南京来人,曹曼筠先是一惊,随之镇静了下来:"叫他等会吧,手术大概还要一个小时。"

一个多小时后,手术结束。曹曼筠换了一身衣服,来到主任办公室。

"你好,你就是曹曼筠吧,我是南京曹正泰茶庄的伙计……"来人自我介绍后接着说,"我们能出去谈谈吗?"办公室主任转身要走,曹曼筠说:"主任,您坐,您坐,我们出去。"

在医院住院部附近的草坪上,自称是曹正泰茶庄伙计的那人说:"那年春天,一江春水流哪了?"

这是 3 年来曹曼筠第一次听到如此亲切的话语,她激动地答道:"流向大海,一江春水成秋了。"

暗号对上,两个人的手紧紧握在了一起。

"曼筠同志,我是受龙院长委派专程从南京来的,我是南京中央大学医学院教务处的小张。"

"小张同志,见到你,我太高兴了。自从回到家乡,除了救治伤员就是给老百姓看病。我一直在等龙院长的指示,今天终于把你给盼来了。快说,党组织有什么指示?"

小张告诉曹曼筠,龙院长接中共江苏省委的密电,要她在大学生中挑选 10 名数理化成绩优秀的进步学生加入党组织,然后去延安学习无线电技术。龙院长接到任务后，先是摸底了一些数理化成绩好的同学，然后再通过各种渠道了解他们的家庭情况，到最后只有6名同学符合要求。

“后来，龙院长想到了你。她说，你曾经告诉过她，你的妹妹汪晓茹在读书时数学就一直是年级第1名，毕业后还留校当了数学老师。龙院长的意思是，要你在中华民族生死存亡的关键时刻，顾全大局，说服你妹妹投身到抗战的队伍中来。”

作为中国共产党党员，曹曼筠对上级的指示不得有半点违背。作为姐姐，作为亲人，曹曼筠知道妹妹是个进步青年，推荐她，她绝对不会拒绝的，或许她的心里早向往之。可是，只要走上这条路就意味着随时都有可能牺牲，曹家就我们姐妹俩啊。想到这，曹曼筠一个激灵。

尽管如此，曹曼筠还是说：“请你回去告诉龙院长，我保证完成任务。”

接下来，小张就有关事项给曹曼筠做了具体交代，并重申：“我们接头的暗语以后不再用了。还是回到之前，你只接受龙院长的领导，依然是龙院长与你单线联系。”

送走小张，曹曼筠多么想停留在时光的原处，可是灵魂早已被洪流无声地卷走了。

八

曹正泰的二女儿随母亲姓，叫汪晓茹。

1933年，汪晓茹考入省立徽州师范学校。

肤色白皙，身材苗条，五官端正而显得秀气的汪晓茹就像一片轻柔的云在校园里飘来飘去，清丽秀雅的脸上荡漾着春天般美丽的笑容，全身充溢着少女的纯情和青春的风采。冬天，汪晓茹穿一件红呢大衣，紧束着腰带，显得轻盈、矫健，简直就像天边飘来的一朵红云。

有男生直接当着汪晓茹的面说：“晓茹，世上有两种女孩最可爱，一种是漂亮的，另一种是聪慧的，而你是聪慧的漂亮女孩。”

就连女生也说，汪晓茹笑起来的样子最为动人，两片薄薄的嘴唇在笑，长长的眼睛在笑，腮上两个酒窝也在笑。

汪晓茹不光长得漂亮，她的成绩也一直是年级前10名，尤其数学，一直是年级第一。

时光以令人措手不及的速度奔流。3年的校园时光一晃就过去了。

1936年12月，汪晓茹从省立徽州师范学校毕业，紧接着留校任教。

在这以后的近5年时间里，汪晓茹平静地工作、生活着。春天的节假日，她会回到雄村茶庄看工人们做茶。寒假，她会去歙县的门面帮茶庄的伙计们打打下手。有时，她会把妈妈带到屯溪老街逛逛，然后不忘去魁斗烟行替爸爸买两条香烟。有时，她会约上闺密去新安江乘船看景。可从1941年3月27日这天起，一切都不复存在了。

1941年3月27日，细雨微微，一大早曹曼筠就来到徽州师范学校。

在操场，曹曼筠给汪晓茹讲了一番目前的抗战形势，并有意无意地透露了自己的身份。

曹曼筠说："从卢沟桥事变以来，我们全民族团结起来了，建立了抗日民族统一战线，同日寇进行了英勇顽强的战争，通过18个月的战斗证明了中国的长期抗战不仅是必须的，而且是绝对可能的。敌人愈陷愈深，我们愈战愈强。我们已奠定了长期抗战的基础，正在争取主动，向着抗战的胜利之途迈进。

"当前阶段，中国抗战存在很多困难，在中华民族面临生死存亡的历史关头，我们青年要把天下兴亡的责任担在肩上，我们要把民族利益看得高于一切。在延安，中央马列学院、抗日军政大学、陕北公学、鲁迅艺术学院等学校发展了一批共产党员，这些进步学生怀着寻找真理、追求光明的心愿，踏上了革命征途。只要我们坚定抗战意志，只要我们坚持全面的、全民族的抗战，抗战一定会胜利，最后胜利必属于我们！"

曹曼筠讲得头头是道，汪晓茹也听得认认真真。姐妹俩边走边聊，时而，汪晓茹还会流露出一丝激动。

“姐,我早知道你是中共党员了。去年我在你的床头就看到了《共产党宣言》《两个策略》《国家与革命》《帝国主义是资本主义的最高阶段》等书,当时我真想拿两本看看,又怕你不答应。后来,我在学校也找到了《共产党宣言》《国家与革命》……”

“晓茹,这类书只要你想看,姐姐随时提供。”

“姐,你今天来不光是说教的吧?”

汪晓茹主动问,曹曼筠倒是轻松了许多。

接着曹曼筠告诉汪晓茹,南京地下党组织正在物色一批思想进步、数学成绩好的青年去延安学习无线电技术,共产党现在很缺无线电技术人员。只有通讯进步了,前方与后方才能更好地联络;只有技术过硬了,才有可能破译敌人的密电。

“晓茹,姐想推荐你去延安。”

“我能行吗?”

“你一直是数学高手,肯定能行……”说着,曹曼筠把晓茹抱在怀里,眼泪流了下来。

“晓茹啊,在有力出力,有钱出钱的当口,姐姐既想你去又怕你去啊。如果走上这条路就要准备迎接更严重、更艰巨的斗争,甚至随时准备为党和民族的抗战事业而牺牲。我们曹家这一代只有我俩,你要是有什么事,我怎么向爸爸妈妈交代啊?”

“姐,你暂时不要告诉爸爸妈妈,我就说学校送我去外地培训……”汪晓茹给姐姐边擦眼泪边说:“姐,你这次不来,我说不定也会加入共产党的。我们学校的王主任已经间接和我聊过,估计他也在观察我呢。”

此时,正是徽州的三月,无论是田垄间遍地的油菜花,山洼处一株株粉红的桃花、洁白的梨花,还是白墙黛瓦、莺歌燕舞、清清河水,处处告诉你现在正是春天。

在徽州，那里的一朵花可以唤醒整个春天。

九

1941 年 4 月 2 日，汪晓茹来到南京，她和 46 名精挑细选的数学高手将在南京中央大学医学院的一个看似普普通通的工作室短暂学习 1 个月，然后去延安接受专业训练。

这个工作室的门上挂着一个“人体结构研究第三工作室”的牌子，一般人认为这和学校的其他几个工作室没有什么区别。可是细心观察，你会发现这个工作室大门口有门卫站岗，里面的回廊还有十几个体格强壮的年轻人在四周一动不动地站着，他们的腰间都别有手枪。因为这个工作室是学校最偏僻、最阴森的地方，尤其是 4 年前住在这里的 3 名教工离奇死亡，所以很少有人来这里，也没有人知道它确切是干啥用的。

汪晓茹和同事们住在紧连工作室的一栋独体的二层楼里，同样，昼夜有人站岗、护卫。不论是工作室还是寝室，不持有特殊证件或者得到特许，一般人是无法靠近的。

在“人体结构研究第三工作室”学习了 1 个月后，汪晓茹和她的同事来到了延安。

早在 1937 年，为保证中共中央和中央军委的战略指挥，军委三局于 1937 年 7 月至 1938 年年初进驻延安东关，下设通信联络、技术材料、行政管理 3 个科。直属单位编有通信学校、电话队和 5 个无线电分队。5 个无线电分队同各地电台之间逐步建成了 6 个无线电通信网。

在中共中央和中央军委的统筹下，军委三局先后在西安、南京、太原、武汉、洛阳、长沙、桂林、迪化、兰州、重庆等 20 多个城市设立了八路军办事处或联络处，建立了延安同八路军驻各地办事处的无线电通信联络。

联络传递的信息有：日本发动侵略派往中国的部队情况，国民党部队的情况，蒋介石、汪精卫与日本进行秘密和谈的详情，英、美、法等国对中日战争的态度，上海各界知名爱国人士对建立抗日统一战线的反响等。之后，军委三局派出通信干部前往根据地，先后建立了晋察冀、东北抗联、琼崖纵队等部队与中共中央、中央军委的无线电通信联系。在延安，无线电台发展到12个分队并开设了无线电技术高级训练班，训练班里的很多人后来都成为电讯界的高级干部、技术专家和骨干。

在这个高级训练班里，汪晓茹一直是佼佼者。

汪晓茹曾有一个月时间代替教官给新学员讲授"豪密"。

"豪密"是周恩来于1931年在上海亲自编制的一个密码，之后这套密码用于传送党中央、总司令部和各兵团司令部的机密电报。"豪密"具有5个特点：用于高层领导机关的通讯；好记好用，简单却难以破译；密码由数字与文字构成；所用的密码从不重复；密码的性质是无线密。这种密码由两部分组成：书名与册码；页码、行数与字序。就是说通报双方各持一本相同的书，发报内容只要注明某页、某行与第几个字，收报方就能按图索骥找出书中单个的字组成电报内容。

汪晓茹告诉学员："这样的密码无从破译，因为电报本身就是个密码，其内容只是简单的数字索引。既然没有内容，又谈何破译？国民党一直都没有破解，日军也难以破译。"

面对抗日形势，军委三局决定，我们不但要编制让人无法破译的密码，我们还要破译日军的密码。想要破译日军密码，先决条件就是要懂日语。为此，汪晓茹和同事们一边学技术一边学日语。对于这些高手来说，学日语很容易，他们在短短的时间里就熟练掌握了日语。

在虚拟而又真实的世界里，汪晓茹和同事们如饥似渴。他们经常主动加班，找来1938年至1940年"美国密码之父"雅德利在重庆工作期间破译日军密电码的资料加以研究。在教官的主导下，汪晓茹执笔，利用有限的资料还原了"雅德利的故事"的来龙去脉。

十

事情得从1938年说起。

1938年2月18日上午，重庆密电组的密码员显得格外紧张忙碌，1小时前，他们截获了十几份从重庆发往日本军队的密码，这些密码看似简单却毫无规律，让有着丰富破译经验的密码员束手无策。在短时间内截获如此多的密码，不禁让人预感到一种不祥之兆。

半个小时之后，9架日军飞机突然出现在重庆上空开始轰炸，驻守在重庆的防空部队立即进入了战斗状态。然而，密集的防空火力并没对日军的轰炸机构成任何威胁，日机在投下了十几枚炸弹后扬长而去。这是日军对重庆实施的第一次轰炸。

那么到底谁能破译这些密码呢？

1938年11月，在国民党重金邀请下“美国密码之父”雅德利到达了重庆。

1939年1月12日到15日，雅德利和他的破译小组已连续几天截获了一组密码，这组密码在每天早上6点、中午和晚上6点从重庆某个秘密地点发出。

由于当时找不到日文打字机，雅德利利用手抄的方式抄写这些密码，也就是在抄写的过程中，雅德利突然发现这些密码有着惊人的相似之处。雅德利发现，这些密码电报只使用了10个日语字母，可是日语有48个字母，那么，为什么日军只用10个字母并且让这几个字母反复出现呢？

整日茶饭不思的雅德利忽然想起，日本人曾经为了提高发报速度，使用10个带有缩写符号的字母来表示10个数字，那么这一次日军会不会也采用这种方式呢？雅德利将截获的电报全部换成了数字。

雅德利开始仔细研究这些有规律的数字，终于发现这是气象密码电报，雅德利推测8份密码电报的内容很可能是关于重庆的云高、能见度、风向、风速等。

到底是谁把重庆方面的信息准确而又及时地泄露给日军的呢？他通过测向仪发现，密码电报是从重庆南岸区发出的，于是雅德利派出他的学员带着测向仪，秘密潜入南岸区。

一天中午的12点，测向仪果然又一次捕捉到了信号，这次信号的发射源距离搜索人员不过几百米远。

雅德利命令搜索人员包抄过去，一举抓获了这个发气象电报的日本间谍。

可是就在日本间谍被处决后，雅德利截获了一份更为隐秘、深奥的密码电报……这时的雅德利才明白，他们抓获的间谍并不是密码高手，真正的密码间谍仍然隐藏在这座山城之中。

1939年5月3日，上午9点，日本海军航空部队的45架中型攻击机从武汉机场起飞，直扑重庆。据调查统计，5月3日，日机共投下了100多枚炸弹，炸死炸伤民众超过千人。更让雅德利没想到的是：第二天，日军的20多架轰炸机再次袭击了重庆市区，这一次轰炸死伤超过了5000人。这就是重庆历史上惨烈的“五·三”“五·四”大轰炸。

这两起惨案深深地震动了雅德利，雅德利因为没有及时抓获为日机提供密码的间谍而自责。他发誓一定要抓住隐藏在幕后的神秘间谍。

然而，有一件事情使雅德利百思不得其解，日军轰炸机是如何躲过重庆防空部队的密集火力的呢？

轰炸还在继续，雅德利的破译工作没有取得任何进展。他开始苦闷、抑郁，喝酒和打牌成了他的消遣。一天晚上，雅德利摆脱了负责保卫他的士兵，闲逛到了一家不太显眼的茶馆。

茶馆老板的名字叫乔治·麦凯，他是一名欧亚混血儿，能讲一口流利的英语。在茶馆，通过乔治·麦凯，雅德利认识了一位叫“独臂大盗”的军官，这位军官是高射炮团的一位营长，他告诉雅德利，他的手臂是在战斗中失去的。

独臂大盗不仅能讲一口流利的英语，而且和雅德利无话不谈，有时还在空袭时把雅德利带到他的炮兵部队去参观，当雅德利询问高射炮为什么从来打不中目标时,“独臂大盗”只是很诡异地笑了笑。

只有破译了那份神秘密码,才能知道答案。

雅德利发现,截获的密码全是4个数字为一组,如:1349,5727,7234,而且密码没有太大的变化。不仅如此,截获的密码电报还有另外的特点:每份电报第1组都是由5个英语字母组成的,“miftolofed”的后面才是数字。这5个不同的字母究竟代表着什么呢?

雅德利相信,如果能破译这些字母,就能够找到破译正文的办法。雅德利将破译的字母按单音依次写下去,又重新排列,结果让他大吃一惊,竟然出现了“her light grain ”3个单词。

为什么结果是这样?雅德利突然意识到,这种永不重复的新型密码的来源很可能是一本英文小说,如果能够找出这本小说就能够顺藤摸瓜,找到隐藏在幕后的间谍。

这时,军事委员会技术室告诉他的一个消息,却让他目瞪口呆:军事委员会技术室在调查的过程中,有一个人引起了他们的怀疑,那就是雅德利的好友,高炮部队的军官“独臂大盗”。难道“独臂大盗”就是隐藏在幕后的间谍?雅德利决定等待时机去试探一下“独臂大盗”。

事隔不久,“独臂大盗”给雅德利打电话说,他的一个女朋友从香港过来看他,邀请雅德利晚上去吃晚饭,还说让雅德利可以多带几个朋友。雅德利认为这是一次难得的机会,“独臂大盗”能讲一口流利的英语,家中一定有不少英文读物,或许其中的一本书中就有那3个破译出来的单词。但是,要在众多的英文书中查出这3个单词,犹如大海捞针,雅德利很想找一个助手。那么,谁又能担当如此重要的任务呢?

忽然,一个女人的身影出现在雅德利的脑海中,或许只有她才能胜任这次重任。

这位年轻的女子叫徐贞,是几个月前雅德利在乔治·麦凯的茶馆认识的,徐贞不仅能弹一手好钢琴,而且英语也讲得非常流利,据说她曾经和汪精卫关系密切。

雅德利和徐贞在一起聊得非常投机,徐贞也把雅德利当作知心朋友。雅德利找到了徐贞,并告诉了她自己的真实意图,雅德利只让她找一本书。徐贞心中虽然有所顾虑,但她还是答应了雅德利。

在一个星期二的傍晚,雅德利和徐贞如约来到"独臂大盗"的住所。"独臂大盗"准备了丰盛的晚餐来款待雅德利和徐贞。就在"独臂大盗"举杯向雅德利敬酒时,突然,空袭警报响了起来,"独臂大盗"离开桌子,换上军装,便去执行防空任务去了。

机会再一次来到雅德利身边。

警报声越来越尖厉,电灯这时也突然熄灭了,一个仆人送来几根蜡烛,放在餐桌上。雅德利向徐贞使了个眼色,徐贞心领神会借故离开了餐桌。徐贞悄悄地溜进了书房,书柜里有各种各样的书,徐贞必须尽快地在这些书中找出写有那3个单词的书。她紧张地翻阅着,每一行都不能错过。终于,她在一本名叫《大地》的书中找到了那3个单词。《大地》是美国著名文学家赛珍珠写的一部反映中国清末民初老百姓生活的书,曾获得诺贝尔文学奖。徐贞在《大地》一书中的第17、18、19页分别找到了那3个单词,而且这3个单词都有用笔画过的痕迹。

"独臂大盗"就是雅德利要找的那个密码间谍。事后,雅德利和徐贞借故有急事,飞速地离开了"独臂大盗"的别墅。

让他们没有想到的是,就在徐贞查找书中的单词时,门外一双阴森的眼睛,始终在门缝里注视着她的一举一动,那个人是"独臂大盗"家里的仆人。

雅德利回到办公室,幸运地从一位大学教授那里借到了英文版的《大地》,雅德利和他的学生一起,开始破译上百份从"独臂大盗"那里发出的密码电报。

"独臂大盗"的密码其实非常简单,他把密码隐藏在《大地》的书中,收发双方都有这本书,解密时只要接密码电报的人拿着这本书就能解开密码,他把发报日期的月数加上天数,再加上10就能找到密码所在的页数。

密码电报一份份地被破译出来，而破译的结果让所有的人都大为惊讶。

原来，“独臂大盗”是汪精卫安插在重庆的耳目，他每天通过暗藏在上海的联络员向汪精卫汇报。更让破译人员震惊的是，有的密码电报是发给蒋介石的炮兵顾问韦伯的，而这位炮兵顾问几年前已被日军收买为间谍。韦伯接到“独臂大盗”的密码后，再转发给日军的空袭部队，密码电报的主要内容是，让日本轰炸机保持在 12000 英尺以上的高度，因为高射炮最高的射程也就是 10000 英尺，这就是高射炮在日军飞机轰炸时不能击中他们的主要原因。

围绕雅德利的密码疑案终于得以破解了，“独臂大盗”被逮捕，不久被执行枪决。而德国顾问韦伯在事发后，再也没有了踪迹。

徐贞在雅德利的劝说下，准备离开重庆前往国外暂避风头，不幸的是徐贞在前往机场的途中被汪精卫的特务暗杀了，而使徐贞身份暴露的正是“独臂大盗”家中的那名仆人。雅德利得知徐贞被暗杀的消息后，心情极度低落，他的身体健康也随之受到影响，而这时雅德利的真实身份已是公开的秘密了。

由于雅德利及徐贞的工作，日军在以后的轰炸中不得不受制于重庆的天气和稍后改进的防空炮火……

雅德利的故事经过汪晓茹等人的整理后变得如此精彩。雅德利在重庆工作期间破译日军密电码的故事从此成为延安每个时期无线电学员们的辅助教材。

在整理描述雅德利故事的那几天时间里，汪晓茹渐渐注意到了一个人。

这个人就是枝先荣。

枝先荣是杭州人。他有棱有角的脸俊美异常，外表看起来好像放荡不羁，但眼里不经意流露出的精光让人不敢小看。眼神多情，让人一不小心就会陷进去。

早在南京中央大学医学院短期学习期间，枝先荣就暗暗地喜欢上了汪晓茹。那时的汪晓茹对此毫无知觉。

十一

汪晓茹一直自以为在感情方面是个很理智的人，能把握尺寸，懂得丈量距离，可偏偏在枝先荣面前，她开始有点乱了方寸。这难道就是所谓的爱情吗？汪晓茹不知道，她真的不知道，她只知道，这种感觉很美、很甜。

一天，吃过晚饭后，汪晓茹和两个女同学在林荫小道散步，迎面遇到了枝先荣。汪晓茹有点惊喜，有点紧张。"枝先荣同学，今天下午教官提问那组数字有多少种排列方式，有的同学回答是24种，还有人回答是32种，你却回答是46种。当时我也想回答32种，但仔细想想可能不准确，就没有发言了。回到寝室，我和同学们运算了一下，果然是你回答的正确，46种。你真棒。"看着枝先荣，汪晓茹一脸的笑。

"谢谢晓茹的肯定，你一直是我们学习的榜样。雅德利的故事本身是不完整的，也没有这样精彩，经过你的整理以后肯定能传下去了。"枝先荣的一番话说得汪晓茹面如桃花。

"这是大家共同的成绩，你也有份儿啊。"

看着两人暂时没有离开的意思，两个女同学借故先走开了。

冷冷的林荫小道只有枝先荣、汪晓茹两个人。那晚，两个年轻人在时光中穿梭，只为找到美好的时光。

回到寝室，汪晓茹以为蒙上了眼睛，就可以看不见这个世界；以为捂住了耳朵，就可以听不到所有的烦恼；以为脚步停了下来，心就可以不再远行；以为需要的爱情，只是一个拥抱。最后她才发现，爱一个人是贪心的，她要的不仅仅是一个拥抱，而是一颗只爱她的心……

回到寝室，枝先荣黯然地望着天花板，在他的眼中，一个蓝色的精灵不住地跳动，他仿佛看到了他爱人的背影一般，悸动，不安，焦灼，一切的神伤都从那眼神中倾泻而下，摄人魂魄……

汪晓茹与枝先荣恋爱的消息很快就传到教官的耳朵里，教官得知这个消息后立即给上级领导做了汇报。接下来，汪晓茹和枝先荣受到了批评，枝先荣受到了警告。

1941 年 11 月 11 日，汪晓茹这届的延安无线电高级训练班结束。

12 日，46 名学员被分至上海、西安、南京、武汉、重庆等多个城市。

汪晓茹和枝先荣虽然都被分在上海，可他们相互不知道对方在哪个城市，更谈不上相互联系了。当然，即便从其他渠道知道了谁在哪里，根据纪律也是不能联系的。也就是说，此次延安一别，什么时候能见面，今生有没有机会再见面，一切都是未知数了。

汪晓茹和枝先荣这份缘来去匆匆，他们短暂相聚后就各奔东西。情感也许是最脆弱的，禁不起暴风雨的侵袭，碰触了就痛了，阡陌红尘有多少刻骨的爱恋飘散在风里，又有多少相思散落在雨里啊。如今一地的落红飘零，岁月的转角处一个挥手，就是永久的别离，他们走向了孤独的旅程，看不到完美的结局，更觅不到漂泊的归期。

十二

20 世纪 40 年代初的上海是一个旗袍飘飘的年代，上海女人创立了属于她们自己的时尚标杆——“海派旗袍”，并使它成为上海最早的妇女时装。到了上海之后，汪晓茹就定制了两套旗袍。她要像上流社会的名门闺秀那样露出生活的姿态，因为她知道上海的险恶。

1941 年 11 月 20 日夜，刚到上海才一个礼拜的汪晓茹截获了一份日军加密电报。

此电报是日军某机关从杭州发到上海的。其内容为：肾已获得，明天出杭……破译后，汪晓茹不敢怠慢，连夜把这个消息送到了她的上线方书琴那里。

上海成了“孤岛”后，在上海公开的抗日活动因而受到限制。中共上海地下党组织考虑到保险公司与各行各业的联系相当广泛，通过保险公司的业务活动，又可与各行各业中的中上层人士发生和保持经常的联系，有利于开展党的抗日民族统一战线工作，还可利用保险公司这一组织，掩护地下党员和党组织的秘密活动。因此，中共上海地下党积极开展了一些保险活动，不仅有利于开展党的抗日民族统一战线工作，而且还推动了上海华资保险业的发展。方书琴就是上海市保险业业余联谊会的负责人。

得到汪晓茹送来的消息，方书琴立即赶到爱多亚路460号保险业业余联谊会。在那里，中共上海地下党的几位同志综合各方消息，得出了这样一个结论：明天从杭州有肾源运往上海日军设在虹口施高塔路的海军司令部。

“不对，肾源不应该送到司令部，应该是送到医院！”有人提出异议。于是围绕哪家医院以及是谁要接受肾移植，大家集思广益。

有人说：“早在半个月前我就听说了，日军海军司令部里的久久木大佐患了肾病，他坚持不愿回到日本治疗，他要医生在上海找肾源。”

有人说：“移植器官的匹配是一个比较麻烦的事情，理论上，只要血型相同就可以，用大量的抗免疫药物来维持。但抗免疫药物吃得越多，受体的免疫力就越弱，就越容易得病。所以要求器官的抗原不能相差太多，主要为了在保证免疫力的情况下少吃药物。但即使是同样的血型，抗原也会有很大的差异，而移植时最重要的就是抗原的匹配。差异越大，其移植后的免疫反应就越大，达到一定的程度，移植器官就会坏死。所以，找一个匹配的器官还是很难的。”

“估计久久木的肾源在杭州找到了。这器官会不会送到教会医院，就是现在的日军海军医院呢？”

方书琴肯定地说道：“就是日军海军医院！器官的生存时间一般也就20个小时左右，杭州的车一定会在明天上午到达……”

1941年11月21日上午10点，从杭州专程送肾源到上海的“杭366”轿车被中共上海地下党炸毁。

事后，方书琴见到汪晓茹。“晓茹同志，这次你成功破译了日军的密电，使得久久木再一次失去了肾源。我在向上级汇报这次行动时,领导还特意表扬了你呢。”

汪晓茹第一次觉得很有成就感。

十三

1941 年 5 月,国民党军委会技术研究室的池步洲在破译的日本外交密电中,发现日本外务省与檀香山日本总领事馆的往来电报数量突然剧增,电报内容总是外务省要求檀香山日本总领事馆报告美军舰艇在珍珠港的数量、舰名,停泊的位置,进、出港的时间,珍珠港内美军休息的时间和规律,夏威夷气候情况等。

池步洲估计,日本可能要对美国采取军事行动。

1941 年 12 月 3 日,池步洲截获了一份由日本外务省致驻美大使野村的密电:立即烧毁一切机密文件,尽可能通知有关存款人将存款转移到中立国家银行,帝国政府决定采取行动。

池步洲作了两点估计:发动战争的时间可能在星期天;突然袭击的地点可能在珍珠港。

蒋介石看了这份被破译的密电后,立即向美军通报。美国人当时显然把池步洲提供的这个情报看作奇思异想,他们不相信中方具有获得这种重要情报的能力,于是对此信息未加理睬。

与此同时,汪晓茹在 1941 年 12 月 3 日这天也截获了日本外务省致驻美大使野村的密电。破译之后,汪晓茹大惊失色,根据规定,此密电被层层上报,最终中央领导把它转给了戴笠。

戴笠极为兴奋,立刻呈蒋介石。蒋介石批示:“再次速告美国政府。”

戴笠立即将破译的电讯稿转交军统局美国站站长肖勃,命令他立即转告中国驻美国大使馆武官郭镕权,郭镕权接此重要情报不敢怠慢,迅速将情报转交给美国五角大楼。

美国人一向轻视中国，对中国的情报工作自然也瞧不上眼，因而对中国提供的情报不屑一顾。一位海军官员还说："哪有这种事，是故意挑拨美日关系吧？"由于美军方面对日军行动没有采取任何预防措施，结果日本海军联合舰队于美国时间1941年12月7日凌晨，突袭了珍珠港，使美军太平洋舰队遭到灭顶之灾。

事后，戴笠在一次会议上说："有机会我要见见共产党里那个'池步洲'。"戴笠所说的要见的"池步洲"就是汪晓茹。

从此，戴笠记住了这个他并不知道真名的人。

十四

1941年12月7日凌晨（夏威夷时间），日本以大量海空军突袭美国在太平洋的主要海军基地珍珠港，致使停泊在港内的美国太平洋舰队主力几乎全军覆没。

珍珠港位于夏威夷群岛的瓦胡岛南端，与驻有美军的关岛、马尼拉港构成锥子形，插向西太平洋，是日本南进扩大战争的主要障碍。

1941年初，日本联合舰队司令长官山本五十六海军大将策划袭击珍珠港，以保障南进作战计划的顺利实施。

战前，日本进行了周密准备，欺骗麻痹美国。因此，直到大战在即，夏威夷岛上的美军仍毫无战斗准备。

1941年11月18日前后，日军由第6舰队27艘潜水艇，及5艘特种潜水艇组成的先遣舰队，分别从横须贺、佐伯湾出发，分3路，直扑夏威夷，担负起侦察监视和截击美舰队的任务。11月26日，以第1航空舰队6艘航空母舰为基干组成的突击舰队，从单冠湾出发，沿北方航线隐蔽开进，赴瓦胡岛北面预定海域，担负空中突袭珍珠港的任务。12月2日，先遣舰队和突击舰队同时收到"12

月8日(东京时间,夏威夷时间为7日)为空袭日”的通知。

12月7日4时30分,当突击舰队顺利到达瓦胡岛以北后,即展开进攻。5时30分,两架水上飞机对瓦胡岛及其附近海面进行侦察。354架舰载机用于空袭,分为两个攻击波。第1波183架,第2波171架。6时,第1波起飞,由云层上空悄悄飞向珍珠港。7时15分,第2波起飞。是日天气晴朗,为日机提供了极好的攻击条件。7时49分,突击舰队司令长官南云忠一海军中将下令全军展开突击。此时,美太平洋舰队主力,除3艘航空母舰离港出海执行任务外,其余共94艘舰艇,整齐地停泊在珍珠港内,美海军官兵大都离舰上岸度假去了。岛上的387架飞机成排停放在机场,飞行员多数不在机场。高射炮旁也只有少数几个炮手值勤。7时30分左右,美雷达兵多次发现有强大机群飞临,却误认为是己方飞机,未加防范。

7时55分,第1波突击机群开始实施连续45分钟的首次突击。8时40分,第1波突击机群顺利返航。8时55分,第2波突击机群实施突击,与此同时,先遣舰队中的特种潜水艇偷入港内,攻击美舰。9时45分,突击全部结束。

日本对珍珠港的突袭以损失飞机29架、特种潜水艇5艘的微小代价,炸沉炸伤美停泊在港内的全部8艘战列舰和10余艘其他大型舰只,20余艘中小型舰艇,击毁美机180多架,毙伤美军3500余人,摧毁和损坏了港内、岛上的大部分设施,取得巨大战果。

美太平洋舰队遭此打击,完全丧失了元气,在以后的6个月时间内,不得不躲入偏海,暂避锋芒。日本得以在东南亚和西南太平洋猖獗一时。

然而,也正是由于日本偷袭了珍珠港,美国坚定地走到了反对日本帝国主义的前台。

十五

珍珠港事件之后,上海乌云密布。

1942年4月6日下午,汪晓茹行走在吵吵嚷嚷的街市,人海中只感到整个人是冷的,心是孤独的。仅有一张脸,固执地印在心里,深刻得无处可藏。

此时的汪晓茹心在路上,念在远方。谁也无法消解她的忧虑,无法左右她的脚步。

走着走着,汪晓茹感觉有点饿了,于是她走到一家烧饼铺前,"两个烧饼,有甜的吗?"伙计答道:"小姐,这局势哪能买到糖啊?只有咸的,要吗?"汪晓茹点点头。

就在这时,一个拉黄包车的男子挤了上来。

"小姐,您的钱掉地上了。"

汪晓茹低头一看,果真是钱掉了。

"谢谢。"

"小姐,坐车吗?"本来不想坐车的汪晓茹犹豫了一下,坐上了那人的黄包车。

汪晓茹还没有坐稳,那男子拉车就跑了起来。

"你这么使劲地跑,也不问我去哪,你要把我拉到什么地方?"

"知道,小姐。炊烟起,我带你去夕阳下。"男子边跑边说。

汪晓茹吃了一惊。她知道,这是她与方书琴定好的,在特殊情况下方书琴无法联系上她,派人寻找到她后,她与所派之人见面时的暗语。

汪晓茹答道:"秋水生,我在十五等你。"

拉黄包车的男子一路小跑,终于到了爱多亚路460号。

方书琴早早在这里等候汪晓茹。

方书琴告诉汪晓茹,自从她破译了"珍珠港事件"电讯密码后,中央领导对无线电密码的破译工作的重视再次提升到新的高度。综合国内国际形势,中央认为接下来的对敌战争以及对国民党的斗争,密码破译工作尤为重要。所以,中央决定送她去英国培训。

临行前,汪晓茹在笔记本上写下了这样几句话:亲爱的,请许我青灯月下,执一页素笺，今生，为你吟尽千回百转。当季节的风拂落一地风景妖娆，我会站在时光的渡口，守望来时路。如若可以，亲爱的，请许我花前月下，灵魂深处，为你，痴心缠绵醉流年。如果，爱一个人，守一份爱情，可以在早春一起去踏青，可以在盛夏一起去赏荷，可以在浅秋一起去观月，可以在深冬一起去寻梅，不厌倦，却欢乐，不平凡，却平淡。那么，此生便无憾了。亲爱的，你在哪里呢？你知道生命中有一个放不下你的人在上海最后一个夜晚默默地想念你吗？明天，我就要远涉重洋去往很远很远的地方，什么时候能回来，回来了是否能见到你，见到了是否能物我两忘，这一切都不得而知了……

写完后，汪晓茹心绪难平。她知道作为一封信，它会被寄到哪里。作为日记，那是伤感的。此时，汪晓茹在想念枝先荣，想念父母，想念姐姐，想念家乡。让汪晓茹更为痛苦的是，她不知道枝先荣是否也在想念自己。

这个夜晚，汪晓茹彻夜未眠。

1942 年 4 月 10 日，汪晓茹登上了上海开往广州的轮船，她将由广州、香港，前往英国。

密码战，向来是人类智力最残酷、最高级的较量。二战前夕，随着世界上最先进的密码机“艾尼格玛”在纳粹德国的铺开使用，波兰、法国、英国等国家的顶尖智慧群体，陆续被卷入了这场旷日持久的密码战。加密、破译，疯狂升级，天才、叛徒，粉墨登场。一切不仅仅是机器的对抗，更是人的对抗。聪明人制造了密码，等待更聪明的人去毁灭它。

敦刻尔克大撤退后，德国即将启动入侵英国本土计划，英国军情局在伦敦郊外的布雷奇利庄园设立了密码破译中心。在那里，有数百名工作人员参与破译德国军事行动的绝密情报。而这所庄园以及破译工作，同样也被英国政府列为最高机密，其代号就是“超级机密”。

正在英国人毫无头绪时，1938 年，一位犹太人向英国情报人员透露，他曾是“艾尼格玛”的设计人员之一。英国人经过仔细甄别后，相信了他。这位犹太人真的复制出了一台“艾尼格玛”密码机，按照英国人的说法，这是仿制工程的奇迹，而这的确帮了英国人的大忙。

然而在1939年夏秋之际，德国人又改进了原先的密码机，复制品由此失去了效能，英国再次陷入困境。但波兰情报部门又出手解救了英国人。作为英国的盟国，波兰人将他们数年来对德国密码机的研究成果乃至新的密码机样机、已解密机器悉数交给了英国人。

仅仅一个星期后，纳粹军队就开进了波兰。这让英国密码破译专家诺克斯感动不已，他说："波兰此举，就像一名古代的骑士在倒下之前，将手中的利剑递给了战友。"

在布雷奇利庄园，除了诺克斯这位破译界名宿，还有一位数学界的奇才——图灵。他毕业于剑桥大学，战后凭借对密码机的研究成果，他成了开创电子计算机时代的先驱者之一。

首先，他们从研制能模仿或能解释德国国防军每一个"哑谜"方式的机器入手，从而推断出所有德军主要司令部日日夜夜、成年累月发布命令时经常变换的编码程序。经过艰难攻关，英国人终于制成了具有上述功能的机器，将之命名为"炸弹"。

1939年底，"炸弹"破译出了德国密码，英国人欣喜若狂。

从此，德军的秘密计划和行动方案，源源不断地从布雷奇利庄园传到军情六处孟席斯上校手中，再直接交到丘吉尔的案头。事实上，德军在二战期间的绝大多数行动，都没能瞒得过英国人，只不过英国人将情报来源一直掩饰得很好，始终没有引起对手的怀疑。

从此，布雷奇利庄园密码破译中心成为世界上多数国家谍报人员镀金的地方。

经过一个多月的水上漂泊，汪晓茹来到了布雷奇利庄园，成为图灵的学生。

根据图灵的安排，汪晓茹先从学习摩尔斯电码开始。

摩尔斯电码（又译为摩斯密码，Morse Code）是一种时通时断的信号代码，通过不同的排列顺序来表达不同的英文字母、数字和标点符号。它发明于1837

年,它是由美国人塞缪尔·摩尔斯(艾尔菲德·维尔协助)发明的。摩尔斯码在早期无线电上举足轻重,是每个无线电通讯者所必知的。

摩尔斯电码的发报,是通过发报器的两片金属片接触而发出声音。短促的点信号“.”,读“嘀”(Di);保持一定时间的长信号“—”,读“嗒”(Da)。这两个符号,构成了所有的摩尔斯电码。

汪晓茹毕竟是密码破译高手,很快她就掌握了摩尔斯电码的规律,并能破译简单的密码。

“利用手指敲击,传递摩尔斯电码,这是怎么一回事呢?”汪晓茹的提问,图灵一一给予了解答。

图灵告诉汪晓茹,利用电报机以外的工具,只要能区别两种符号,就可以发出摩尔斯电码。例如用手指敲击,用指甲尖敲击,声音更为清脆代表“嘀”,用指尖的肉敲击,声音更为沉闷,代表“嗒”。这样,就构成了摩尔斯电码的基本要素。例如用电灯或者手电筒示意,短亮,代表“嘀”,长亮,则代表“嗒”。例如用眨眼表达,正常的眨眼(闭上后马上张开),代表“嘀”,稍微长时间闭眼再张开,则代表“嗒”。

总之,一切能区分成两个符号的声音、动作,都可以发报作摩尔斯电码。

虽然,理论上可以这么讲,但是实际操作上那是极其困难的,并且只有英文才能这么操作。摩尔斯电码,可以表达字母和数字,但是不能表达汉字。用摩尔斯密码发汉字信息,必须要转化成数字,再通过密码本,将这些数字转化成汉字……

对明天最好的准备就是今天做到最好。

在布雷奇利庄园,汪晓茹全身心地投入学习之中,从不敢懈怠。她知道,未来有重要的事情在等着她去做。

第二章

十六

同样是1942年4月18日。

太平洋上，风在怒吼，海在咆哮，蔚蓝的海水在航空母舰两侧迸裂出一簇簇浪花。

硕大的“大黄蜂号”在它所依附的海水中与一片落叶也无甚区别，甲板前后摇晃得几乎贴近了海面。每架B－25飞机携带4枚500磅的炸弹，炸弹上写着：“我们不想燃烧世界，只想燃烧东京。”

8时24分，16架飞机全部安全起飞。

杜利特率领他的中队向西飞去，每一位飞行员都知道了各自所要轰炸的军事目标、钢厂、飞机厂和电站。机组开玩笑时曾说要通过抛硬币决定谁来将炸弹扔到日本皇宫中，实际上皇宫、医院、学校等均不在轰炸目标之列。即使在后来350架B－29轰炸东京时，皇宫也是绝对的保护区，这也算是对敌方最后的一点尊重。

2个小时以后，东京时间12时20分，当杜利特的轰炸机群低空掠过东京湾的时候，东京城里的人正在吃午饭，巡逻机也没有发出警报，阻御低空飞行飞机的防空袭阻塞气球刚刚在上午的防空警报演习结束后取下来了，甚至在高空中飞行的9架战斗机也没有发现杜利特的机群。

当天中午，东条英机碰巧视察水户航空学校乘飞机回东京。东条的秘书发现从右方飞来一架双引擎飞机，涂着一个不熟悉的标志，而后猛然醒悟，这是美国飞机！

“继续在郊区上空向正南方向和东京东区中心方向低空飞行。升到1200英尺的空中，转向西南方向飞去，向极易起火的地区投下炸弹。”杜利特一面丢下第一颗高爆炸弹，一面如实地记着航空日志。“高射炮火非常猛烈，但只有一架飞机差点被击中。一下降到房顶高度，然后钻进西郊低空的烟雾之中，随后调头向南飞到海上。”警报器再次拉响了。在午餐时间拥挤的街头和公园里，当第一批轰炸机掠过上空的时候，人们不约而同地向头顶望去。人们挥着手，以为是日本空军在做逼真的表演。只有当爆炸声震撼着东京，滚滚浓烟升起的时候，他们才知道这是真的轰炸。

杜利特轰炸机队接连轰炸了东京、大阪、神户等城市。日本军队还未反应过来，轰炸机队已经飞离日本，飞往中国东南沿海。

杜利特轰炸机队在离开日本本土后却遇到了意外。

原作战计划是炸完后飞至中国浙江省衢州机场降落补给油弹，人员休整后再起飞去炸日本。炸过后，再补给油弹，再去炸。炸过之后，再飞回衢州机场，如此穿梭轰炸。然而，由于携带的无线电导航机在来华途中坠毁，而无法和地面联系，加之黑暗、大雾和缺油，轰炸机队无法着陆。为了保存机上人员的生命，队长杜利特在飞机油尽之际，命令所有人员弃机跳伞。

这16架飞机除1架受伤飞往海参崴，而后被苏联扣留之外，其余飞机散落在中国浙江、江苏、安徽等地，75名机组人员中，3人在飞机迫降时遇难，8人跳伞在日军占领区而被日军俘虏。其余人大多被中国军民营救。于是，就有了一个个动人的传奇故事。

18日夜，杜利特和他的1号机组成员在临安获救。当时，杜利特的降落伞徐徐落在农田里，而后杜利特被中国农民救起，杜利特用生硬的中国话说：“我是在天上打日本的！”之后，他在西天目山浙西行政专员公署休息了几天，然后由一位军官和一位译员率兵护送到衢州。此时日军已策动进攻衢州,情况异常紧急。4 月 29 日,杜利特等人在中国军民掩护下先后逃脱出日军搜捕范围和封锁线,沿途由军警保护,奔赴衡阳。5 月 3 日,杜利特一行由衡阳机场登机飞往重庆。

同样在 18 日夜,安徽南部的徽州雄村也展开了一场生死营救。

十七

18 日晚,祭祀完胡亮,曹正泰派人把女儿曹曼筠送回了屯溪。

一切都安排好之后,曹正泰感觉有点累,于是准备上床休息。就在曹正泰刚刚坐到床沿时,一阵隆隆的飞机声好像就在屋顶上空响起,接着是一声闷雷似的巨响。

曹正泰不敢怠慢,冲出门外。

“怎么回事?这是什么声音?”茶庄的工人们闻声也都跑到室外。这时,村民也陆陆续续从家里出来。有人喊道:“你们看,五指山那里有火光!”众人将目光投向了雄村南方不远处的五指山。

曹正泰是见过世面的人,他告诉村民:“根据听到的声音判断,应该是飞机撞上山爆炸了。但,是不是日军的飞机呢?我们现在也搞不清楚。既然这样,大家抓紧时间回家拿家伙,如果是日军飞机,发现有幸存的日军飞行员就把他抓起来。如果不是日军飞机,我们就见机行事!”曹正泰一声令下,村民们纷纷响应。不一会儿大家聚在了曹正泰茶庄的门前,茶庄 20 多个身强力壮的工人也拿上了器械。

半个小时后,一群人举着火把到达五指山,看着燃烧的飞机,有人发现这是美国飞机。人群中有个懂英语的中年人说:“是的,这是一架美军飞机……”围绕飞机残骸,细心的曹正泰没有找到机上人员尸体,他果断地说:“乡亲们,飞机上的人肯定是跳伞了,我们分 4 组,从 4 个方向寻找。”

于是一场民间搜救行动在五指山展开。

直到19日晨6时许，有村民在山脚的石桥旁发现了两名外国人躺在那里。曹正泰迅速带着会英语的村民赶到，经交流得知这两名美军飞行员是第11号飞机机长格兰宁上尉，以及副驾驶莱德中尉，曹正泰立即吩咐村民把格兰宁、莱德抬回茶庄。

到茶庄之后，曹夫人叫家人给格兰宁、莱德做了面条，给每人打了两个鸡蛋。不会讲英语的曹夫人用手比画着，那意思就是："你们肯定饿坏了，快吃吧。"格兰宁会说上几句中国话，他连忙说道："谢谢，谢谢你们。"然后狼吞虎咽起来。

天大亮了，村民们发现了在雄村村口不远处的水稻田里，有个人双腿插入泥田，一动不动。那人直立田中，背面挂青天白日旗，村民们把他从泥淖中拉了出来，清洗后用牛车拉到曹正泰茶庄。这个人就是11号机组的领航员卡普勒中尉。

据格兰宁说，和他们一起跳伞的还有投弹手比尔奇上士、机械师兼机枪手葛登纳中士。

在接下来的搜寻中，村民们发现山上树丛顶上有红黄色布条随风飘荡，有两个降落伞缠在树梢上，伞和索紧缠在两个人身上，两个人看上去像是睡着了。不一会儿，几个村民爬上树把俩人救了下来。这俩人正是比尔奇、葛登纳。

至此，美军11号机组5名成员全部获救。

这5人中只有葛登纳大腿受伤，在简单包扎后，为了防止发炎，曹正泰派人到屯溪叫回了曹曼筠，曹曼筠很快回到茶庄给葛登纳的伤口做了处理。

20日上午，11号机组人员在曹正泰及村民的护送下到达徽州府，国民政府歙县航空站负责人设宴款待了11号机组人员。在新安江太平桥上，格兰宁等人拉着曹正泰和护送他们的救命恩人合影留念。

当日中午，歙县航空站派专车将格兰宁等人护送到浙江衢州，此行，考虑到葛登纳的伤情，航空站负责人委托曹曼筠以随行医生的身份护送他们到浙江衢州。而后他们由重庆辗转回到美国。

11 号机组人员平安离开了雄村，离开了徽州。可接下来，雄村却遭遇了一场大劫难。

十八

就在 11 号机组格兰宁等人离开徽州的第 3 天上午，日军中尉林下直带领 200 多名日军追到雄村。

在五指山上，林下直发现了被烧毁的美军飞机残骸，却没有发现飞行员的遗骸，凭经验他断定飞行员跳伞了。他抽出战刀叫嚣起来："到村庄挨家挨户搜，发现美军飞行员当场击毙。有可疑人员全部带走，反抗者格杀勿论！"

日军士兵首先来到距离五指山最近的雄村，在村口，一位 50 多岁的老大娘被士兵拦住。

林下直一边说，汉奸一边翻译。

"老太婆，见到美国人了吗？"

吓得魂不附体的老大娘回答道："我没见到，我一个老太婆哪见过什么美国人啊。"

"村里有外国人进来吗？"林下直拔出了刀。

老大娘哪见过这阵势，吓得扑通一下倒在地上。一个士兵就势拔出刺刀在老大娘身上猛刺，老大娘顿时毙命。

来到曹正泰茶庄门前，林下直抬头看看那五个大字，问翻译："你们中国人说的茶庄是喝茶的地方，还是制茶的地方？"翻译告诉他："这倒是要看茶庄在什么地方，在上海、南京那些大城市，茶庄大多是喝茶的地方；在这个地方，应该是制茶的作坊了。"

"哦，进去看看。"士兵推开茶庄大门。

这天，曹正泰不在茶庄。一大早，他就被歙县航空站的人请去了县城。因为营救11号机组人员有功,航空站的领导受县长指派在县城宴请曹正泰等人。就在大家喝得正酣时,雄村茶庄的一个工人推开了酒店包厢的门:“曹老板,不好了,日本人到了我们雄村,到处搜查美军飞行员。已有6人被他们杀害了……”

这突如其来的消息震惊四座。

当时,湘军25军52师在参加了浙赣路会战之后,奉命在浙赣路以北的新登、建德、寿昌一带打击日军。此次会战后,师长何力行将部队带到了家乡歙县,驻守在歙县县城整训。

听到日军到了雄村这个消息后,航空站的领导马上报告了县长,县长赶紧派人把这消息转告了何师长。

在曹正泰茶庄,林下直问道:“老板呢?”

曹夫人答道:“我就是。”

“先泡一壶茶,再谈公事。”林下直显然对茶感兴趣。

曹夫人吩咐家人泡了一壶正泰毛峰,林下直熟练地洗茶、淋杯、润杯、沏茶,然后轻轻抿上一口。

“好茶,好茶。”

林下直一连喝了3杯,似乎有点陶醉于茶中。

“上等好茶我带些回去慢慢品尝,今天的任务是搜查美军飞行员。夫人,这惊天动地的事,你不会不知道吧。”

“我们做生意的从来不关心外面的事,什么美国飞行员,我们没见过。”曹夫人回答得很镇定。

“那我就不客气了,给我搜!”

不一会儿,从其他地方搜查回来的日军陆续来到茶庄报告,他们告诉林下直,连一个美军的影子都没有看到。

这时,林下直气急败坏,他要翻译用喇叭把村民都喊出来,到茶庄大门口的空地集中。随后,士兵挨家挨户把村民赶到广场。

林下直说:“我知道,你们把美军飞行员送走了。谁救的他们,又是谁送走了他们,送到什么地方?你们今天不说,就别想回家!”

翻译连说两遍,无人应答。

“砰!砰!”日军举起枪,两声枪响,站在第一排的一个村民应声倒地。

眼看一场屠杀开始了,这时的曹夫人不顾个人安危,站到人群前面。她说:“美军飞行员在哪里,我知道!你放了他们,我带你们去。”

“你说出来,我就放了他们。”

就在林下直把村民集中到茶庄广场时,何师长带兵已在赶往雄村的路上。

在村口,何师长的兵与日军遭遇,一番火拼后,日军死亡20多人,何师长的兵死伤3人。正在训话的林下直听到枪声,问:“哪个方向传来枪声?”有村民用手一指:“宁国方向。”随后,有士兵报告枪战情况,林下直果断说道:“已临他国,撤!”

就在日军撤走,广场上的村民四散开来的时候,林下直转身一枪击中曹夫人的胸部,曹夫人倒在血泊中。随后,日军机关枪手随手一梭子弹,十多人应声倒下。

等曹正泰到家的时候,曹夫人已不能说话了。曹正泰把夫人紧紧抱在怀里,把她怒睁的双眼合上……

短短的一个月时间,日军在浙江、江苏、福建、安徽等地为了搜寻美国飞行员,枪杀了中国平民近20万人。中国人民为杜利特的轰炸付出了惨重的代价,但他们并不抱怨。在后来的战斗岁月里,他们也从未停止过为那些降落在日军占领区的美国飞行员提供帮助。

十九

杜利特惴惴不安地回到了美国。

16架飞机坠毁,75名机组人员中3人在飞机迫降时遇难,8人跳伞在日军占领区被日军俘虏。就凭这，降级不容置疑，甚至还要接受军事法庭的审判。可杜利特万万没有想到，一回到华盛顿，总统罗斯福就接见了他，并下令提拔他为准将。

在美军高层会议上，罗斯福说："大家还记得中国国民政府传来的密电吗？还记得我们的将军们对中国截获日军密电所表现的不屑一顾吗？今天，我们不得不佩服中国国民政府，还有中国共产党的谍报人员，他们的无线电密码截获、破译水平已高于我们了，甚至高于英国。"

罗斯福接着说："打击日本主要依靠海军及空军，掌握足够的气象、地理及军情信息就成了重要的工作。而我认为中国在地理位置上占有优势，可以为我们提供这些信息。为了赢得战争，我们必须同中国的军情机构合作，在中国成立一个军事情报机构。"

总统的这一想法得到了所有人的支持。

随后，美国海军情报所与军统美国站站长肖勃取得联系并谈了合作意向。

1942 年 5 月，美海军情报所正式派遣海军中校梅乐斯到重庆与戴笠进行谈判，蒋介石欣然批准。

1943 年 4 月 15 日，中美双方在重庆共同拟定了《中美特种技术合作协定》。其内容有：军统局向美方提供日本陆海空军在华活动的一切情报，协助解决美方人员在华期间的食宿交通问题；美方无偿供给军统局必要武器、无线电器材、气象器材及交通医药器材；美方人员在华享受外交人员待遇，并帮助军统局训练特务部队。

1943 年 5 月初，中美特种技术合作所正式成立，中美特种技术合作所直接隶属于中美两国最高军事统帅部，总部设在中国重庆西北郊的歌乐山下杨家山。由戴笠任主任，梅乐斯任副主任，下设情报组、气象组、心理组、军事组、秘密行动组、人事组、作战组、电讯组、联络组、总务组等，以及 1 个总办公室、1 个总工程处。

与此同时，合作所打算在福建建阳设立东南办事处，下辖上海、闽侯、定海、漳州4个情报站，并在湖南南岳、河南临汝、绥远陕坝、贵州息烽、江西修水、福建漳州、浙江瑞安、广东梅县等地开办训练班。

1943年5月10日，杜利特带格兰宁上尉来到海军中校梅乐斯办公室，格兰宁向梅乐斯详细汇报了雄村人民救护11号机组人员的前前后后，并描述了雄村的地理环境。对三面环山，一方邻水的雄村，梅乐斯很感兴趣。

这时，杜利特说："你们是否可以考虑在雄村开设训练班?"

梅乐斯当场拍板："完全可以，我这就和戴笠主任汇报。"

很快，在雄村开设训练班的事情得到了戴笠的赞同。戴笠表示："我们要把雄村作为中美特种技术合作所第一训练班。"

二十

1943年6月，雄村训练班开训。戴笠任主任，郭履洲少将任副主任。那时的戴笠既是中美特种技术合作所的主任，也是合作所分设在全国各地的10个训练班的主任。戴笠很少待在大本营重庆歌乐山下的杨家山，他在10个训练班之间来回跑。他既要时时刻刻掌握训练班学员的学习情况，也要查看美国物资的到位情况。

6月15日，戴笠没有按照安排由新安江水路来雄村，而是坐着由8个轿夫抬着的软椅由屯溪来雄村。这是戴笠第一次来雄村，随从及卫士有50多人，每人两支枪随身，一支卡宾步枪，一支左轮或考尔德手枪。随同戴笠来雄村的还有中美特种技术合作所副主任梅乐斯及翻译官、侍卫等人。

来到雄村，戴笠不顾旅途劳顿，在训练班副主任郭履洲的陪同下逐一查看办公场所、训练场所、生活场所。

郭履洲向戴笠报告："第一期学员主要来自军统局领导的特务游击武装马志超部下准尉排长至上校团长，以及杜月笙的忠义救国军部分官兵共300人，这300多人已被编为3个中队。目前，有些场所正在建设中，百分之八十的部门在雄村，有些部门在雄村附近的村庄，大都是利用空置的民宅、书院、祠堂等进行改造的。”

随后，郭履洲向戴笠汇报：“副主任办公室设在崇报祠，政训组在崇报祠左前面，教务组在后池塘新建的办公室内，医务所设在汪渭徵家中，电台设在河对面慈光庵内，特务连设在曹怀曾家中，通讯班设在曹守仁老屋，翻译室设在八角亭的听风楼，助教室在竹山书院边房，气象台设在航步村下高坞山上。美教官马斯德中校、巴尔金少校、贺登上尉住在八角亭楼上，我们的教官住在竹山书院。另外，考虑戴主任会时常来训导，我在竹山书院2号，专门为您预留了两间，一间是会客厅，一间是卧室……”

戴笠对雄村训练班前期工作很满意，他握着郭履洲的手说：“我们当时就确定雄村为第一训练班，从前期的工作来看，果然不错。我要叫正在筹建的南岳、临汝、陕坝的训练班负责人到你雄村来学习。”

6月16日上午8时，雄村训练班开班。开班仪式在曹氏宗仁公祠堂举行。

开班典礼之后，戴笠从主席台上下来，走到学员中与前排学员一一握手。当他走到一位身高一米八以上，英俊帅气的小伙子面前停下了脚步，问道：“哪里人？”

小伙子一个军礼：“报告主任，我是安徽徽州歙县许村人，我是马志超部下上校团长许家铭！”

戴笠微笑地点点头，并在许家铭的肩上拍了两下：“许家铭，许家铭。我刚才的讲话你听清楚了吗？”

许家铭答道：“报告主任，许家铭不光听清楚，还字字句句刻在脑海里。”

说着，许家铭用飞快的语速把戴笠的讲话一字不漏地复述了一遍。

戴笠大为惊讶：“马志超部下竟然有这样的人才！不得了，不得了。”戴笠显然很兴奋，他转过身招呼郭履洲：“郭副主任，这个许家铭要好好培养。”

郭履洲满脸堆笑：“一定，一定按照主任指示的办。”

二十一

“去竹山书院看看。”在郭履洲的陪同下，戴笠来到竹山书院。

竹山书院是曹氏家族为其子孙后代修建的私家书院，矗立在桃花坝上。它采用了徽派园林格局，是文化与园林结合的经典。与苏州园林、岭南庭院齐名于世。门上方的“竹山书院”四个大字出自清代著名金石书法大家邓石如的手笔。

戴笠边走边看，边看边问：“为什么要叫‘竹山书院’呢？”

郭履洲解释道：“这是鼓励后辈学习竹的高风亮节，竹，面迎春风，节节高升；竹，难苦卓然，‘千磨万击还坚劲，任尔东西南北风’；竹，更是谦谦君子，胸怀宽广。所以，书院以‘竹山’为名，深层次地蕴含着曹氏族祖对后人的殷殷期盼。”

在这个占地面积约2000平方米的书院，戴笠看得仔细。最后，戴笠来到书院2号门。首先映入眼帘的是一副蓝底金字的对联：

竹解心虚，学然后知不足；

山由篑进，为则必要其成。

“妙，妙。这副对联既阐释了书院的得名由来，也蕴含着对治学为人处世的砥砺啊。”戴笠连连称道。

查看一番后，他对郭履洲说：“郭副主任太细心了，连我床上的被子都备好了。”

郭履洲答道：“不妥之处，还望主任指出。”

出竹山书院，向前走500米，有座牌坊，上书“一品雄村”4个大字。

郭履洲继续介绍：“这个‘一品’有两层含义：第一，是曹氏家族五世官居一品，‘父子尚书’，从清乾隆二十五年到道光十五年，父子历经三代皇帝，把持朝政达75年之久，见证了清王朝由盛而衰的历史；第二，就是要细细品味这个古老村落所包含的深厚文化底蕴。背面上书‘宰相故里’4 个大字，说的就是曹振镛的故乡雄村。曹振镛官居军机首辅，因当时朝政已废除宰相一称改为军机大臣，军机首辅位居一人之下，万人之上，实为宰相，所以徽州人都习惯称他为宰相。戴主任刚才视察的竹山书院就是曹振镛家族为其后代修建的。”

戴笠频频点头：“看来郭副主任的功课做得不错啊。”

戴笠突然想起了什么，问郭履洲：“雄村有个叫曹正泰的人，你知道吗？”

郭履洲说：“知道，我一到雄村就去拜访了曹老板。主任有什么吩咐吗？”

“我差点忘了一件大事。”他转身对梅乐斯说，“我们现在就去见曹正泰。”

众人离开竹山书院，向曹正泰茶庄走去。

戴笠等人来到曹正泰茶庄。

郭履洲向曹正泰一一介绍了来人的姓名、职务。落座后，曹正泰吩咐家人泡上了上等的毛峰。

戴笠说：“曹老板大名我早有耳闻，你是杜月笙老板的朋友，就是我的朋友。你营救了杜利特机组的飞行员，你的夫人还为此遭到了日军的报复。今天来到府上，一是受杜月笙老板之托代为看望，二是向你表示慰问，三是训练班在雄村开班，还望曹老板日后多多关照。”说着，戴笠上前紧紧握住曹正泰的手，随从奉上礼物。

“区区薄礼，曹老板笑纳。”

曹正泰接过礼物：“谢谢戴主任。”

戴笠打开杯盖，袅袅而起的香气，让他心旷神怡。他对身边的人说：“你们看，这茶叶一根一根竖立着站在杯底，个个丰满，纤毫毕现，真正地道的好茶啊。”

他接着说道：“古人云：茶是和，充满着怡情温柔，至善至美；是静，充满着清淡天和，养精蓄锐。我从喧嚣的城区来到这寂静的山间，繁杂琐碎的红尘世事，都被曹老板的毛峰这清纯之气荡涤而净。今天在曹老板这里，我喝到了真正的毛峰，不枉来雄村一趟啊。”

"戴主任啊,这叫好茶遇知音啊。"曹正泰附和道。

一旁的梅乐斯站起来用生硬的中国话说:"今天,我随戴主任来到雄村,来到曹老板这里,满怀崇敬之情。我代表杜利特将军,代表曾经的11号机组人员,为雄村人的义举表示感谢,尤其对曹老板家人付出的沉重代价表示慰问。"说完,梅乐斯向曹正泰献上由杜利特将军签名的美军B-25战机模型。

接过梅乐斯的礼物,曹正泰说道:"许多国际友人为了帮助中国人民抗战,纷纷来到中国,有的甚至献出了宝贵的生命。美国对中国提供了大量的军事援助,极大地帮助了我们抵抗日军的入侵。就拿11号机组来说,那5个年轻的小伙子,我们真的要好好谢谢他们才对。梅乐斯先生回去后如果能见到那几个小伙子,就说我曹正泰想念他们,雄村老百姓想念他们,希望他们有机会到雄村来做客。"

随后,曹正泰带领戴笠等人参观了茶庄的各个作坊,并向客人介绍了茶叶的制作工艺。曹正泰给各位赠送了上等的正泰毛峰。他还特为11号机组的5个飞行员准备了5盒茶叶,他对梅乐斯说:"希望他们喝到我的茶叶就能想到雄村。"

二十二

特种工作是非常的事业,只有非常的人才能担任。

在雄村训练班,首批300个学员被分为情报组、行动组、电讯组、治安组等十多个组。其中,情报组、行动组、电讯组编为一队,叫"特务训练班",也是整个训练基地的核心。

特务工作是一种秘密战斗的工作,特务为了侦察对方的秘密,搜集情报,也要防护自己的情报秘密被对方所获。从事特务工作的人,除了要有随机应变的聪明智慧外,还要懂得各种特务工具使用的技巧。例如:秘密通讯,无线电台的收发报,偷摄文件照片,爆破射击技术,毒药使用等等。所以,编入一队的学员,情报、行动、电讯课程都要学。

许家铭就在一队，并且担任队长。

开班伊始，按照教育规定，步兵操典、典范令、参谋作业、野外演习、各种手枪射击以及国父遗教、领袖言行、政战总论、中国近代史等都要一一学习。当这些课程结束后，接下来的就是技术训练了。

“特务训练班”主要有情报学、谍报学、内勤业务、秘密通讯、密码研究、爆破学、毒药学、擒拿术、刑事侦查学、照相术、无线电学、无线电机的工务和报务实习、邮电检查术、外国语文(英文和俄文)等科目。

在第一个月的特务理论基础考试中，许家铭的“特务工作的理论与实践”“军师谍报”“情报学”“内勤业务”等科目均为满分10分。

郭履洲在巡视时说：“我们训练特务的特点是讲究实用，理论上的分析只是辅助，但理论很重要，没有理论哪来实践呢？所以说，许家铭同学在这一阶段取得的优异成绩值得表扬。同时希望大家在接下来的现身说法、解剖具体案例的训练中有良好的表现。”

戴笠是靠杀人起家的，对行动术这门课特别重视。这门课不是由一般的教官主讲，而是由重庆军统局派出的巡回队教官或有亲历经验的特务来班任教。

一次，从重庆派来的陈教官在讲授这一课时，以暗杀唐绍仪的亲身经历为例材，详细讲述该案发生前的布置和执行的经过。除此之外，他还对执行暗杀时如何进行内外线的周密布置，如何选择人员和凶器，及下手时怎样做到干净利落等做了详尽的讲解，听着令人毛骨悚然。

许家铭边听边记。

下课后，许家铭问陈教官：“陈教官，能不能把书面讲义给我们看看？”

陈教官告诉他，课程都不发书面讲义，只许做笔记。学员记的笔记，在结业分配工作之前也要经过极为严密的搜查，全部收缴。指导员、教官等会拆开学员的全部行李进行检查，甚至撕开棉袄、棉被中的棉花，衣缝、夹袋也难以避免，女生则由女护士和女生区队长进行检查，这是第一道。到了汽车站或轮船码头时，再同样彻底搜查一次。

在接下来的课程中，许家铭和同学们知道，所有课程都不会有书面材料参考，大家只有专注，记在脑子里了。

所以，学员所掌握的特技，在班里学了多少就算多少。

射击术这方面对一队的要求特别严格，因为根据军统特务从暗杀行动中得出的经验，没有纯熟的特等狙击手，就不可能在最短的时间内完成暗杀任务，有时反被对方抓住把柄，暴露暗杀的真相。所以纪律规定，执行特殊任务时，只许成功，不许失败。

雄村靶场，是几个训练班中规格最高的靶场，军统拨出大量的弹药供一队的学员练习射击。在射击术教学中，特别着重小口径武器，如各种手枪的射击技术训练，不论是静止目标还是活动目标，不论采用哪种射击姿势和情况如何复杂，都要求能精确命中目标，完成任务。

在规定的时间内，许家铭学会了单手装弹、双手打枪。

擒拿术，也是一队的重要课程之一。擒拿术教官有十余名，多半是从河北、山东、内蒙古等地用重金聘请而来的江湖术士，专教擒拿、摔跤、“南拳北腿”。其中“点穴”法，由从四川峨眉山请来的一个姓金的和尚担任教官。

这人一不持斋，二不拜佛。一次，他以学员为试验品，只见他用食指向学员一点，学员立刻瘫躺在地，面无人色。约过20分钟，那和尚又在他身上一点，学员脸色立即转好，神智亦渐恢复，10分钟后就能立起。

金教官告诫同学们，“点穴”后不得超过30分钟，逾时即无法救活。

军统之所以要训练这种“绝技”，主要是用于对付强敌。若一时无法制服对手，就可以运用它毫不费力地将对方擒获或弄死灭口。

情报术，这是一队学员必须精研学习的一门课，因为任何人日后都有可能被分派潜伏到敌方内部做情报工作。教官以他自己搞特务工作的经验为例总结了两种方法，一是“打进去”，二是“拉出来”。“打进去”就是要装得和对方一模一样，一言一行都要时刻检点，特别是要取得对方的信任，这样才能搜集到有价值的情报。“拉出来”比较困难，一不小心，就会全军覆没。在选择“拉出来”的对象时要做周密的调查研究，要有绝对的把握，一般可以采用“抓把柄”“送钱财”“美人计”等方法，要看清具体对象的缺口，然后向这缺口突破，对有的人还须兼施。

此外，还可用药物制服对方，他说他在上海潜伏工作时，曾用过一种烈性药粉使对方嗅后昏迷，取得了汉奸内部的一份机密情报。还说在上海某敌伪机关机要部门，有一位年轻的女职员与敌高级人员混得很熟，她曾用“春药”诱之下水，从他的身上搜集到不少有价值的情报。

在接下来的密码通讯术、侦察术、邮检术、爆破学、指纹学、痕迹学、电讯术、驾驶术、摄影术以及地形学、跟踪术、暗杀术、灭尸术等方面，许家铭样样过关。

许家铭用最快的速度站在了一个高度。可他也遍体鳞伤，也经受了常人不能忍受的疼痛，经受了内心的百般煎熬。他知道，生命就像一场永无休止的苦役，不惧怕和拒绝困苦，超越困苦，就是生活的强者。任何经历都是一种累积，累积得越多，人就越成熟；经历得越多，生命就越有厚度。

在雄村训练班，许家铭一直是佼佼者。

二十三

秋天，细雨微微，江南静谧。

省立屯溪医院陈院长正在为建立大型正规的手术室、手术器械严重不足等困难感到着急。

这时，曹曼筠轻轻敲门。

“哦，曼筠来了。你来得正好，我正准备去找你。你知道吧，日军一次次的轰炸，现在医院的伤员人满为患，我们的当务之急就是要采购一些手术器械和特殊麻醉药品。沪杭沦陷，日军对西药、医疗器械销售控制严格，外运查禁尤严。我们在上海采购的一部分器械、药品无法运到屯溪。能不能通过你父亲的关系，帮我们想想办法。”

陈院长把希望都放在了曹曼筠身上。

“陈院长，我就是为这事来的。我爸爸昨天下午来医院看望一个受伤的朋友，临走时到我那里，我说，现在医院困难很多，眼下急着要解决的问题就是医疗器械与药品运不回来。爸爸说，如果需要他帮忙，他可以出面。”曹曼筠的一席话让陈院长如释重负，陈院长连忙说：“太好了，我们现在就去雄村，找你父亲帮忙。”

傍晚时分，陈院长和曹曼筠到了雄村。

在雄村村口，曹曼筠和陈院长被士兵拦住。自从雄村训练班开班后，凡是进出雄村的人都要被仔细盘查，尤其是进雄村的外地人。

“我是曹正泰茶庄老板曹正泰的女儿，我叫曹曼筠。这位是我们屯溪医院的陈院长。我们陈院长到雄村是来看望我爸爸的。”一番盘问之后，士兵放行。

刚进茶庄大门，家人说：“曼筠，你怎么现在回来了，老爷去屯溪找你去了。”

原来，中饭后，曹正泰突然和家人说起了屯溪医院伤员无法及时得到治疗以及药品采购无法运回的事情。在屯溪医院，他亲眼看到一个被日军飞机扔下的炸弹炸伤躺在医院里的朋友，医生只是给伤者作了简单的消炎处理，进一步的手术只能等待。曹正泰觉得应该帮他们一把，于是动身去了屯溪医院。

这样，曹曼筠和陈院长又马不停蹄地往回赶。

见到曹正泰，陈院长激动地说：“实在是太感谢曹老板了，收到您愿意帮助我们的消息，我们太高兴了。眼下，医院里有10多个伤员急需做手术，昨天还有一个危重伤员转去了杭州。大家就等从上海采购的这批器械、药品了，这批器械、药品我们是通过关系，花了3倍的价钱才买来的，现在日军封锁得厉害，无法运回。您曹老板出面，我们的伤员有救了。”

曹正泰详细问了陈院长这批器械、药品现在放在什么地方，它们是否重新包装了等一些细节。然后，曹正泰说：“如果在平时，我写个信，你们去上海警察局找胡伟，他再去周旋，也就可以帮你们办好了。可是现在时间紧，我还是亲自去一趟上海吧。”

陈院长喜出望外，就连曹曼筠也没有想到父亲会亲自跑一趟上海。

陈院长紧紧握着曹正泰的手说：“曹老板的帮助我们没齿难忘，日后当重重感谢。”

第二天一早，曹正泰带着两名医院的工作人员上路了。

到了上海，曹正泰去了爱多亚路的上海市保险业联谊会。按惯例，联谊会专门派了一部车供曹正泰在上海期间使用。

曹正泰首先要拜访的是杜月笙。

在杜美路70号，这座耗资30万美元的独立式花园公馆富丽堂皇。公馆中西合璧，既显示了法国舒适典雅的别墅建筑特点，又展现了中国南方的庭院建筑风格，与爱穿长衫的“上海法租界公董局董事”杜月笙的身份十分吻合。

杜月笙的这座住宅建好后，曹正泰还是第一次来。曹正泰敲了敲门，半天才有人拉开门。

“请问你是？有何贵干？”

“我是曹正泰，杜老板的朋友。我从安徽来，特地来看望杜老板的。”说着，曹正泰叫随从把茶叶等礼品搬了进去。

“哦，您就是安徽徽州的曹老板，失礼了，失礼了。之前常听杜老板提起您。杜老板只要来贵客，必须泡上您送的上等‘正泰毛峰’，然后他就会情不自禁地说到您。可是，曹老板您今天不巧了，杜老板不在公馆。”

“没关系，既然来了，我还是看看这座漂亮的房子。”

曹正泰边走边看，家人在一旁介绍。

家人告诉曹正泰，这座公馆底层客厅可摆50桌筵席，平时作会客用。东厢房是账房间，西厢房是大菜间，二楼给第二夫人居住，三楼给第一夫人居住，西边一幢小洋房给第三夫人居住，东边一幢小洋房给第四夫人姚玉兰居住……

走了一圈，曹正泰也不好再问家人杜老板在哪，心想，就是问，估计家人也不知道杜老板去哪了。便说：“既然杜老板不在，我就走了，这点礼物还请您转交杜老板。”

“放心,放心。曹老板慢走,慢走。”

出了杜美路70号,曹正泰说:“走,我们去华格镍路。”

华格镍路66号,杜家老宅,此时也冷冷清清,曹正泰觉得有点不太对劲。

上海的朋友告诉曹正泰,杜月笙的哮喘病犯了,去香港治病去了。这当然是冠冕堂皇的说法,可也有人说,杜老板审时度势,他去香港是为日后找退路。

站在时光这头,看时光那头,时光终有一天会将彼此分开。坐在轿车里,上海所谓的繁华掠过车窗。曹正泰知道,真正的上海到处是游闲的尸,淫嚣的肉,长的男袍,短的女袖,满目都是骷髅。此时,杜月笙去香港是治病还是另有他图,这都不是曹正泰关心的,他眼下最关心的事情就是屯溪医院那批医疗器械及药品如何运出上海。

当然,曹正泰在上海的关系还是了得的。

接下来的几天,曹正泰打点了方方面面,最终将通行证拿到了手。

随即,这批器械及药品从海上取道温州,再绕道运回了屯溪。

送走了屯溪医院那两位随从,曹正泰想起了一个人,这个人就是胡伟。

二十四

胡亮死后,胡伟与小扣子先后暗杀了4个日本人,虽然动静有点大,但没有留下把柄,再说有杜月笙管家的周旋,这事也就过去了。

不久,胡伟参加法租界警察局的招聘考试,被警务处录取,从此成为上海滩上的一名警察。

有了警察这个身份,胡伟如鱼得水。

在上海滩,几乎所有的黄包车夫都是斧头帮的人,胡伟恰恰把黄包车夫当作兄弟,一些关于日本人的信息就会从黄包车夫的口里频频传到他耳里。

1942年2月中旬,沦为“孤岛”的大上海,比以往任何一年都显得愈发阴冷、萧瑟。

在日寇统治的铁蹄下，人人心头都笼罩着乌云，谁还有心思过年？行人极少的大街小巷里，全然没有往年那种浓烈的节日气氛，只有刺骨的寒风挟持着纷纷扬扬的雨雪，肆无忌惮地横冲直撞。

这天，胡伟从黄包车夫口中得知军统上海行动组组长，被称为超级杀手的亦青，要刺杀回上海过年的孔文冲。得到这一消息后，胡伟要黄包车夫转告亦青，他可以助一臂之力。很快，黄包车夫就有回话："亦青组长说你是上海滩的飞镖神，欢迎你到时参加行动……"

第二天一大早，亦青带着胡伟等人，冒着风雨，直奔法租界霞飞路上的东昌旅馆，会合住在该处的其他军统人员，商议刺杀行动具体方案。

孔文冲，1877 年出生于福建省闽侯县。1901 年自武昌自强学堂毕业后，留校教授法文。那时的孔文冲，受甲午战败刺激，抱着"富国强兵"的目的，于 1903 年争取到了"留学生领班"的职位，护送 8 名被清政府选派的学生赴德。后转赴法国，进入巴黎大学学习法律，1907 年毕业，是中国第一位在法国获得法律学士学位的留学生。回国后，孔文冲参加清政府廷试，被授予法科进士，随后历任法部制勘司主事、翰林院法律馆编修、外务部考工司郎等职。中华民国成立后，政府对学法语出身、熟悉国际法的孔文冲尤为看重，委任他为外交部政务司司长。在此后的数年间，孔文冲甘当汉奸，为日本人服务。

因此，重庆方面决定除掉他。

孔文冲上海的家在静安寺附近的愚园路 668 弄 25 号，处于华界和公共租界的交界处，是一栋 3 层的小洋楼。

此处最大的好处是安全，小楼东北紧靠公共租界意大利警备地区，南边是公共租界英军警备区，靠近沪西警察署，西邻忆定盘路、南接大西路。孔文冲还在家门口设置警卫岗亭，常年派两名保镖值守。

2 月 18 日，农历大年三十上午，孔文冲从南京打电话给上海家中，告诉提前回沪为其打前站的儿子，要儿子安排接站。

当日下午3时,孔文冲乘坐的火车准时到达上海站。一群保镖在月台上接到孔文冲后,簇拥着他钻进小轿车。为提防刺客,这一行人都穿戴同样的驼毛大衣和毡帽,从外表上很难分辨。孔文冲安全到家后,松了一口气。此时,花园里鞭炮炸响、银花飞溅,一片欢声笑语;厨房内,热气腾腾,熘炒烹炸忙得不亦乐乎;客厅内,更是张灯结彩,宾朋满座,谈笑风生。孔文冲身着一袭玄色暗团花长袍,得意地捋着下巴的胡须,与几个前来探望的朋友及家眷闲谈……

下午4点,亦青就得到孔文冲已经回家的确切消息,立刻通知胡伟等人,次日下午4点在愚园路口的沧州饭店会合。

2月19日,大年初一上午,胡伟等人准时到达沧州饭店,亦青已坐在大堂的沙发上。

随后,亦青给每个人发了枪支、子弹。

亦青还不忘问胡伟:"胡警探,你的飞镖带上了吧。"

"报告刘组长,那是我吃饭的家伙,怎能不带上。"

一切布置好后,傍晚6时,亦青、胡伟等8个人分开来在愚园路上走一趟,发现尽管天色已暗,凄风冷雨,路灯下行人倒还不少。不远处,孔家大门口更是热闹,人们进进出出,看起来是些拜年的人。

亦青招呼大家进一家酒吧坐坐。

晚7点,雨下得更大了。亦青站起来,穿上雨衣。7个人跟在身后,鱼贯走进愚园路668弄,分两边向25号大门扑过去。

此时孔宅的大门口,只有一个保镖带枪值班。他见两边来人来势不善,不由心慌意乱。亦青手下特工一把夺过警卫的枪,和另一个特工一起站在门口,扮成警卫。其他人用布将警卫的口堵上,拖进庭院,一边观察,一边监视。亦青带领胡伟等4人进入厨房。

厨房里几个男女正在忙活,突然看见几个身穿雨衣、手握短枪的人闯进来,目瞪口呆。

亦青示意两名特工留下。两人一个挥枪示意众男女靠边让路,不准出声,一个举枪对准监视。亦青带领胡伟从厨房冲进客厅。

7点15分左右，客厅里灯光明亮，丰盛的晚餐摆放在大桌上。孔文冲夫妇突然看到两个穿门卫制服的人闯了进来，心想手下人怎么这么没规矩，在众人面前丢了自己的面子，他怒声喝道："你们……"话音未落，胡伟飞镖直刺孔文冲喉部。

紧接着，亦青大踏步冲上前去，照准其头部连开两枪。

孔文冲大叫一声，顿时倒在血泊之中。亦青对伏在地上战战兢兢的人说："没有你们的事，我们只杀汉奸！"随即掏出一张事先写好的纸条，扔在孔文冲的身上。上书："抗日必胜，建国必成，除灭奸贼，永保华夏。"落款为"中国青年铁血军"。

孔文冲的死无疑给了日本侵略者和敌伪汉奸政府沉重的一击，同时又是奉献给上海市民最好的节日礼物。

2月20日，上海各报竞相刊载特大新闻："沪上毙一大汉奸，孔文冲被刺身死。"《中央日报》还在第3版配发了题为"精神动员"的短评。

这次刺杀行动非常成功，堪称抗战中最为重要，也是最为经典的暗杀之一。

从此，胡伟的名字在军统传开。

事后，亦青说："胡伟老弟，愿不愿意到军统做事？"

胡伟婉言谢绝："谢谢组长的好意。我留在警察局也好，日后我们信息可以互用嘛。"

……

曹正泰想到了胡伟，这是一种情结。

见到胡伟后，曹正泰仔细询问了他这几年在上海的近况。当曹正泰听说胡伟在亦青带领下成功刺杀了孔文冲之后，他拍着胡伟的肩膀说："干得漂亮！你真的长大了。可是在上海，这样一个混乱的洋场，你无亲无故的，还是要处处小心为是。你也不小了，适当时候找个人，成家了，也就安心了。"

曹正泰突然想起了什么，他问胡伟："原来在茶庄上班的小凤呢？胡亮死后她是不是还在上海？你见过吗？”

胡伟告诉曹正泰，自从胡亮死后，他把小凤介绍到了一家四川饭店当服务员，后来再去那家饭店，小凤就不在那里了，问老板，老板也不知小凤去向。

曹正泰说：“小凤是个重情义、可怜的姑娘。看在胡亮的分上，只要她在上海，只要活着，你尽可能找到她。凭着你现在在警察局的关系，找找，也不是什么难的事情。倘若找到了，就给她介绍一个好工作……”

胡伟默默点头。

临别时，曹正泰问胡伟：“你知道今年4月美军飞机轰炸东京的事吗？”

“知道啊。”

“后来的事情你知道吗？”

“我只知道，美军十几架飞机轰炸日本，后来发生什么事情我就没有关注了。”

曹正泰告诉胡伟，美军15架飞机在飞往浙江衢州机场时迷失了方向，纷纷坠落在江西、浙江、福建境内，其中11号飞机坠落在雄村对面的五指山上，机组的飞行员全部跳伞成功，被雄村村民救下。不久，日军来到雄村，叫村民交出美军。那时，美军飞行员已被送走了。日军大开杀戒，曹夫人遭到了林下直的杀害。

“胡伟，你一定要查到林下直！”曹正泰还告诉胡伟，林下直左边脖子上有个紫色的痣。

胡伟的泪水在眼眶里打滚儿，他说：“伯父，我记下了。就是翻遍上海，我也会把林下直找出来！此仇不报，我胡伟枉为一个堂堂男子汉！”

二十五

皖南的深秋，是一年之中最舒坦的季节，金阳红树间疏黄的秋色在峡谷间律动，相映成趣。

徽州，就像大海起伏的波浪一样，在深秋的暖阳抚摸下，看上去显得懒洋洋的，又露出一副倦容。不再泛起嫩黄，也淡了碧绿，色调由深而浅地泛着灰蒙蒙的状态。绕山缓流的溪水，渐渐清澈，溪底的鹅卵石依稀可数。水，也悄悄凉爽起来。这个时节，常有寒流提前侵扰，先是暴热，接下来风一阵雨几天的。

雨，刚刚清洗了这个季节，人也随之轻快了许多。

刚刚做好一台手术，曹曼筠坐在办公桌前喝茶。这时，陈院长走过来："曼筠，你到我办公室来一下。"

曹曼筠以为陈院长又要说上次父亲去上海帮忙运回物品的事，"算啦，算啦，陈院长，我是绝对不能收医院的好处费的。要是我爸爸知道了，还不知道怎么骂我呢。"

"曼筠，你来一下。不是这个事。"

跟着陈院长走到走廊尽头，陈院长推开门，曹曼筠喜出望外："啊！龙院长，您怎么来啦。"接着就是一阵拥抱。

陈院长说："你们慢慢聊，我还有个事情要处理。"说完陈院长带上门离开了。

这是曹曼筠离开南京之后第一次见到龙院长，她激动地拉着龙院长的手说："龙院长，这段时间我真的很苦闷，除了正常地上班，还是上班。一直未能接到组织的指示，我有时候想，现在是抗日的关键时期，国家需要我们站出来，做出自己的贡献，我却躲在这里。可我又无法与组织联系，也不知道该做什么。这几天尤其着急，正好，龙院长您来了。"

"曼筠啊，你要知道在前线拿刀拿枪与鬼子面对面拼杀，那叫抗日；在大街上散传单、演讲也是抗日；在隐蔽战线上，搜集情报也是抗日。可你，在医院每天都在救治被日军炮弹炸伤的伤员，这不也是在抗日吗？再说，我也听说了，前不久你还请你父亲亲自跑了一趟上海，把伤员急需的药品运到了医院。曼筠，你不知道，就那批器械、药品能从上海运到皖南，没有响当当的关系是无法拿到通行证的。你们父女为抗日做的贡献我们都记着呢。"

龙院长接着说:“我这次来屯溪,有几件事情要办,这其中就有一件关系到你。”

“太好了,龙院长,您说,不管什么任务,我保证完成。”好久没有接到组织布置的任务的曹曼筠此时有点兴奋。

龙院长告诉曹曼筠,中央认为现在的抗日到了非常时期,不久,国内形势可能会有大的变化,也就是说,会出现新的斗争格局。为了防患于未然,上级决定尽快安排我们的同志渗透到国民党内部。

“我此次来,有几项工作。其中一项就是联系你,你要想办法打进军统和美国人在雄村办的训练班。”

曹曼筠爽快地答应了下来。

龙院长说:“首先你要打进去,然后想办法稳住。什么时候开展工作,会有人通知你的。在没有同志联系你之前,你的任务就是保证自身安全,千万不可贸然行事。”

龙院长临走时交代了曹曼筠下次与人接头时的暗号。

送走龙院长,曹曼筠无法平静。

此时,曹曼筠坐在窗前,听三两点细雨诉说心事。对着镜子,曹曼筠自己对自己微笑。是啊,人生就像一出戏,可惜没有彩排,也没有重播,时间会过滤一切,包括你舍得与舍不得的。时间也会改变一切,不管你能不能及时适应。道路还在继续,不管未来有多远,微笑着走下去,做生活的主人。让心境开朗,不为昨日而懊恼,不为明天而迷茫。

收拾好心情,曹曼筠回到了雄村。

在接下来与父亲的茶叙中,曹曼筠知道了关于胡伟一家子的前前后后,更知道了胡伟在上海滩的壮举。

她说:“以后要是有机会,一定要见见胡伟哥。”尽管多年没有见到胡伟了,但曹曼筠相信,如果能见到,一定会一眼认出他。

青春的模样刻在少年的心上,挥之不去。

时光太瘦，指缝太宽，不经意的一别，已隔经年。胡伟，年少的玩伴，你在他乡还好吗？想到此，曹曼筠眼睛湿润，一阵忧伤从心头袭遍周身。此时，曹曼筠更是想到了远在天国的母亲，想到了以后不知能否再见到的妹妹汪晓茹，想到了日渐苍老，表面看似坚强内心却脆弱的父亲，她不禁泪如泉涌。

这个晚上，曹曼筠和父亲谈了很多，她了解了这些年自己不太关心的茶庄情况，也了解了父亲这些年瞒着家人为国民党，也为共产党做事的情况。

曹曼筠一直没有透露自己和妹妹加入共产党的事。当然，在那个特殊时期，不允许透露身份不光是纪律，更重要的是保障生命安全。除此之外，曹曼筠最担心的就是怕父亲担心。

尽管如此，曹正泰还是在言语中察觉了一些，只不过他不愿意说出来而已。当曹曼筠说起晓茹的时候，曹正泰总是打岔，把话题引开。他知道，晓茹一定是在执行特殊任务。他怕这样的话题会带来两代人的担忧、伤感。

怎么样才能把话题转到雄村训练班上来呢？

还没等曹曼筠想出由头，曹正泰开口了。

曹正泰说，4 天前雄村的中美训练班有 100 多人食物中毒，训练班医疗室就两个人，这两个人既是医生也是护士，忙不过来。训练班的副主任郭履洲就叫曹正泰带着去了歙县医院，请来了十几个医生、护士。那些上吐下泻的学员打针的打针，吊水的吊水，治疗效果不是很好。这时曹正泰想到了村里的小柱子，叫他去山上挖了草药，草药熬好后，病员一人喝了一碗，当天下午这些学员就都好了。事后，郭履洲到曹正泰家喝茶聊天，就说到了训练班平时医护人员人手不够的事。

讲到这里，曹正泰说：“曼筠，我倒是想，你能不能到训练班医疗室上班呢？只要你同意，我一句话就成。当然，你一个堂堂的专业医生到医疗室是大材小用了，可是，这样你就离家近了。现在你母亲也离开了我们，你在屯溪，我们也很少见面。晓茹就不用说了，学校送她到外地学习，也不知道什么时候能回来……”

没想到，有这样的好事。曹曼筠想，要是自己起头说，还真不知道从什么地方开口呢。

“听爸爸的。”

接下来，曹正泰去找郭履洲。听到曹老板的女儿愿意到训练班医疗室上班，郭履洲当场拍板，表示欢迎。

“曹老板啊，你这是雪中送炭啊。难怪戴主任与你一面之后就说曹老板这人不简单，能把茶叶生意做到南京、上海，不简单；能和杜月笙做成朋友，不简单；能把美国飞行员营救成功并安全转送到目的地，不简单。今天，您又把您的千金介绍到训练班，这是义举啊，我会及时向戴主任汇报，感谢您对党国的贡献。”

“日后，小女在您这上班，还请郭主任多多关照啊。”

“哪里，哪里。”

很简单，这事就这么搞定了。

随后，曹曼筠来到训练班上班。

以往，曹曼筠不断自我安慰，那些所经受的痛，都来源于深深的爱。有些事当时遇到，未必会明白它的深意，但在心里长久发酵后，就会看到不一样的模样。这是曹曼筠人生的又一起点，从此她跨入了军界。她不知道，未来是否能全身而退，是否能实现心中的梦想。她坚信，人生重要的不是所站的位置，而是所朝的方向。

二十六

训练班的学员在医疗室就诊只要在记录本上签个名就可以走人了，但每个周末，各队的负责人都需要签字。

一队当然是许家铭签字了。

许家铭光洁白皙的脸庞，透着棱角分明的冷峻。乌黑深邃的眼眸，泛着迷人的色泽。浓密的眉,高挺的鼻,绝美的唇形,无一不在张扬着高贵与优雅。

这天,又是周末,许家铭来到医疗室。签完字后,许家铭正准备离开,曹曼筠问:“许队长,听你的口音,好像是我们徽州人吧。”

许家铭答道:“嗯,是的,我是歙县许村人。”

“我们还是老乡呢,许队长,以后可要多多关照啊。”

曹曼筠第一次感到眼前这个男人不单是长得帅,而且俊逸中透出文雅。这种气度正是曹曼筠喜欢的。曹曼筠目光专注地看着许家铭,这一刻,她觉得他身上似乎有一种致命的磁场,要把她拉过去……

在许家铭眼里,曹曼筠是个优雅的女子,有文化底蕴,修养层次高、人生阅历丰富。她高贵而不奢靡,端庄而不做作,热情而不浮躁。她是知性智慧的、自信大度的、聪明睿智的。而这智慧、细腻、可爱,可以从那充满女人韵味的举手投足、一颦一笑间体味。她全身充溢着少女的纯情和青春的风采,留给他印象最深的是她那双湖水般清澈的眸子,以及长长的、一闪一闪的睫毛。眉眼之间的神情,像是探询,像是关切,像是问候。

随着时间推移,交往频繁,两人渐生情愫。奔忙中,你来我往,遇见的都是缘分。茫茫人海,一生当中的擦肩相遇少得可怜,更何况彼此都有相同的感受。

一次,曹曼筠送给许家铭一盒茶叶被其他学员看见了,并汇报到领导那里。不久,许家铭写给曹曼筠一封信又被学员知道,议论得沸沸扬扬。

这天,曹曼筠和许家铭都被传到了郭履洲办公室。

“许队长,听说你最近老是开小差,思想有问题了吧。你要知道,在军统有一条特别规定,就是不准与非军统的人结婚。你们这批学员有入班前订了婚的,入班后都退了;有隐瞒的,一经查出就被关起来,连外面的未婚妻也受到牵连。在训练班,也不准谈对象,现在是抗战时期,除去派往沦陷区,因工作需要掩护可以谈恋爱结婚之外,其他一律不允许。”

郭履洲表情严肃,说着起身走到许家铭面前,继续说道:“家铭啊,你是这批学员中的佼佼者,又是戴老板看中的人,前程远大啊。你可不要因为一点点个人的恩恩爱爱影响前途啊。”

在接下来对曹曼筠的训话中，郭履洲说：“曹曼筠，训练班是不准谈恋爱的，何况你的军籍还没有批下来。再说，你在军统里谈对象，是不是要征求你父亲的意见呢？以往就像一阵风，都过去了。我也不会把这个事情告诉你父亲。到此为止吧。”

受训回医疗室的路上，曹曼筠才意识到了什么，她吓得一身冷汗。此时，她才回过神来，自己是中共党员，是个潜伏者，怎么能忘了使命，掉进爱情的旋涡里呢？其实，之前曹曼筠也不是不知道纪律，而是她没有太在意，她也不知道爱情这个东西如此诡秘，令人情不自禁。

表面上的平静真的可怕。

在此后的几天，曹曼筠连续失眠。更令她不安的是，她一连十多天没有见到许家铭人影。

原来，训练班一科学习完之后，都要安排学员到沦陷区去做破坏试验。

作为队长，许家铭率领了第一队的少数学生，一共只有十四五人去浙江沦陷区做破坏试验。他们化装成渔民，冒雪将日伪严密防守的钱塘江大桥第6、7号桥墩炸毁，破坏了日军连接浙东、浙西的交通线。之后又破坏了浙赣线诸暨附近铁路25处，哨所2个，铁桥2座，使浙赣铁路中断。在回来的路上，他们还顺手捎带焚毁了日军5座仓库。

接着，许家铭带领学员到华中长江水道和洞庭湖一带布雷，阻挠日军的水上运输。在敌后不断对交通、军事设施以及工厂矿山进行破坏，对日军官兵及汉奸进行制裁，使日军的行动和补给遭受重大损失。

许家铭带领学员的这次破坏试验战功赫赫。10天之后，回到雄村，郭履洲在操场边的竹山书院门口搞了一个隆重的庆功仪式。

这时，曹曼筠才知道原来许家铭带学员去了沦陷区，她久悬的心放了下来。

这次破坏试验中有3名学员受伤，在医疗室接受伤口处理时，曹曼筠问其中一个学员：“听说你们队长也受了点轻伤，他怎么没来医疗室呢？”那位学员告诉她,许队长在写简报,郭履洲副主任下午就要。

“哦。”曹曼筠怅然若失,又放心了许多。

钟表可以回到起点,却已不是昨天。人一旦产生共鸣,就心在路上,念在路上。有些时候,正是为了爱才悄悄躲开,躲开的是身影,躲不开的却是那份默默的情怀。

在纪律的约束下,许家铭与曹曼筠小心翼翼。如果在以前,许家铭会大大方方地到医疗室包扎伤口。这次,他迟疑了。

郭履洲收下简报,问道:“去医疗室处理伤口了吗?”

“没有,还没来得及。”

“该去的还是要去,抓紧去吧,免得感染了。”

从医疗室回宿舍的路上,许家铭迫不及待地打开曹曼筠给他的纸条:

……也许,这一世,你注定是我宿命里无法逾越的情堑。我知道,今后,你会永远占据我的内心深处,纵然爱你会令我的所有时光寂寞,我依然会守着回忆,在绿肥红瘦的季节里,在清欢浓愁的日子里,倾尽我一世的痴迷……

曹曼筠用医疗室处方笺写的一封短短的信,许家铭不知道看了多少遍。

夜深人静,许家铭对影难眠。窗外,明月如霜,洒满小楼。此时,许家铭在想,自己怎会如此想念曼筠呢?怎会如此地在意她呢?明知道没有结果,明知道是一种错,为什么还要往前走呢?

第二天一早,许家铭就来到医疗室换敷料,趁人不注意,他塞给曹曼筠一个纸条。

许家铭在纸条上写道:人生有你,阳光灿烂;人生有你,四季温暖;人生有你,不畏艰险;人生有你,期待永远。

在含泪的目光中,曹曼筠目送许家铭离开医疗室。

他在时光里享受温暖。

她在流年里忘记花开。

时间过得真快。一晃到了1943年的冬天。

寂寞的严冬里，雄村到处是单调的枯黄色，一片萧瑟，连往日明净的渐江也失去了光彩，黯然无神地躲在冰面下恹恹欲睡。太阳终于伸出纤纤玉指，将五指山的柔纱轻轻褪去。五指山那坚实的肌胸，挺拔的脊梁袒露在人们的面前，沉静而坚毅。不时有云雾从它的怀中涌起，散开，成为最美丽的语言。那阳光下显得凝重的松柏，那苍茫中显现出的点点殷红，那散落在群山峰顶神秘的吻痕，却又增添了青山另外的神秘。

二十七

1943 年 12 月 6 日。

戴笠带着电影明星胡蝶来到雄村。这个女人被称为民国第一美女影后。

上海是上流名媛交际花的福地，这些女性热衷于飞行术、骑马等奢华的社交生活和追赶时髦，这就注定了旗袍的流行。而胡蝶就是当时红极一时的电影明星，被誉为民国第一美女的她，驾驭旗袍那当然是得心应手，无论是高领中袖旗袍，还是低领短袖旗袍，穿在她身上都显得仪态万方，高贵优雅十足。

老上海被称为“东方巴黎”，它诞生了中国第一部电影、第一个唱片厂、第一个爵士乐队、第一个交响乐团等，而胡蝶就是随之诞生的第一民国旗袍美人，优美的花纹、合身的剪裁、华丽的面料，更加衬托出胡蝶的优雅和柔美，胡蝶已经成为那个时代特有的符号。

胡蝶一袭碎花绸缎旗袍，气质优雅，身姿曼妙，是不少男人心目中的女神！她的美，或千娇百媚，或灵气逼人，跨越无声和有声电影时代。她是上海滩的时尚标杆，她穿什么旗袍，上海滩就流行什么，她怎么穿，上海的女人就怎么效仿。所以，她在一定程度带动了老上海女士穿旗袍的风气。

胡蝶性格温婉，柔情若水。她优柔，包容，优雅，性感。胡蝶出席活动，总穿着旗袍袒露小腿和小臂，旗袍的袖口几乎都缀有“蝴蝶褶”，这类旗袍在后来也被称为“胡蝶旗袍”。

胡蝶美得颠倒众生,气质雅致脱俗。然而就是这样美丽的女人,最后还是走进了戴笠的圈套。

来到雄村,胡蝶依然穿着旗袍。胡蝶的美丽融化了冬的寒冷,使萧索的冬景旋转出春天的气息。

到了雄村,戴笠带着胡蝶首先拜访了曹正泰。

曹正泰见过太多的事,太多的人,可却没有见过眼前这般美丽的女神。戴笠一番介绍后,胡蝶主动伸出右手与曹正泰握了握手。接着,曹正泰亲自给胡蝶泡茶。

“在路上戴主任就说曹老板家的茶如何如何好,这一喝啊,真香,果真名不虚传啊。”

曹正泰立马接道:“这茶的香,是沾了您大明星的香气。刚才和您握手,接着我就给您泡茶,您说,这茶能不香吗?”

众人哈哈大笑。

戴笠告诉曹正泰:“上次您给的茶叶,我回去后送了一些给委座品尝,委座连声称好。蒋夫人问我是哪里的茶,我说,安徽徽州‘曹正泰茶庄’的。蒋夫人当然不知道您的茶庄,可一旁的委座说,‘徽州,我知道。就是美军 11 号机组坠落的地方,那里的老百姓营救了飞行员’。”

“戴主任,既然委员长都认可我的‘正泰毛峰’,您这次一定要多带些茶叶回重庆,送给委员长,送给蒋夫人,聊表雄村人民的一片心意。”

接着,郭履洲向戴笠介绍了曹正泰女儿曹曼筠在训练班工作的情况。戴笠伸出双手,紧紧握住曹正泰:“太谢谢您了,您为抗日事业贡献得太多啦。”

“为了支持抗日,这是应该的,应该的。”

随后,胡蝶参观了曹正泰茶庄的各个车间。虽然是冬季,没有鲜活的嫩叶可以加工,但师傅们还是认真地给胡蝶讲解了一遍茶叶制作的工艺流程,胡蝶听得津津有味。

临走时,戴笠对郭履洲说:“我要去瑞安、漳州几天,胡蝶和她的一行人就在徽州玩几天,你安排好就是了。"

戴笠走后,郭履洲安排办公室王主任带着胡蝶等人先后去看了棠樾牌坊群、鲍家花园、许村、阳产土楼等,胡蝶心情大好。

晚上,胡蝶住在竹山书院2号戴笠的卧室,两个女助手住4号卧室,其他人一律住营房。细心的郭履洲还给书院2号、4号配了警卫,以防不测。

12月9日晚,在外面玩了一天的胡蝶喝了点红酒,早早洗漱后就上床休息了。

4号卧室的两个女侍却怎么也睡不着。

此时,在4号卧室外站岗的是许家铭一队的学员胡兆宝。夜已深,4号的灯还没有熄灭,还隐隐传出声音。胡兆宝慢慢靠近窗边,想听听这两个从上海来的女人到底在说什么。胡兆宝刚把耳朵贴在窗上听了一会。

这时,窗户被打开,两个女人叫了起来。这下胡兆宝吓坏了,他索性从窗子爬进卧室,连忙向她俩跪下,说:"我是临时被抽来给你们做安保服务的,一时好奇才偷看你们……请两位高抬贵手放过我吧。"两个女人这才回过神来,其中一个大个子女人穿好衣服下地,给炭盆加了一些炭。另一个用被子把身体盖严,说道:"起来吧。"

大个子说道:"你都看到了吧,你结婚了没有?"

胡兆宝说:"没。"

她接着问:"碰过女人吗?"

胡兆宝摇摇头。

靠在床头的女人问道:"你除了当兵能打枪之外,还会干什么?"

"我会画画。"

大个子惊讶地说:"就你还会画画,我不信。"说着拿来了纸笔,"你画个东西我看看,要是撒谎,我们就把你交出去,你知道会是什么后果吧。"

其实,胡兆宝真的会画画。

胡兆宝生于知识分子家庭,自小就对绘画感兴趣,上初中时父亲就给他找了绘画老师。良好的天赋,以及后天的刻苦钻研,胡兆宝面对一个模特,可以在短时间内完成一幅作品,并且表现得深入而丰富。可惜战火烧毁了他的梦想,他全家遭到日本人屠杀。那天,胡兆宝要不是在老师家画画,也难逃厄运。之后,他放下手中的笔加入到抗战的队伍。

现在大个子要他画个东西,胡兆宝接过纸笔,一刻钟不到就画了一幅画,画面内容是:一盆彤红的炭火旁边坐着一个女人在烤火,床上躺着一个女人,盖着被子,侧着身子,眼睛看向火盆的方向。

“栩栩如生啊。”大个子把画拿给躺在床上的女人看。

女人说:“你给我画一张裸体画,今天的事情就了了。”说着,她掀开了被子,翻了身趴下。只见她的玉背显出一条由上而下的沟,一条优美的弧线,这女人背和谐得如一片云。丰满的臀部明显地隆起,成为柔软的波状……

应该说人们对人体写生充满好奇,毕竟对着赤身裸体的模特,观察和刻画他们的身体是很难为情的事情,更何况都是青春期的年轻人,对异性的身体都有着奇妙的幻想。胡兆宝刚刚经历了好奇、激动、害怕等多种心理变化之后,此时反而心绪平复了许多。

有生命的作品,能最大程度激发画家的灵感。此时,胡兆宝完全进入到了艺术的创作之中。全裸的女性侧卧在床上,一旁的炭火忽明忽暗,女人的身体在光影、明暗、冷暖上形成对比……

严谨的造型技巧与绘画表现力,显示了现实主义绘画语言的魅力。一张惟妙惟肖、完美无缺的女性全裸图完成了。

女人起身穿好衣服,接过胡兆宝的画,高兴地说:“画得太漂亮了,这幅画我要好好珍藏。你叫什么名字?写到上面吧。”

胡兆宝接过画,在上面写下了“军人胡兆宝”几个字。

“你叫什么名字啊?”

女人回答:“西樵。”

就在这时,有人敲门。

大个子问道:“谁？深更半夜的还来敲门。”

“我！开门!”

一听是胡蝶的声音,她们吓死了,赶紧把门打开。

原来,就在胡兆宝给女人画画的时候,附近为2号卧室警卫的学员发现4号这边好像不对劲,就跑过来巡视,结果见到4号卧室的窗子打开,靠近一看,一切尽收眼底。于是,警卫立即跑到营房向许家铭队长报告,听到这个消息,许家铭大吃一惊,也不敢做主,就连夜报告了办公室王主任,王主任觉得事态不小,立即报告了郭履洲副主任。随即,郭履洲在王主任、许家铭陪同下来到2号,叫醒了胡蝶。

一看胡蝶来了,郭履洲、王主任、许家铭也来了,胡兆宝知道这事情大了,他一下子瘫倒在地。

在了解了来龙去脉之后,胡蝶首先说:“今晚的事情也没有什么后果,我建议就不要扩大了,知道的人要守口如瓶。至于这个学员,我倒是建议从宽处理,毕竟有违规的一面,也有充满人性的一面。”

接着,郭履洲说:“首先我们要检讨,我们的学员素质不够,惊动了二位,我先赔个不是。既然胡蝶女士都这么讲了,我们就大事化小,小事化了。”

随后,郭履洲吩咐王主任、许家铭把今晚知情的人连同胡兆宝一并带到办公室。

在训练班办公室,郭履洲决定:一是知情人不允许扩散消息;二是胡兆宝毕业不作安排,继续留在雄村和下一批学员一起再训练;三是此事必须向戴主任汇报。

回到营房,天已微微亮。

胡兆宝怎么也睡不着,他索性起床敲开许队长的门。此时,许家铭也无法入睡,他在想,戴主任知道后会是一个什么样的结局。胡兆宝来得正好,他也想和胡兆宝谈谈,毕竟胡兆宝是他带出来的兵。

一番推心置腹的谈话之后,许家铭说:“做最坏的打算,你胡兆宝人头不保。

这该怎么办?”

胡兆宝眼睁睁看着许家铭,欲哭无泪。

“你回去吧,让我好好想想。”

转眼到了12月15日,戴笠回到了雄村。

在郭履洲办公室,戴笠听取了郭履洲关于明天毕业典礼活动的安排后很高兴,他认为郭履洲工作安排得很细、很全面。

接下来,郭履洲向戴笠汇报了那晚的事件。戴笠表现得很镇静,随口说了句:“那两个女人,胡蝶处理;这个学员就不要让他走出雄村了。”

郭履洲知道,戴笠所说的“不让他走出雄村”就是枪毙啊。一贯不敢在戴笠面前提出异议的郭履洲只好说:“照办,照办。”

按照戴笠的指示,胡兆宝必须在16日毕业典礼之前处决。郭履洲把这件事情交给了许家铭来办。

接到这个任务,许家铭心乱如麻。这时,他找到了曹正泰。曹正泰告诉他,这事他也不便跟戴笠说,毕竟交情不够。可是,曹正泰给许家铭出了一个主意。

回到训练班,许家铭对胡兆宝说:“还记得你给她画画的那个女人模样吗?”

胡兆宝告诉许家铭:“我们搞绘画的人,眼睛很厉害。她叫西樵,一丝一毫我都记在脑里。她左边乳房下面有个小包块,我在画到这个地方时曾问她,是不是这个包块就不要画上去了,她说,要画上,要真实表达……”

“你现在能凭着回忆再画一张吗?”

胡兆宝答道:“完全可以。”

随后,在不到半个小时的时间内胡兆宝就画好了一张和原画几乎一样的西樵裸体画。

收好画之后,许家铭说:“今晚,你一切听小扣子的,不要慌张,不要怕。”

胡兆宝默默点头。

晚饭后,天色灰暗。小扣子率4个学员把胡兆宝押到靶场。

在这之前,许家铭给4个学员发的子弹都是无头弹,他们也都清楚这是队长要保胡兆宝的命。就在他们4个站成一排端起枪的时候，小扣子隐隐约约感到站在4号位的那个学员神情不对，他突然意识到了什么。就在小扣子发出射击令的一瞬间，小扣子举起弹弓向枪指的方向成四十五度角射去，在离胡兆宝还不到一米远的时候，小扣子的弹弓子弹击中了4号位学员射出的子弹。

“砰！”的一声，扣子与弹头相遇，子弹瞬间改变了方向，飞到他处。

接着，小扣子上前按住那个学员。据那个学员交代，他曾经与胡兆宝闹过矛盾，正好有这次机会，他就把平时收留的真子弹推上了膛，子弹上膛后他有一点点犹豫。可就是那一点点犹豫被小扣子发觉了。

随后，小扣子给那个学员两条路，一是灭口，二是放他回家，永不出现。那人选择了第二条……

原来，曹正泰告诉许家铭，就在中午，雄村来了一个流浪汉，歪歪倒倒走到村头的榆树下断气了。之后，村民们就草草把他掩埋在山脚下。得知这个消息后，许家铭就安排小扣子等人把流浪汉挖了出来，事先送到靶场藏了起来。

之后，小扣子拍了几张流浪汉血肉模糊的照片。同时把胡兆宝送到了曹正泰茶庄。回到队里，小扣子写了一份那个学员临阵逃跑的证明，其他3人在上面签上字，这事就过去了。

一切就这样悄然无声地过去了。

二十八

“郭主任不是说大事化小，小事化了吗？怎么还是把那个小青年给毙了？”胡蝶抽着烟，烟一圈圈从口里吐出。

戴笠拍拍她的肩膀：“洗洗，上床吧。”

胡蝶回道：“没心情。”

“为了一个不认识的小子，值得这样吗？你说，在这偏远的山里出了这么大的事，他郭履洲能不给我汇报吗？他当你面说的那些，叫人情；他给我汇报，这叫政治。”戴笠从胡蝶手里拿过香烟，弹去烟灰。

“我就知道，你对西樵有想法。这次，不是你硬要西樵一道，我才不要她来呢。”说着，胡蝶起身洗漱。戴笠站在窗前猛地抽烟。

“那张画呢？”

见胡蝶没有回答，戴笠提高了嗓门：“那张画呢？！”

洗漱完毕，胡蝶怯怯地答道：“在抽屉里。”戴笠真的发起火来，胡蝶还是害怕的。

看着西樵的裸体画，戴笠自言自语：“人才啊，人才啊。”这时的戴笠觉得那小子可惜了，留着他，说不定以后会派上用场。

“唉，这就是命。睡吧，睡吧。”戴笠关了灯，搂着胡蝶渐渐进入了梦乡。

同样是这个晚上，住在4号的西樵和大个子女人忐忑不安。

“就这么点事，戴主任就杀人，也太狠毒了吧？”西樵说。

“那你怎么不去求情呢，人家为你画像啊。”

“我有机会去求情吗？这次胡蝶本来就没有准备带我们来玩，你不是不知道。”

“早知道这样，你不去戴主任那里要求一道就好了。”

“现在说这话，有用吗？”

西樵和大个子你一句我一句说开了。

大个子说，回上海后，她就不准备在胡蝶手下干了，她舅舅叫她去广州，她舅舅在广州已经给她找好剧团了。

“你走得掉，我可走不掉啊。就是能跑到天涯海角，戴主任想找，那还不是分分钟钟的事。我现在就巴望胡蝶不要我，这样我就可以离开了。”

大个子说：“谁叫你上了他的床，上去了，想下来就难了。”

西樵伤感起来：“世事山河都会变迁，其实我们无须不辞辛劳去追求什么永远。当下，连一件自己想做的事情都不能做，更不要说擅自离开上海。此生也只能颠沛流离，尝尽苦楚了……”

同样是这个晚上，曹正泰写了一封信，他告诉胡兆宝："你到上海后，去找胡伟。你把信给他，他会想办法安置你的。"胡兆宝扑通一声跪在地上。曹正泰拉起他："起来。你要记住，胡兆宝死了。就是以后在上海滩遇见许家铭也不要打招呼，即便碰到西樵也要装作不认识……"

一个月黑风高的夜晚，胡兆宝在茶庄工人的护送下离开了雄村。

二十九

1943年12月16日，中美特种技术合作所雄村训练班第一期学员毕业。

根据安排，雄村第一批学员大部分回到原部队，他们有的被安排在重要岗位，有的得到了提拔。

有少部分学员被安排到了南京、武汉、重庆、上海等地的军统站工作，主要任务是在制裁汉奸的同时诛杀日本人。比如，军统上海站就制定了一个方案：以身着军服的日本人为诛杀对象，无论军阶高低，职务大小，无须申报，得机就当场干掉。日后，沦陷区内军统特工在严酷的斗争环境里，满怀对中华民族的热爱，对日本侵略者的仇恨，用自己年轻的生命与无畏的鲜血，书写了中华民族抗战史上光辉灿烂的一页。

这批学员中只有46人被送到重庆中美特种技术合作所总部深造，这46人都是经过严格审查的、文武双全的高才生，这也是军统留作日后打入共产党内部的力量。

许家铭就是46人中的其中一员。

对这样的安排，许家铭一点也不知道。毕业典礼结束后，大家列队到办公室登记、办手续。排了半天队，轮到许家铭，工作人员却告诉他，他不在办理手续人员的名单里。

许家铭只好走出队列，他准备去郭履洲副主任那里问问究竟是怎么回事。

"家铭，你的手续办好了吗？你被分去哪里了？"曹曼筠拦在许家铭的面前。

“曼筠,我本来准备办好手续去找你。可是工作人员告诉我,我的名单不在他们手里。”

曹曼筠一脸茫然:“那是怎么回事呢?”

许家铭说:“曼筠,你被分在哪里?”

“我被分在了军统上海站的医务组。刚才填表时,你的好部下小扣子就在我前面,他也被分到军统上海站了,在行动组。”

许家铭告诉曹曼筠,他这就去找郭履洲副主任问问。

曹曼筠说:“我现在回家一趟,父亲还在等我。你一有消息就到茶庄来,我等你。”

和曹曼筠分手后,许家铭直奔郭履洲办公室。

在郭履洲那里,许家铭得知,他将与其他45名学员一道去重庆深造。

郭履洲告诉他:“本来是下午通知你,根据规定,凡是通知来的人,进门之后就不得出门了。去重庆要带的东西都由办公室统一装箱。既然你现在来了,也就不要走了,去6号营房就可以了。家铭啊,你的名字可是戴主任亲自点的哦,你绝不能辜负领导对你的信任啊。”

随后,许家铭被人带到6号营房。

此时,许家铭没有想过到重庆后会如何,他首先想的是曹曼筠。于是,他匆匆写了一封信。

在茶庄,一直没有等到许家铭,曹曼筠感到有点不对劲。就在她起身准备回训练班时,小扣子来了。

“曼筠姐,这是许队长给你的信。”说完小扣子匆匆离开。

“……曼筠,当你看到这封信时,我已暂时失去了自由。但你要相信,这不是因为我犯错误,而是工作的需要。其中的原委恕我不能告诉你。写下这封信已经是违纪了,但我还是拿起了笔。

“曼筠,我和你相识匆匆,但我怀念和你相遇的日子,那些镌刻在心底的记忆,穷尽一生也无法磨灭。也许我们无缘再见,也许这一段情感只能成为过去,你却是我最感动的牵念,也许你永远也不会明白,我的思念因你而起。

“我该如何告诉你,我爱你;我该如何告诉你,我在乎你;我该如何告诉你,我一直想念你。人与人之间的相遇就像是流星,瞬间迸发出令人羡慕的火花,却注定只是匆匆而过。今生的遗憾,就是你我刚刚开始就已经结束。

“你,注定是我今生倾心驻足的风景,一世不舍的眷恋。为了你,我愿划破手指,滴血成圈,圈住你的款款深情,纵然玫瑰零落成泥碾作尘,我也甘愿守候着这一世的心疼。

“因为你,无论我走到了哪里,我看到的都是美丽风景,我听到的都是悠扬的红尘恋歌。因为你是我今生最美的遇见,寻得你,我就拥有了全世界的花开颜色。你的到来,为我拂去了浪迹天涯的孤独,我漂泊的灵魂再也不用辗转流连于亭台楼榭之间,湄湄云水之上……

“曼筠,不知道今生是否还能相见。无论如何,我都会爱你,祝福你……”

字字心痛,都是眼泪。

曹曼筠突然意识到什么,她镇静地坐下,也拿起笔,她要给许家铭回一封信。哪怕无法送出,哪怕他收不到。

“……家铭,此时,一个人独处的下午,是一个不可言说的世界,平日的浮躁和狂乱,委屈与感伤,冲动与盲目,都一扫而光,拥有一处宁静多么不容易啊。有了宁静,我才能认真地想你,想我俩的事。家铭,你是否知道我在想你?窗外,阳光洒满西楼,淡淡思念淡淡愁。我不知道,我怎会如此地想你,怎会如此地在意你,明知道没有结果,明知道是一种错,却还是放纵自己,一错再错。也在遇到你之后,我真正体会到了什么是牵挂,什么是痴痴恋恋,什么是同节奏的心跳……”

写好后,怎么能送给许家铭呢?曹曼筠找到了小扣子,小扣子表示也只能试试。尽管小扣子想了很多办法还是未能接近许家铭,他只好把信还给了曹曼筠。

曹曼筠感到,这也许就是命数。

其实,生命里原本就有很多定数,在你未曾预料的时候就已摆好了局。

1943 年 12 月 17 日,训练班的学员陆续离开雄村,奔赴新的工作岗位。曹曼筠告别父亲,登上了开往上海的轮船。

17 日下午,在郭履洲办公室,戴笠主持了一个 5 人会议。这 5 人是:戴笠、郭履洲、办公室王主任、许家铭、文书赵小姐。

戴笠要求在座的开动脑筋,给这 46 个人分别想个化名,以便于他们在重庆学习后打入共产党内部。不多时,郭履洲把 46 个化名就拟好了,戴笠一一过目,觉得比较满意。

戴笠说:"文书记录在案,以备查。"

随后,戴笠、郭履洲、王主任在名单上签了字。文书赵小姐当众把它装入资料袋,封口后加盖了公章。

接下来,戴笠给赴重庆深造的学员开了一个会,郭履洲宣布了每个人的化名。

散会后,时间还早,戴笠说:"郭副主任,陪我去看看曹老板。"

在郭履洲、王主任的陪同下,戴笠带着胡蝶等人到了曹正泰茶庄。

曹正泰感谢戴主任给女儿曹曼筠安排了一个好工作,戴笠感谢曹正泰对训练班的支持。大家寒暄一阵之后,戴笠说:"我们的训练班还在继续办,下个月第二期开班,到时我还要来,希望曹老板一如既往地支持。我跟郭副主任说了,训练班物资丰富,明后天给雄村的村民发放一些,很多日用品还是美国货呢。"

"谢谢戴主任的抬爱。我们雄村的村民一定会为训练班做一些力所能及的事情,其他的我们没有能力,在蔬菜的供应上,我们可以确保。再就是,我的茶叶,一贯以最低价供应训练班。"曹正泰说得实在,在座的也听得高兴。

"曹老板,我今天来是与你话别的,我明天就回重庆了。希望日后有机会重庆见。"

临别时,曹正泰不忘吩咐家人给戴老板、胡蝶准备了茶叶。

在从茶庄回训练班的路上,戴笠贴着郭履洲的耳朵说:"我把西樵给你留下。”

郭履洲连忙说:“谢谢戴主任关心,如果要留就留那个大个子……”

戴笠哈哈大笑。

傍晚,许家铭提议去竹山书院、慈光庵等地方拍些照片作为纪念,得到了郭履洲的同意。于是,46个人结伴走出营房。

在慈光庵拍照时,许家铭借故去卫生间,悄悄去了后面的四合院,上了二楼。在二楼,许家铭把一个包裹很严的信封放在阁楼的一个夹缝里,确认安全后,他点了支烟,匆匆赶回人群。

原来,在这之前,许家铭凭记忆悄悄写出了46人的化名。他想,如果以后因战乱那份备忘录流失不在了,戴笠等人也不在了,谁会为我们46个弟兄做主,证明我们的身份呢?再说,在以后的斗争中或许会出现意想不到的事情,多留一手,总会有好处。于是,他写好名单后,想到了慈光庵,那里是个藏处。

时光沉淀匆匆,最初的沙砾还悬在空气里。深入呼吸,刻入骨髓,停在一个叫作开始的地方。

望着眼前奔流不息的渐江,许家铭心潮起伏。

是啊,命中总有那么一段时光,充满不安,可是除了勇敢面对,我们别无选择。

第三章

三十

以往十六铺码头仓库的背面，一面江、一杯茶、三两好友，共迎一缕清风，惬意在繁华紧张的大上海唾手可及。如今的十六铺码头及周边地区是个藏污纳垢之地，一些流氓大亨借助这里复杂的社会背景，左右逢源、呼风唤雨。即便现在战火纷飞，十六铺客运码头还是热闹的，每天也有上万人次出入，单上海至重庆一条航线就有13条船在开。南来北往的旅客凡经过码头无不小心翼翼地，码头苦力、小贩在此营生更是提心吊胆，唯恐惹是生非。

1943年12月20日下午，一艘邮轮慢慢停靠在十六铺码头。

和平时一样，人们纷纷从船上下来，有的手拉孩子，有的手提行李箱，有的男女手牵手边走边聊。和平时不一样的是，在码头的很多地方都有一些警惕的眼睛在扫视每个人。在出口的大门两边，还有一些年轻人严阵以待。

下午4点40分。一个手提行李箱，穿咖啡色羊绒大衣和黑色针织裙，脖子上围一条围巾，头戴礼帽的女士缓缓从船舱走出。

这个人就是汪晓茹。

当汪晓茹走出旋梯时，两个黑衣男子一边一个夹住了她。

“你们什么人？这是干什么？”汪晓茹左右看了看。

“你是汪晓茹吧，别说话。跟我们走一趟！”黑衣男一副凶巴巴的样子，不容汪晓茹辩说。

4点46分。就在两个黑衣男夹着汪晓茹快速行进到码头大门的时候，枪声响起，两个黑衣男应声倒地。

突如其来的被裹挟，突如其来的枪声，两个黑衣男脑袋被子弹爆开，这短短几分钟发生的事情，吓得汪晓茹两腿发软。就在汪晓茹快要倒地的时候，又有两个身穿西服的男人一跃到面前，扶起了她。汪晓茹彻底蒙了。

“别怕，汪晓茹，我们是来救你的。”

4点48分。此时，在不远处，有一个人在用弹弓瞄准了西服男子。

这个人玩弹弓超过千万次了，他在这过程中找到一种感觉，这种感觉会让人在凭感觉瞄准的一瞬间，心跳稍微加速，突然产生发射的兴奋感，而且这时候命中率高得吓人。这就是“估打”。通常来说，“估打”练成了，也就是玩弹弓的高手了。

这次，他在弹弓臂上安装了弹簧助力器，用力更少，威力更强，还安装有红外线瞄准器，但是子弹不是钢珠，是一如既往的铜扣子。这种铜扣子比钢珠更厉害，铜扣子在进入人体的一瞬间，人体内的鲜血会从它的4个眼像箭一样向外喷出。

当一切条件符合，他抬手就是一弹弓，西服男无声倒地。紧接着，也就是3秒不到的时间，另一个西服男也倒下了，两人头上的血飞溅。

这个弹弓手就是小扣子，此时的小扣子已是军统上海站行动组的2号人物了。

就在西服男倒地后，立马有10多个西服男把汪晓茹团团围住。与此同时，一阵乱枪射向小扣子，小扣子连忙倒地翻滚，撤到安全的地方。

此时的汪晓茹完全弄不明白这些人中谁是来接自己的，谁是来绑架自己的，谁是来救自己的。

4点52分。汪晓茹被西服男们推进轿车带走。

5点30分。汪晓茹被带到极司菲尔路76号。

原来,汪晓茹从英国回国的消息早被军统截获。军统在得到汪晓茹即将回国的消息后,第一时间报告了戴笠。戴笠听到这个消息后,大脑记忆里的另一个"池步洲"立马浮现在眼前。那时,戴笠还不知道共产党里的这个"池步洲"是男是女,很快,戴笠就搞清楚了这个无线电高手叫汪晓茹,并且利用英国的关系搞到了汪晓茹回国的行程安排。于是,戴笠指示军统上海站,一定要在十六铺码头把汪晓茹劫持到上海站。

军统上海站接到任务后,行动组组长亦青正在住院治病,他把这次行动交给了小扣子负责。小扣子头脑活络,枪法准,弹弓射击是一绝,但他毕竟刚从雄村训练班来,实战经验欠缺。他以为带上几个人到码头,一个女人还不轻松搞定?哪知中统插了一手,他不但没有完成任务,还牺牲了两个兄弟。

没有将汪晓茹带回上海站,上海站的负责人受到了戴笠的严厉批评。按说,小扣子是要受到处分的,可是戴笠不但没有惩罚他还表扬了他。戴笠在电文中说:"小扣子弹弓击毙中统两人,弹弓之声已令中统闻之怯怯。初出茅庐就有如此实战本领,值得培养……"

就在小扣子还在为行动失败自责时,"76号"对汪晓茹连夜展开了审讯。

6点20分。极司菲尔路76号中统审讯室。汪晓茹遭受了惨无人道的酷刑,先是吊打,接着是灌辣椒水、电刑、钢针刺指。

汪晓茹一次次昏过去,又一次次醒来。尽管如此,汪晓茹一个字都没有说。

特务问她:"你这次回国有什么任务吗?"

汪晓茹说:"我在英国学习机械自动化,回上海找工作。"

"你的接头人是谁?"

"什么接头人?我去应聘,用人单位谁接待我,谁就是接头人。"

汪晓茹所有的回答让他们失望。

7点05分。之后,汪晓茹被放到一个密闭的房间,这个房间放满了蚂蟥。蚂蟥在田地里比较常见,人只要被它咬上一口,身上就会起一个大包,严重的马上就会溃烂。很多人都怕这种虫子,避之唯恐不及。它们密密麻麻地占满了一个房间，就算是男人想必也会害怕的，更何况是女人呢？一般来说，进去的人不一会儿都会招供。

很快，蚂蟥爬满了汪晓茹全身，并且从溃烂处向身体里钻，那种揪心的痒痛无以名状。

即使这样，汪晓茹还是挺过来了。

7 点 40 分。汪晓茹被带回审讯室。

这时，一个戴着眼镜，用厚实的围巾围住半个脸的男人站在汪晓茹面前。

“他们什么都知道了，还是招了吧。这次回来的任务先不说，先说说，接头人是谁吧。”围巾男说话声音很小。

汪晓茹慢慢睁开眼看了看他，有气无力地说：“不知道。”

“不要信任他们了，你在十六铺码头时，他们怎么没有接应你呀？”围巾男继续说道。

汪晓茹再次昏过去。

一直感觉有点不对劲的围巾男这时走近汪晓茹，围在汪晓茹身边转了两圈，从上到下仔细打量了一番，接着他快速掀开汪晓茹的上衣，他大吃一惊：“上当了，上当了，她不是汪晓茹！她不是汪晓茹！”

“汪晓茹左胸有个胎记，那是没办法去掉的。你们看这个人……”

在得到确认之后，“76 号”的人气急败坏地朝她的头上连开数枪，顿时脑浆四溅。

三十一

其实，12 月 20 日一大早汪晓茹就在南京下了轮船，坐上了从上海来接她的专车。为了防止意外，专车几次开向溧阳、扬州等方向，就这样辗转数次，于 20 日夜到达上海爱多亚路 460 号。

见到方书琴，汪晓茹像是见到久违的亲人一般，一下子扑过去紧紧抱住她。

汪晓茹心潮澎湃，热血沸腾，她激动得不能自已。见到这些久违的亲人，她顿时感觉自己一下子像换了一个人似的，似乎走进时空穿梭机，回到了过去，回到了记忆中的那些场景，这些亲人就是过去那些场景中最为重要的道具，更是最为重要的情感记忆器。

方书琴拍怕汪晓茹的肩膀，小声地告诉她："晓茹同志，从现在开始你就叫拉拉了。你还不知道吧，小洁为了掩护你，在几个小时前牺牲了。"

汪晓茹没有言语，只是默默地流泪。

早在一个多月前，上海地下党负责人方书琴就接到中共中央的指示，中央要求上海的同志做好汪晓茹回国的接站工作。

12 月 20 日下午，中共上海地下党的 6 位同志也早早来到十六铺码头。当"汪晓茹"走下舷梯的时候，他们就看到了两个黑衣男劫持了"汪晓茹"。就在他们准备营救的时候，黑衣男被西服男击毙，接着又是西服男被射杀，之后一连串枪声响起，"汪晓茹"被一群西服男带走。这一切令地下党的同志无从插手，不管是巧夺、智取，还是死拼，他们都无法靠近"汪晓茹"，更不可能把"汪晓茹"营救出来。如果盲目行动，不但救不了"汪晓茹"，其他人也会完全暴露，一个人也走不出十六铺码头。于是，6 名地下党员悄然撤退，他们第一时间把情况向上级做了汇报。

就在十六铺码头发生枪战的时候，汪晓茹已在专程接她的车上了。

这是方书琴接到上海地下党领导，南京中央大学医学院原副院长，现上海交通大学副校长龙珊的指示后，精心做出的安排。

早在 4 个月前的一天晚上，枝先荣喝了点酒后，歪歪倒倒地来到大世界。在"华春苑"门口，站着一排妓女。枝先荣一见之下，顿时魂销魄荡，欲火燎身。

这时，一个女人走到枝先荣面前，搀着他说："小酒有点上头了吧，进屋我来给你醒醒酒。"女人袅袅婷婷，一步一步地把枝先荣扶到卧室。

此时的枝先荣早已把汪晓茹忘得一干二净了。他早就把往日的友情看作是一场不痛不痒的电影。缘起缘灭，缘浓缘淡，那不是他能控制的。他能做到的,就是消磨眼前短暂的时光。

一阵暴风骤雨之后就是平静。

其实,枝先荣逛妓院已不是一次两次了,每次事毕之后都感到浑身不自在,觉得有点失落,后悔。这次同样如此,他连忙穿好衣服,把钱摔在桌上准备离开。这时一个大汉出现在他面前。

"睡了我的女人,想走?"

已经完全清醒的枝先荣也是见过世面的人,他不慌不忙地说:"你的女人?你堂堂一个男子汉,一看不是当官的就是做大买卖的,你会有一个做妓女的女人?"

"废话少说,没有两根黄鱼今天你走不了的。"那人卷起袖子,两条胳膊文的都是青龙。

枝先荣开始有点怕了。

就在这时,一个混混进来,把一个木头盒子放在桌上:"六哥,这是你要的。"大汉不慌不忙打开木盒,笑了笑。之后,把木盒推到枝先荣面前,枝先荣吓坏了,这是一个女人的手指,手指上还有一个钻戒。

枝先荣扑通一声跪在地上,连连叩头,连声说:"对不起,对不起。"

按说,妓院是公开经营的商业场所,不应该会出现这种情况,更何况"大世界"里的妓院是黄金荣开的,谁敢在黄金荣的地盘破坏规矩呢?

原来是这样的,在一个礼拜之前,枝先荣光临了"华春苑"。他发现有个女人长得十分像汪晓茹,于是他等女人接客之后点了她。

事后,余兴未尽的枝先荣说:"你能专门接待我一人吗?"

女人笑笑:"你有多少钱啊?"女人接着说:"真要是有钱,你也可以娶我呀。"

枝先荣说:"我能挣到钱。"

"那你是做什么的?"女人只是随口问问,在这种地方她见到的人多了去了,大都是逢场作戏,说说而已。可枝先荣当真了。

"你问我是做什么的,我不好跟你讲。但是,你要相信,我会挣到钱的。"

枝先荣想想没敢透露自己的身份。

"敢娶我,还不敢告诉我做什么的?!"

无奈之下,枝先荣告诉她,他是地下工作者,他能拿情报换钱。

女人知道这个事后,就把枝先荣来嫖娼的前后通通告诉了她的情人六哥——"76号"的那个大汉。六哥知道这个消息后,就安排人在枝先荣嫖娼后暗暗跟踪,跟踪几次也没有发现什么实质性的东西,六哥认为枝先荣可能是吹牛皮。不管怎样,六哥要瞅准机会问个究竟。

巧了,这次枝先荣被六哥堵住了。

"76号"的人个个有本事,三下五除二,枝先荣这个软骨头经受不住六哥的恐吓诈骗,把实情一一说了出来。

就这样,六哥不但没有为难枝先荣,还给了他一根黄鱼。

"以后,只要你有情报,就会有黄鱼,有黄鱼就会有女人。"

离开"华春苑",枝先荣跌跌撞撞回到住处。

这晚,枝先荣无论如何不能入眠。他索性从床上爬起来,坐在客厅抽烟。他似乎清醒了,为今晚的事情感到害怕。如果这样下去,早晚会被发现的,他几次想去上线那里交代,又担心会有去无回。再说,他已经告诉六哥许多秘密,也收了六哥的钱,以后想要摆脱六哥恐怕是难了。想到汪晓茹,他觉得自己更是无地自容。再想想当年的豪言壮语,枝先荣一下子瘫在地上。此时的他突然感到,死神离自己不远了。

天快亮了,枝先荣突然决定,趁天还没有亮搬走,以后再也不出现在"华春苑",谅六哥也找不到自己。可搬到什么地方去呢?左想右想,枝先荣想不到去处,此方案只好作罢。

再说,六哥那边,自从他与枝先荣"神交"之后,他就布置了"76号"的特务把守,跟踪起了枝先荣。所以说,枝先荣没有弄出动静是对的,倘若有个什么鬼把戏,也难逃六哥的眼睛。

就这样,枝先荣在女人面前,在金钱面前,他出卖了组织,出卖了同志,出卖了灵魂。

在接下来的一个多月里,枝先荣像着了魔似的,三天两头逛妓院,有时整夜睡在妓院。此时的他不怕没钱,他屡屡伸手,六哥屡屡大方。枝先荣越走越远。

这期间,枝先荣的下线突然暴尸街头;三开书店突然被抄;卖馄饨的地下党阿超被暗杀……这一连串的事件都是枝先荣的"杰作"。

接下来,枝先荣获得了一份重要情报,他认为,这份情报足足可以换来4根黄鱼。

这份情报的内容就是:汪晓茹将于1943年12月20日从英国抵达上海十六铺码头。

六哥如获至宝,立即给"76号"高层做了汇报,"76号"随即成立临时抓捕小组。在12月20日的行动中,应该说,"76号"的抓捕是成功的,至于那个女人是否真的是汪晓茹,不要说六哥不知道,就是枝先荣也弄不明白。

本来可以邀功请赏的六哥被上司狠狠训斥了一顿,六哥当然不会放过枝先荣。六哥通知枝先荣到"华春苑"来,告诉他,黄鱼是没有了,女人他可以随便睡。枝先荣以为这次"76号"是不会放过自己的,谁知六哥还能如此赏赐自己,心里倒是平静了许多。

12月23日,枝先荣截获一条上海地下党2号发报机发出的内容,虽然电文加密了,但这对于枝先荣来说是小菜一碟,他很快就破译出来了。之后,枝先荣告诉六哥,上海地下党明天晚上在大安产物保险公司开会,上海地下党有许多要员参加。为使六哥相信,枝先荣还把译后的电文交给了六哥。

"76号",从表面上看,丁默邨、李士群分任"特工总部"的正、副主任,但"76号"的真正主人,却是日本特务机关。"76号"内驻有一支由涩谷准尉统领的日本宪兵分队,职责就是监视"76号"的汉奸特务。"76号"每次采取大的行动,不但要事先知会日本特务机关,还要在日本特务机关派员督导下方能实施。

上次"汪晓茹事件"的发生,日本特务机关就很不高兴了。所以,这次枝先荣的情报,"76 号"没有给日本特务机关汇报,叫六哥处理。李士群对六哥说:"你带上十几个人,情报属实,全歼。情报不实,把他除掉。"

12 月 24 日晚 8 点多钟,六哥带领一队人到了大安产物保险公司,远远地六哥就看到会议室的灯光。六哥一个手势,所有人迅速冲了进去。

这下,六哥傻眼了,会议室里一个人影儿也没有。

气急败坏的六哥掉头来到枝先荣住处,还没有等枝先荣说话,六哥抬手一枪击中枝先荣的眉心。

原来,中共上海地下党组织早就怀疑枝先荣有问题,并给中央报告,上海的 3 号发报机暂时只发一些无关紧要的情报。延安明白上海的意思,他们知道,这是上海地下党组织对 3 号机产生了怀疑,于是,他们时而也会发一些电文,迷惑 3 号机。

"汪晓茹事件"之后,方书琴基本确定枝先荣叛变了,为了更进一步地证实,方书琴安排 2 号机发出了在大安产物保险公司开会的假情报,果然枝先荣进了圈套。

六哥处理完枝先荣刚刚离开,方书琴派出的锄奸人员就到了枝先荣的住处。眼前的枝先荣躺在地上,头上的血还在流。地下党老王俯下身子,擦干枝先荣脸上的血,仔细看了看,认定是枝先荣,拍了几张照片后匆匆离开。

12 月 25 日,整个上海的报纸都配文发表了中共地下党枝先荣叛变反遭中统枪杀的图片。

同日,上海地下党召开高层会议,会上龙珊就 3 号机人员叛变给共产党带来的负面影响点名批评了有关同志。同时,龙珊对拉拉的直接领导方书琴在接应拉拉回到上海时所表现的机智、敏锐给予了表扬。

离开上海又回到上海,拉拉经历了太多。

在离开上海之前,拉拉还在想象同在一个城市的枝先荣,他住在大杂院还是住在小阁楼?他是否还会在吃咸萝卜时加点糖?他是否会去工厂找来矿石放在水里,然后用导线连接手电筒的灯泡?他是否在打篮球时反穿背心……

当季节的风拂落一地风景妖娆，拉拉站在时光的渡口，守望来时青青路，痴心缠绵醉流年。纵使泪洒沧桑，也要在青灯墨下，为他吟千回百转。当爱情快要褪去激情的外表，回归平淡的真身时，我们还能握着彼此的手，一直走下去吗？如果有一个承诺，我哪里都不会去，即便去也会回来，就站在这里等你。

这，就是爱情。

在离开上海之后，拉拉在异国他乡同样思念枝先荣，或者说比原来更为思念。

在踏上回国邮轮的那一刻起，拉拉仍在想象与枝先荣的重逢。与他一诺相许，才是她素色年华里最永恒的风景啊。

这，更是爱情。

然而，岁月的车轮碾过了日日夜夜，流年的轮回送走了晨阳暮霞。原来你一直搁浅在我生命里，从未走远，从未曾离去，也从未曾有人可以代替。可是，现在的你远去了，抛下了对爱情的执着，放弃了对理想的追求，偏移了人生的航向。

细雨来了，没有人在伞下等你了；流水冻了，没有人在河畔等你了；生命累了，没有人在天堂等你了……

拉拉思绪翻飞，泪轻轻洒落在上海的烟云中。

站在窗前的拉拉缓缓转过身，给繁杂的上海留下一个背影，一个无法看到泪水而又实实在在悲凉的背影。

三十二

就在“汪晓茹”被“76号”逮捕不久，远在重庆的戴笠已经知道了那个女人不是汪晓茹，而真正的汪晓茹已化名拉拉到了上海。所以，在对上海站行动失手后他就没有太追究手下的责任了。戴笠决定，提前让在重庆培训的许家铭到上海任上海站副站长兼任情报组组长。同时，戴笠要求许家铭到上海之后制订周密计划,在恰当的时候缉拿拉拉。

“如果不能为我所用,那就送她回家。”戴笠说的“送她回家”,许家铭当然知道是什么意思。

戴笠的话许家铭牢牢记在心上。就这样,许家铭恢复了原名,踏上了新的征程。

按照行程,如果不出意外的话,许家铭将在1944年1月中旬到达上海。

1944年元旦这天,军统上海站热闹非凡。

舞会开始之前,站长李崇诗发表了新年献词,之后他透露了一个消息。

李崇诗说:“重庆对我们上海站近年来的工作给予了充分肯定,尤其在暗杀日军中层,逮捕‘76号’汉奸这两项工作中,我站情报组、行动组积极配合,取得了可喜的成绩。为了应对更加严峻的形势,戴主任专门为我站派来了一位懂政治、精业务的副站长,这个同志是经过严格训练的情报专家、行动专家、指挥专家,据说他在没有进入训练班之前就是马志超部下的上校团长。可见,这人不一般啊,不一般啊。”

“听李站长这么一介绍,那个人水平与能力在我们李站长之上啊。”台下有人议论,李崇诗装作没有听见。

他继续说道:“今天是1944年的第一天,大家尽情地喝,开心地跳吧……”

李崇诗的一番话让曹曼筠心里直打鼓,李站长说的那人怎么感觉就像是在说许家铭呢。

明知道回忆是一座牢,更明白时光像漏沙,可是曹曼筠就是这么念旧,就是无法撒手。

雄村一别,曹曼筠不敢再去碰触关于许家铭的一切,害怕会想起他,害怕会更悲伤。她把他送的那些小东西都收藏在自己看不到的角落里,不敢再去碰触。她想把关于他的一切记忆从脑海中删掉,可是她做不到,听到和看到某些事,明明与他不相干,却总是要拐几个弯想到他。有时,曹曼筠真希望自己失忆,把关于他的一切都忘掉,或者让自己一觉醒来,什么都记不得。可现在,李站长的一番话勾起了她对他的所有念想。

舞会开始了。

为了让大家玩得尽兴,李站长通过关系从大都会舞厅、百乐门、大华舞场请来了色艺俱佳,闻名遐迩的当红舞女助兴。她们风姿绰约,像一只只充满智慧而美丽的精灵,在众多目光的交织中一次次华丽地转身。她们秀外慧中、长袖善舞、优雅有节,在这些舞女眼里生活就是眼前的香艳和极致。

这晚,军统上海站的男人感到了前所未有的愉悦与失落,愉悦的是他们牵手美女翩翩起舞,失落的是他们离真正的生活远之又远。

这晚,这里的风情藏在爵士乐、高脚杯的光影交织中,这里的韵味藏在花样年华的旗袍女人的一颦一笑中。

这晚,他们更忘了战火硝烟就在上海的大街小巷。

这晚,曹曼筠一共跳了两曲,和两个人。一个是李崇诗,一个是小扣子。

走在上海的晚风中,丝丝寒意袭满周身,曹曼筠用围巾把脖子和脸围得严严实实,只露了两只眼。走着走着,曹曼筠感觉身后有人。她没有回头,只是放慢了脚步,可后面的人好像也放慢了脚步。曹曼筠开始快步向前,后面的人明显加快了脚步。到底是谁呢?这么晚了还跟着自己?她真的后悔,没有叫小扣子开车送。

与其躲不了倒不如直接面对,曹曼筠索性站住,那人慢慢走到跟前。

“你是曹曼筠,曼筠姐吗?”

“你是?”

“我是胡伟啊。”

曹曼筠上下打量着眼前这个人,“啊?!真的是胡伟!真的是胡伟!我就是曼筠。”

胡伟激动地拉着曼筠的手:“姐,你怎么在上海呢?你不是在屯溪的一家医院上班吗?什么时候到上海的?这么晚了为什么还在大街上走动啊?”

胡伟一连串的问题,曹曼筠一一给予了回答,唯一没有透露的是自己地下党的真实身份。

胡伟心里想:今晚心情不好,随便出来逛逛。没想到看见一个女人在寒风中行走,从后面看,这个女人的走路姿势像极了曹正泰老爷走路的样子。于是我想起了童年的玩伴曹曼筠、汪晓茹。不管怎样,我今晚无所事事,就跟着这女人后面走走吧……

曹曼筠说:“世界之小啊,其实我早知道你在上海警察局,我还知道你是上海滩的飞镖神。我也准备找个时间去你那看看,没想到今晚我俩在马路上见面了。”

胡伟突然想起了什么,他告诉曹曼筠:“姐,曹伯伯交代的一个事我还没有完成,你在上海站工作,多留点心,如果有林下直消息,你第一时间告诉我,你打电话到警察局就行了。”

曹曼筠重重地点点头。

“姐,曹伯伯曾经介绍了一个叫胡兆宝的人到上海,你认识他吗?”

“知道这个人,没有打过交道。”

“他现在在我手下当巡警,以后有什么急事,假如找不到我,你可以找他。”

“嗯。知道了。”

“再走几步就到我家了,进去坐坐吗?”

胡伟说:“太晚了,这次我就不去了,姐回去休息吧。改日,我来约姐吃个饭。”

与胡伟握手告别,回到家,曹曼筠感到房间里的时光仿佛静止在某处,周围的一切都染上了一层细灰。她洗洗躺在床上,望着天花板,这又是一个无法入眠之夜。

三十三

1944 年 1 月 12 日,许家铭到达军统上海站。

“老弟啊，就等你了。你这一来，我明天就去重庆了。”一阵寒暄之后，李崇诗说，“我先带你各个办公室走一趟，然后我们再开会。”

许家铭说：“一切听李站长安排。”

在站长李崇诗的带领下，他们先来到医务组，李崇诗把在场的人一一给许家铭作了简要介绍。一眼看到曹曼筠，许家铭尽管早就知道她在这里，但还是掩饰不住激动，他握着曹曼筠的手说：“曹曼筠同志，从今天开始我们就是同事了，日后合作愉快。”

听了元旦那天的站长讲话，曹曼筠就猜到是许家铭了，这些天她天天盼，可许家铭真的来了她却表现很平静。

“我们医务组的同事一定会做好本职工作，听从领导安排，还请您多多关照。”曹曼筠说话时表情多少有点不自然。

许家铭一直握着曹曼筠的手说话，曹曼筠感到不妥，可也不好意思明示。这时，李崇诗用手轻轻点了点许家铭的手背，许家铭顿时像是明白了什么，有点不好意思，立马松开曹曼筠的手。

李崇诗说道：“这就算见过了。我们再去下一个办公室。”

许家铭一到行动组就与小扣子扑个满怀，“小扣子，我在重庆就听说了你在十六铺码头与‘76 号’特务枪战的故事，戴主任都说‘小小弹弓有神威’啊。”“哪里哪里，离领导要求的还差得远呢。”兄弟见面，格外亲切。

接着，许家铭问道：“小扣子，你现在档案上还是‘小扣子’这个名字吗？”

小扣子答道：“回答许副站长，名字仍然叫‘小扣子’。”

“那你弹弓用的铜扣子从哪里来的呢？”

“前些年在杜老板手下干，一次去闸北拉货到十六铺码头，那货就是铜扣子，我悄悄地扛了两麻袋，够我用一生了。”说完，小扣子哈哈大笑。

许家铭与各位一一见过之后，李崇诗主持了一个部门负责人会议。

会上，李崇诗宣读了蒋委员长对许家铭颁发的委任状。

李崇诗说：“经上级同意，明天我就回重庆治病了。从现在开始，上海站的工作由许家铭副站长全权负责，在情报组组长人选没有确定之前，许家铭副站长同时兼任情报组组长。以后，大家要像支持我一样支持许副站长的工作……”

接着，许家铭做了表态发言。

台上的许家铭慷慨激昂，台下的曹曼筠却心猿意马。

此刻，曹曼筠倒是异常清醒。她知道，尽管两人有情有义，可毕竟是两个阵营的人。在特定的时期，特定的环境，爱情也是有界限的，爱情是要受到政治约束的。曹曼筠真的希望组织能够唤醒她，她想在工作中慢慢释怀。

当晚，李崇诗为许家铭举行了欢迎宴会。

同时，这也是许家铭为李崇诗举行的送别会。

觥筹交错，推杯换盏。那些液体的颜色由浅变深，白色、黄色或者红色。热气腾腾的菜肴，在你推我让间变成了一桌道具。浓烈的乙醇混着烟草的味道，在被撕开的假面下侵蚀着每一张真实的脸。有人烂醉如泥，趴在残羹冷炙上呢喃着，重复着谁也听不懂的话；有人面红耳赤，挥舞着双手，说着他与上海八竿子也打不着的故事。有人随声应和着，有人微笑，有人沉默，有人心不在焉。还有人借着酒精的作用开始抱怨，抱怨自己抛头颅洒热血般英勇地去寻找永恒，却为何一次又一次地被拒绝在永恒的赛道之外……

没有掩藏，没有躲闪，没有隐晦，没有暧昧。一群人，围坐在一起，有时会发出炼狱般无声的呐喊。

这样的场景，在每个人身边演绎着，重复着。

在这个隐藏真实的年代，每个人都会有午夜深处，醉酒独归时最难以述说的内心独白。有些人，每日每夜都在疯狂地寻找出口，而有些人，将这些忧郁压抑，再压抑，直至填满所有情感的城池。于是，有些人在释放之后获得快乐；有些人，继续着孤独与隐藏。都说孤独的人是可耻的，而有些人却也无法拒绝它。当内心被孤独占据，那么再繁华的城市，也会是一座荒芜的伤城。有人在城里徘徊，在爱与不爱，恨与不恨之间犹豫着，抉择着，痛苦着。

拖着沉重的身体，曹曼筠回到家。

就在曹曼筠关门的时候，门被推开。

许家铭进屋，转身把门关上。

曹曼筠倒了两杯水，递上一杯给许家铭。

“家铭，这么晚了，你来干什么？一直跟在我身后，我都没有发现。”曹曼筠靠在沙发上，有气无力。

“曼筠，雄村一别，我以为此生再也见不到了。谁知，这么快我们就见面了，还在一个单位共事。”许家铭点上一支烟。

曹曼筠伸出右手，两个手指来回钩了几下：“来一支。”

许家铭掏出香烟，递给曹曼筠一支，为她点上。

“啥时候开始抽的？”

“一个礼拜了，没事闷得慌。”

在接下来的交谈中，许家铭告诉曹曼筠，在离开重庆之前，戴笠主任专门找他谈了一次话。说现在形势严峻，军统各个站，每个站下面的各个组都是特殊部门，所以要求格外严格。即便是喜欢打扮的女性，也不能用口红把嘴巴擦得很亮。在军统里，男女之间谈恋爱是不允许的。据说天津站有一对男女偷吃了禁果，女的怀孕了，肚子大起来了，军统局把他们调回局本部，男的在渣滓洞关了6个月。

“你跟我说这个，是……”曹曼筠明白许家铭的意思，但她故意问。

既然曹曼筠都这样问了，许家铭还是明说了：“估计戴主任在雄村时也隐隐约约听到了一点，他明确告诉我这次派我到上海站主持工作，不要被私情所困，如果因为感情影响了工作，后果是不堪设想的。戴主任还说到了你，到时就是曹正泰曹老板讲情也不行。戴主任还说，等打败了日本鬼子，战争结束了，他会亲自来牵这条红线……

“戴主任还说，在沦陷区内，不少人为求安稳，当了背弃民族大义的汉奸。他指示各沦陷区特工组织加强对汉奸的暗杀行动，他说‘国难严重若此，汉奸又如此横行,非流血无以表现大中华民族杀敌锄奸之精神’。这次,戴主任把我从46个化名人中抽出来,足见他对我的信任啊。”

曹曼筠又伸出手,手指来回钩了几下。

许家铭再次给曹曼筠香烟点上。

曹曼筠问道:“还记得,你在雄村给我的那封信吗?”

许家铭说:“记得,记得。我期待胜利的那一天!”

曹曼筠猛地抽烟,一句话也没有说,任眼泪沙沙流下。

送走许家铭,曹曼筠关了灯,推开窗,点上烟,思绪万千。

谁在为谁无望地守候,谁又将谁抛之于脑后?谁在为谁执着地孤独,谁又将谁归位于虚无?

三十四

1944年1月16日,许家铭着手布置一项从重庆带来的任务。

原来,军统里有一个如狐魅般存在的神秘女子,但没有一个人知道她的真实底细,甚至军统里的人也说不清楚。

她常住在远东饭店。远东饭店是日本特工机关的外围联络站,无疑,这个人与日本特工有联系。同时,这个人与上海滩青帮大亨搞得火热,又经常出入日本驻沪机构的招待会,与汉奸们打情骂俏。后来,她公开投靠了“76号”。所以,在许家铭离开重庆之前,军统高层就要他到上海后立马解决这件事。

这个人的名字叫李素丽,其实她根本没参加军统组织,所以名册上找不到她的名字。但她一直对军统忠心耿耿。她1939年到上海,虽不是军统特工人员,没有职务,没有薪俸,可她干的是名副其实的间谍工作。她靠色相营生,财源滚滚。

那么,她为什么忠于军统呢?因为军统的人救过她的命。

李素丽是苏州一名叫阿秀的妓女所生。阿秀15岁时被人卖到广州为妓,后来生下了一个女孩。这女孩自小活泼可爱,大家都说她今后一定是个大美人。李素丽6岁时母亲得梅毒死去,她被一个贼头偷走。从此,李素丽便学会了偷窃扒拿。

到14岁,李素丽就已发育成熟了,果然美得惹眼。一次,贼头在抽大烟时,见她兴高采烈满载而归,就要她横在铺上给他装鸦片,贼头竟趁机俯下脸贴着她好看的粉脸亲了起来。贼头是个40左右的汉子,又吸足了鸦片,哪肯放过她……李素丽对此厌恶透了,不久就与贼头分手,要自立门户。贼头哪肯放过她,一直纠缠不放。后来李素丽便向同道中人求援,说贼头要强占她。这是违反帮规的事。

当时广州贼帮的大当家把阿丽认作义女,并警告贼头,若再纠缠不清,就按帮规砍去他的双手,贼头只好认栽。

李素丽十八九岁时,手上有了不少积蓄,想找个人成家,找个归宿。

事有凑巧,她在一家饭店里结识了一名穷大学生,两人竟一见钟情。这大学生就住在李素丽租借的住房里,李素丽很乐意为他做家务,愿意贴私房钱给他,以图今后过上正常人生活。这名大学生的确是很爱李素丽。

李素丽试着问他:"如果我是一个坏女人,你还爱我吗?"他笑着搂住她说:"如果你是坏女人,这世上再没有好女人了,纵然你是白蛇、狐狸变的,我也不会像许仙那样抛弃你的。"

李素丽有生以来第一次品尝到了浪漫爱情的甜美,她陶醉了。

之后,贼头多次纠缠李素丽,她一气之下向贼头连捅7刀,贼头死在床上。当天警局得到线报,李素丽被逮捕归案。

正巧这一年6月,军统有个高官到广州办事,听说了李素丽的事情,他以特殊作用的名义,保释了李素丽,救了她的小命。

后来,这位高官亲自教她打枪、爆炸、摄影、发报等一些特工技能。

1939年,李素丽以交际花的身份去闯上海滩,而只与这位高官单独联系。

交际花是高级暗娼,有自己的寓所,雇用娘姨阿妹服侍。她们一般充当阔佬们的情妇,或为阔佬们做“公关”,演美人计搞诈骗,接触的大多是社会上体面的人物。但做交际花必须具备两大条件:一是年轻漂亮,聪明伶俐,还要能说会道;二是必须要认一个有社会声望的老头子做干爹。李素丽经人介绍巴结上了上海帮会第3号人物张啸林,认了张啸林做干爹。

这个意想不到的变化,使李素丽在上海滩大大走红,她经常与上海滩的军政官员,乃至日方一些将军大佐厮混在一起,每逢宴会、舞会总少不了她。

从此,她给军统的情报也愈来愈有意义。当时没有谁怀疑李素丽是干特工的,因为她平时从不同可疑人物往来。

但李素丽还是引起了“76号”李士群的怀疑。

不久,李士群从几个事情上证实了李素丽的身份,李素丽被“76号”逮捕。很快,李素丽倒向了“76号”,并把她知道的军统里的事一件不落地告诉了李士群。

于是,重庆的那个人决定除掉李素丽。

1944年1月18日下午6点多,猫在“76号”外面的小扣子发现李素丽拎着包款款走出大门。这时,一辆轿车在李素丽身边停下,李素丽随即上车,小扣子率行动组人员紧随其后。大约10分钟后,李素丽的车发现了不对劲,猛地加大了油门,小扣子的车紧追不放,在猛追一阵之后,终于逼停了李素丽的车。

就在这一刹那,小扣子的弹弓连连击中驾驶员与坐在副驾驶位置上的人。坐在李素丽身边的特务扳机还未打开就被军统行动组的人击毙。就这样,李素丽落到了小扣子的手里。随后,军统行动组的人把一颗燃烧弹丢到“76号”的车里,车子随即被燃爆。

李素丽被小扣子带到一个秘密地点。

小扣子对李素丽说:“你外婆想念你了,我们送你去你苏州外公家探望一下。”

还没有回过神来的李素丽感到很奇怪,因为她从未听说自己有外公。

李素丽问道:“你们到底是什么人啊?”

小扣子不慌不忙从口袋里掏出一封信，李素丽看信后却高兴地说："我好想念外公呀，已有五六年不见了。"

随后，李素丽跟着小扣子走了。

几天后，人们在黄浦江边发现了李素丽的尸体。

原来，那封信是救她的那位军统高官写给李素丽的，李素丽以为真的是他想她了，她压根也不知道他是来要她命的。在那位军统高官看来，除掉李素丽不光是因为她投靠了"76号"，而且因为她知道的东西太多了。

虽然顺利解决了李素丽，但小扣子多多少少还是受到了许家铭的批评。许家铭对警方在黄浦江边发现了李素丽尸体这个结果不太满意，按照他的意思，小扣子应该做到毁尸灭迹。不过，这也没有带来什么后果，许家铭只是淡淡说了一下，总的来说还是肯定了小扣子的这次行动。

这是许家铭来上海办的第一件事，上海站把此次行动的情况立即报告给了重庆，重庆回电说：家铭办事，党国放心。

1944年1月23日，刚出大门的小扣子碰到了胡伟。小扣子突然想起了什么，他告诉胡伟，他在"76号"蹲点守候李素丽时，连续两天的下午6点左右，都看到胡亮的女朋友小凤从"76号"出来。

"你确定是小凤吗？"胡伟问道。

"肯定是，你弟弟的女朋友，我不会认错的。"

小凤怎么会在"76号"呢？小扣子与胡伟都百思不得其解。

三十五

原来，胡亮被日军飞机炸死以后，胡伟托关系把小凤介绍到一家酒店当服务员。一年后，那家酒店关门歇业，小凤又辗转多次，干过小商店的卖货员，干过四合院的清洁工，还替下馄饨的老板卖过馄饨。最后，小凤被人介绍到了一家货运仓库当保管员。仓库保管员这个岗位是个比较舒服的工作，薪水虽然少一些，可小凤觉得只要够生活了也就行了。现在胡亮也不在了，在大上海能有个这样的安身之处，小凤感到很满足。

可是，好景不长。在一个风和日丽的上午，日军的飞机把货运仓库炸得稀巴烂，飞机轰炸时幸亏小凤躲闪及时保住了性命。小凤想到了上个月的工资还没有发，可面对眼下这种情况她找谁领工资呢？

小凤感叹，自己真是命大啊，两次轰炸都死里逃生。想到这，她拍拍身上的灰尘，离开废墟，漫无目的地走开了。

走在上海的马路上，看来来往往的人流，小凤的眼里流露出一丝忧郁与落寞。她知道，自从胡亮死后，在这个人命如草芥的乱世，自己未来的命运就像天边飘浮的云。未来，小凤没办法多想是什么样子，她想的只是眼前。

走着走着已是傍晚时分，饥肠辘辘的小凤来到了“大世界”门口。

烧饼香，炒菜香，肉香，饭香，各种食物的香气在飘荡，令小凤崩溃，她循着肉香走过去，来到一家酒店窗下，往里一瞅：天哪！八仙桌上满满当当的菜肴，中间还有一碗红烧肉，在橘黄的灯光下，居然还升腾着热气。还有一盘层层叠叠地摆放着的金黄金黄的鸡翅，鸡翅的皮被煎得嫩黄嫩黄的，透过腾腾的热气，那黄澄澄的皮闪着诱人的油光，浓浓的香气扑鼻而来，在小凤的鼻腔里回荡弥漫。此时的小凤早已垂涎三尺，口水直流了。

也许是太饿了，再加上眼前场景的刺激，小凤竟然饿昏了过去。酒店洗盘子的大娘看到窗下有人瘫在地上，上前扶起了她。接着，大娘给她喂水，等她有反应了，大娘给她盛了一碗面。看着她狼吞虎咽的，大娘知道，这丫头肯定是饿坏了，又给她送上一碗面条。两碗面条下肚，小凤回过劲来，她连忙给大娘磕了三个响头。

大娘拉起小凤：“姑娘，你住哪里？认识回家的路吗？”

小凤刚张口准备回答大娘“哪有什么家啊”，话又咽了回去。

稍后，小凤告诉大娘：“我住在一个亲戚家，我认识路。谢谢大娘了。”

谢过大娘，小凤在“大世界”里走走看看。此时，上海滩夜幕降临，华灯初上，烟火迷离。这对于绘着嘉宝型的眉，有着天鹅绒那么温柔的黑眼珠子和红腻的嘴唇的舞女们来说，越夜越鲜活。她们喝着五块方糖的咖啡，吸着骆驼牌香烟，在调情斗智的晚上挥洒自己的青春与生命。而对于小凤，路灯拉长了她长长的身影，越是走向夜深她越是害怕，她只想路的尽头有个栖身的地方就足够了。

路没有尽头，你在哪里停下不走了，哪里就是尽头。

累了，小凤在一幢3层小楼前停下，石阶冷冰冰的，她从墙上撕了一张纸铺在石阶上面，就这样她靠在墙上渐渐睡着了。

“哎哟，哎哟——”一阵女人的叫喊声把小凤吵醒，她揉揉眼睛，叫喊声还在继续。小凤顺着声音的方向寻去，这声音就是从这幢小楼的3楼传出来的，且3楼还有微微的灯光。

“哎哟，哎哟！”一声接一声。小凤有点害怕，她撒开腿跑了起来。跑了50米不到，小楼里的叫喊声还在持续不断，这时，小凤停下了脚步。她想，深更半夜的，一个女人这样叫喊，是生病了？是遇到坏人，受到威胁了？还是精神有问题？这个女人是年轻人还是中年人？

这时，一个女人对一个毫不相干的女人开始有了那么一点点的担心。于是，小凤转过身，她决定回去看看到底是什么情况。

到了楼下，小楼的大门从里面锁上了，小凤晃晃门，纹丝不动，她刚想张口喊，楼上又传来“哎哟，哎哟”的声音。在拍打门的时候，小凤发现这个门的整个上部安装的都是玻璃，她找了一块砖头，敲碎玻璃，手伸到里面把门打开了。小凤迅速跑上三楼，在那个有灯光的卧室门口，她边敲门边说道：“你是怎么啦，快开门！”连续问了两次，里面的人不但没有开门，还在“哎哟，哎哟”地叫喊。小凤用脚踢门，一点作用不起。这时，里面又传来叫喊：“我流血了，流了好多血。”

情急之下，小凤跑到一楼厨房拿了一把菜刀匆匆返回三楼，三下五除二地把门撬开。

眼前的景象把小凤吓坏了：一个看上去30出头的女人下身全是鲜血，倒在离门不到一米远的地板上，地板上全是血印。电话听筒拖在茶几下，茶几上的花瓶也摔碎了。看得出来，女人拿电话时没有拿起来，电话听筒摔了下来，这过程中碰到了花瓶。在听到室外有人喊门时，女人又艰难地爬行准备开门，可是，因为疼痛，最终倒下。

小凤连忙上前扶起女人，说道："我是路过的，听到你的喊声，撬门进来了。我下去喊车，送你去医院。"

女人有气无力地指指电话："快，打电话给医院……"

接着，小凤按照女人说的号码打到了医院，在医院车子没到之前，小凤找了块毛巾，并用毛巾紧紧地按住她身体下部出血的地方。

女人告诉小凤，她叫汪雪琴。

小凤说："雪琴姐，我叫小凤。你现在不要说话……"

到医院后，医生说，要是迟来半个小时母子都没有命了。

医生说，汪雪琴的胎盘直接掩盖在子宫颈内口上，这叫前置胎盘。妊娠晚期子宫不规则收缩，可使覆盖于子宫颈内口上的胎盘与子宫分离而引起出血。大出血会使孕妇陷入休克，处理不及时会导致母子死亡。

汪雪琴真是走了一趟鬼门关，小凤想想都害怕。

就在一切都处理好了之后，汪雪琴的丈夫程浩匆匆赶到医院。

"雪琴，真是难为你了，我在外面执行任务，刚回到单位就听说你住院了，我就赶过来了。"说着，程浩看了看小孩，高兴地说，"我有儿子了，我有儿子啦！"

汪雪琴的身体非常虚弱，即便如此，她还是把晚上的事情从头到尾断断续续地讲了一遍。

她说："今晚如果不是小凤，我们母子就没命了。"

程浩对小凤连声说："你是我们的大恩人，我真的要好好谢谢你。"

程浩是汪伪政府"76 号"特工总部行动组的副组长，是特工总部副主任李士群身边的红人。他离过两次婚，第 3 次结婚娶的是苏州一所学校的音乐教师，结婚后，夫人一直留在苏州，他只身一人在上海。经朋友介绍，他认识了比他小10岁的汪雪琴，帅气、钞票加“76号”特有的手段，他轻松地把汪雪琴搞到手，成为没有名分却是实实在在的老婆。

汪雪琴用手把程浩招到身边，贴着耳朵对他说：“给人家一条‘黄鱼’。”

程浩说：“我这就回家拿。”

一旁的小凤见没有什么事了，走到汪雪琴床前说：“雪琴姐，你们母子也平安了，这里也没有什么事情了，我回去了。”

汪雪琴说：“天都快亮了，你就在椅子上靠一会吧，等天亮了再走。”

程浩说：“小凤，你在这替我看一会儿，我回家一趟，等会就过来。”

就这样，小凤在汪雪琴的床前又坐了2个多小时。

天亮了，程浩准备开车送小凤回家。

“小凤，你住哪？我叫司机送你。”程浩说着把一根金条塞进小凤的兜里。

“程哥，这个我不能要，真的不能要。就是我收下了也花不出去，我一个乡下女人在上海无依无靠，拿出金条，人家不是怀疑我偷的就是怀疑我不干好事得到的……”

拗不过小凤，程浩只好把金条收起来。

“你家在哪？”

程浩这一问，小凤忍不住哭了起来。

“我没有家。”

接着，小凤向程浩、汪雪琴诉说了她被姨妈带到上海，之后认识了胡亮，胡亮在买早餐时被日军飞机炸死，她又到一家货运仓库上班，仓库遭日军炸毁的经过。

汪雪琴被小凤说得眼泪汪汪，她拉着小凤的手说：“小凤，你就是命大的人，两次你都死里逃生。那你现在准备怎么办呢？”

“我也不知道怎么办，看看能不能找个大户人家给人家做饭、洗衣，干干家务。”

这时，一个想法突然在汪雪琴脑子里转了一下，不如把小凤留在身边，一是她可以帮着做家务、带小孩，家里也需要一个这样的人；二是，可以暂时解决她现在无处可去的困难。汪雪琴觉得这样两全其美，接下来汪雪琴就把这想法说开了。

程浩高兴地说："我还没有想起来，雪琴想得太周到了。我平时工作太忙，大部分时间都不在家，有时出任务，一连几天都不能回家。如果小凤愿意，我们感激不尽啊。"

汪雪琴接着说："就是没遇上你，我们也要找一个保姆。既然我们姐妹俩有缘，你就暂时留下吧。"

小凤没想到一个善举给自己带来了好运，结识了这对好夫妻，还有了落脚之地。她高兴地说："我愿意留下伺候你们。"

程浩笑着说道："不是伺候，是工作。"

就这样，小凤走进了那栋3层小楼，开始了新的生活。她对自己说，从现在开始，便是最有意义的生活。

这就是缘分，缘分不是擦肩而过，而是彼此拥抱。你踮起脚尖，彼此的心就会贴得更近。生活总不完美，总有辛酸的泪，总有失足的悔，总有幽深的怨，总有抱憾的恨；生活亦很完美，总让我们泪中带笑，悔中顿悟，怨中藏喜，恨中生爱。

三十六

转眼间，半年过去了，悠悠时光如同手中紧抓的沙子，无声无息地流失。那些错落在生命中的风景总是匆匆地来，匆匆地去，在短暂的来去间，小凤学会了别离，承受了擦肩，她把一切安静存放在心底的角落里。

程浩母亲终于到了上海，这就意味着小凤要离开。

在小凤离开的前一天晚上，汪雪琴和她谈了很多。

小凤当然理解汪雪琴，她说："雪琴姐，其实我也想了，要在上海落脚，还是要找一份工作的，我还年轻，总不能帮人家干家务、带小孩过一生吧。再说，人的一辈子有些事是必须要做的，如果以后遇到合适的人我就嫁了，给他生几个娃，我也就无憾了。”

“小凤，既然程浩给你把工作找好了，你就好好干吧。我听程浩说，上海目前这样的局面不会长，以后有机会，我们会给你找个好工作。遇到合适你的人，我们也会给你牵线的。在以后成千上万个日子里，有什么困难你尽管来找我，只要我们有能力，就一定会尽全力帮助你。你要答应姐，好好生活。有空时，常来我家坐坐。”

“谢谢雪琴姐，我答应你，我会好好生活的，也会常来看你的。”

告别汪雪琴，小凤来到了“76号”。

原来，程浩给小凤介绍了一份在“76号”食堂的工作，工作就是择菜，洗碗，打扫卫生。早上6点多上班，下午6点多下班。

为了方便，小凤就近租了半间平房，虽说房子简陋，也算有了个安身之处。

从此，小凤开始了新的生活。

所以，小扣子在“76号”蹲点守候李素丽时，才会连续两天下午6点多钟看到小凤从“76号”出来。

从小扣子口里得知小凤的消息后，胡伟当天傍晚就来到“76号”大门附近等候。

等人的滋味有时是甜的，有时是酸涩的。一会儿，胡伟的心有一丝丝痛，有种情感被轻轻地牵着；一会儿，他身体内的每根神经都处于紧绷状态；一会儿，他又流下泪水。

他在寂寞中梳理零乱的思绪，用饱含着无限的思念的目光，焦急地等待小凤的出现。

快到7点了，小凤终于出现在门口。

谁还记得当年你我眼中的希望，谁又知道这段路有多么漫长，突然看见从“76号”里走出的熟悉的面孔，胡伟还是有些莫名的忧伤。

"小凤,小凤。"

这个地方怎么还有人会认识我？小凤回头一看,大吃一惊。

"胡伟哥,你怎么在这里?"

"小凤,我就是今天上午才听说你在这里,你怎么会在这里啊？我一个小时前就到了这里,一直在等你。"

3 年多没有见面了,心中的思念,还是相同的。有些人,未见时还有些许紧张,见到了却依然亲密如初,不管双方这些年经历了什么。

"走,我们吃饭去。坐下来慢慢说。"胡伟拉着小凤进了附近的一家酒馆。

一碟花生米,一盘洋葱爆炒猪肝片,一碗青菜烧豆腐。胡伟一边喝酒一边给小凤讲他这些年是如何一步一步走过来的,尤其讲到他进到警察局工作时,表现得很激动,他认为这份工作适合自己,是自己喜欢的,况且还能赚到外快。他告诉小凤,自从胡亮遭日军炸弹炸死之后,他就恨上了日本人,还亲手杀死了几个日本人。

听到这,小凤说:"杀得好,给胡亮报仇。"

接着,小凤也一五一十地告诉胡伟,这些年来她是如何含辛茹苦过生活的,她一直在思念父母,思念胡伟,思念逝去的胡亮。

"我们各自从老家来到上海,一开始,我们没有朋友,但也没有敌人。后来,我们被动地有了敌人,我们的生活也就从此被打乱了。这也注定了,此生我都要与刀枪为伍,为亲人报仇,能杀多少日本人就杀多少日本人,能今天杀的绝不留到明天。"

"小凤,你还记得雄村的曹伯伯吗?"

"记得啊,曹伯伯是胡亮的恩人,是你们一家人的恩人啊。"

"我告诉你,曹妈妈在 1942 年 4 月的一天为了保护美国飞行员而被日军杀害了,那个朝曹妈妈开枪的人叫林下直。"

新仇旧恨在两个年轻人心中燃烧。

天已经黑透了,小凤告诉胡伟,她就住在不远处,她要回去了。

"我送你到家,认认门。"

其实,人与人之间的感情无非是亲情、爱情、友情。亲情会让人歉疚,爱情会让人缠绵,三者之中,友情最轻,却因为它的轻,最让彼此舒服。但这种舒服,对于这两个飘在上海滩的异性青年来说,不重要。因为各自的痛苦,因为曾经的失去,因为这些年的颠沛流离,因为久别后重逢的忧伤与激动,他们真的不想分开。在小凤这半间屋里,昏暗的灯下,夜深人静的时候,一个不愿意说"我要睡了",一个不愿说"我回去了"。此时,胡伟与小凤都在想,哪怕不是夫妻,我们也可以天天坐在桌前吃饭,哪怕不是一家人,他们也可以彼此温暖。他们知道在情谊里难以找到依靠,更难找到陪伴,能找到的大概只有慰藉。

因为太多的苦难,太久的期盼,他们不只是需要慰藉,他们要相互依靠,相互陪伴。

这晚,胡伟与小凤的心紧紧地连在了一起。

胡伟抱着小凤:"我们永远不分离。"

小凤热泪盈眶:"嗯,我跟着你一辈子。"

因为读书少,胡伟和小凤都不会讲什么相濡以沫,携手终生。但他们知道,要走到最后才是人生。

眼波如水,窗外繁星点点。迷离的星光,在淡淡的云烟中隐约闪现。空气中弥漫着爱的气息。

离别得太久,他们终于迎来一场甘露的降临,瞬间大雨如注,如根根银箭,带着闷响的雷声,狂暴猛烈地射向每一个角落。风雨所到之处,枝折花倾,窗破瓦掀,上苍以它的威猛,回报给爱它的人们。

狂风暴雨之后,浮泛的人生啊,遍布着层层枷锁,他们只想把瞬间当成永远,永远。

今夜注定无法入眠。

胡伟穿衣起床,他泡了一杯茶,端到小凤嘴边:"喝一口,口干了吧。"

小凤点点头,喝了几口,抿嘴笑笑。

胡伟抽着烟，给小凤讲了一些工作上的事，讲了杀日本人的细节，还讲了杀汉奸的经过。

讲到杀日本人，胡伟突然问小凤："'76号'真正的老板是日本人，你经常会见到日本人出入吧。"

小凤告诉胡伟，她在食堂的后堂时间比较多，有时会见到日本人来食堂吃中国菜，日本人在"76号"有他们从日本带来的厨师，他们有专门的饭厅。

"你见过一个脖子左边有个紫色痣的日本人吗？"胡伟问道。

小凤回答说："好像没有见过。那个日本人多大年龄？"

"大概30出头。你留意一下，林下直脖子左边有个紫色的痣。"

胡伟告诉小凤，脖子左边有个紫色痣的人就是林下直。自从曹伯伯交代了这个事后，他一直放在心里，委托几个人都没有打听到林下直的详细情况，可能是林下直官位不高，名气不大。还有可能是林下直从作战部队调到了其他部门，或者是特工机关。胡伟认为，林下直调到特工机关的可能性比较大。可是日军在中国的特工机关多得是，他如果在的话，在上海还是在南京？在北京还是在天津？在武汉还是在重庆？是"梅、兰、竹、菊"里的哪一棵？

所以，曹伯伯交代的任务到目前还没有完成，这也是胡伟的一个心事。

"我上班时注意观察，如果有日本人来吃中餐，只要发现林下直，我第一时间告诉你。"

随后，胡伟告诉了小凤他的办公电话号码，以及他的住处。

胡伟说："如果电话找不到我，就去我住处，我不在的话，你就写个条子放到我大门右边的一块砖里，那块砖，仔细看颜色有点深，不注意看不到的。你轻轻拿出来，再轻轻放回去。千万要记住，不管什么情况，都不要叫任何人转告。"

"我能向程浩打听吗？"

"不但不能打听，就连在他夫人那里也不能提及。"

小凤点了点头，说道："天快亮了，睡一会吧。"

胡伟钻进被窝，把小凤搂在怀里，甜甜地，渐渐入梦。

三十七

1944年2月12日上午,许家铭刚到办公室,电讯组的陆汝真就送来了一份她们刚刚破译的密电。

“报告许站长,这是20分钟前截获的一份从日本东京发出的双重加密的密电。”

接过密电,许家铭紧皱眉头。他拨通了行动组的电话:“召集骨干成员,马上到会议室开会。”

10分钟后,小扣子和同事到了会议室。

许家铭告诉大家:“电讯组破译了一份双重加密电报,内容是‘命梅机关人扮成军统的人,今晚舞会,将冈次幂除掉’。你们不知道,这个冈次幂是梅机关的电讯高手,在一年前被我方策反,为我们提供了许多有价值的情报。他这样做,也是出于无奈,冈次幂父母多年卧床不起,老婆没有工作,一个女儿还患有先天性疾病。所以,他的家庭很困难。我们就是利用了这点,拿金钱和他换情报。现在,冈次幂暴露了,我们要想办法把他营救出来,为我所用。”

许家铭判断,今晚的舞会应该还是在老地方——远东饭店。

小扣子对远东饭店的里外环境十分熟悉,他作为这次行动的负责人给大家讲解了行动方案。

小扣子说:“今晚的行动,我是这样想的:首先,要保证至少3男3女进到饭店,请柬许副站长会办妥的。其他同志分别把住大门、后门,还有消防通道。我们要尽最大可能把冈次幂救出来,发生枪战时,我们甚至要用自己的生命保护冈次幂。退一步说,万一无法营救,外面的同志要配合里面的同志撤退。下面请大家各抒己见,最后由许副站长确定方案。”

接下来,有人提出:“冈次幂的画像要早点给我们。”

有人说:“是否在我们靠近冈次幂的时候,切断饭店电源?”

有人说:“我们行动组有人会说日语,是否考虑安排人乔装打扮成日本人?”

……

最后,许家铭说:“小扣子的行动方案很好,大家也提出了一些建议和意见,我认为我方一两个同志乔装打扮进入饭店,配合行动,这条建议要纳入行动方案中。总之,我和小扣子还要再仔细谋划,最终会拿出一个完美的行动方案。”

接着,小扣子告诉大家:“从现在开始,就委屈大家了,所有参加今晚行动的人不许把行动消息透露给任何人,包括其他部门的同事;不许接打电话,不许接待外人,更不许走出大门。”

这是行动的一贯要求,大家习以为常,也就没有说什么。接着,抽烟、打牌,大家热闹了起来。

就在军统上海站开会布置营救冈次幂的同时,中共上海地下党负责人也在召开一个重要会议。

在同一时间,拉拉也截获了一份从日本东京发出的双重加密的密电,破译后,拉拉感到事关重大,立即赶到爱多亚路460号把译文交给了方书琴,方书琴第一时间给中共上海地下党组织政治部副主任龙珊做了汇报。

原来,这个冈次幂是个多面间谍。

也是在一年前,一天晚上,冈次幂来到“大世界”,找了一个小酒馆坐下,点了两个菜,要了一壶酒。坐在他旁边的正是中共上海地下党的老崔,老崔边喝酒边在等一个线人。老崔喝着喝着看见这个年轻人在流泪,就关心地问了一句:“年轻人,怎么了,遇到不顺心的事了?”

冈次幂看看老崔,没有回答,继续喝酒。喝着喝着,他大哭起来。这时,老崔喊来酒店小二,把冈次幂拉到包厢里。老崔叫小二打了盆凉水给他洗了洗脸,又泡了一壶茶,给他斟上一杯。洗洗脸,喝喝茶,他似乎好了一些。

老崔问道:“你怎么啦?有什么难事吗?能说出来吗?看看我能不能帮到你。”

他说:“我是日本人,我叫冈次幂,我的确有难事,可是你没办法帮我。”

说着一口流利中国话的冈次幂很难让人判断他是中国人还是日本人,老崔警觉了起来。在接下来的交流中,老崔知道了冈次幂的家境,也隐隐约约知道了冈次幂想卖情报。随后,老崔步步深入,冈次幂慢慢进入角色。就这样,冈次幂成了老崔的线人。之后,冈次幂也十多次给老崔提供了情报,尽管有的情报价值不大,老崔还是申请组织照常付给他钱。所以,在与老崔的合作过程中,冈次幂觉得共产党还是够处的。

听了方书琴的汇报,龙珊立即命令方书琴摸准情况,制订方案,全力营救冈次幂。

方书琴回到爱多亚路460号立即召开会议。同样,关于舞会的地点大家提出了不同的可能性,有人认为舞会地点可能在"大世界"舞厅,那里有黄金荣照应,舞伴、酒水、安保等都有保障。有人认为舞会地点可能在远东饭店,因为就是一个平常的周末舞会,不是什么重要的时间节点,没必要安排到大的舞厅。

大家说得都有道理,方书琴偏向远东饭店,但她认为还是拿两套方案比较稳妥。

"今晚的行动,请拉拉也参加,以备不时之需。"

接着,方书琴等人开始制订方案。

同样是2月12日,刚吃过中饭,小凤就跑到外面电话亭拨通了警察局的电话,在得知胡伟不在局里后,她坐黄包车匆匆赶到胡伟住处,敲敲门,没反应,就在小凤准备把纸条往砖缝里放的时候,胡伟到家了。

小凤告诉胡伟,她在收拾饭桌的时候,听到"76号"的人在聊今晚去远东饭店跳舞的事,其中一个矮个子对程浩说,林下直点名叫他参加舞会,还说,林下直已经给他找好了舞伴。

既然是这样,林下直肯定参加今晚的舞会。

"小凤,你抓紧回去,免得时间长了有人怀疑你。"

"嗯,我这就走。你可要小心点哦。"

随后,胡伟通知了胡兆宝等人,在他家里制订了刺杀林下直的方案。

从以上3条线来看，尽管三方的目标不同，但都是直指远东饭店。

无论如何，今晚的远东饭店注定会掀起一场腥风血雨。

三十八

20世纪40年代，在上海租界，跳舞蔚然成风，跳舞也成为上海滩趋时、摩登男女最为热衷的生活。有人为此感慨，上海人的跳舞热已达沸点，跳舞场的设立，亦如雨后之春笋。少男淑女竞相学习，颇有不能跳舞，即不能被承认为上海人之势。在这种形势下，就连在上海的外国人也改变了原来只有在节日、重要活动等场合才跳舞的习惯，他们和上海人一道，每个周末都要举办舞会。平时只要有时间，有人邀请跳舞，他们一般都不会拒绝。

日本人自从踏入上海之后，对跳舞的兴致远远超过了法国人、俄罗斯人、德国人。

2月12日，周六，晚6点18分，作为日本特工机关“梅机关”外围联络站的远东饭店舞会按时举行。

远东饭店的金色大礼堂被装扮得光彩夺目，从四面八方赶来的贵宾，远远地就能看到金色大礼堂辉煌的灯火照亮了星塔上空整片天鹅绒般蓝幽幽的夜空。

金色大礼堂里，人们都纷纷携着自己的舞伴步入舞池中央。优雅的奏乐在现场弥散开来，所有人都陶醉于快乐之中。灯光变成淡黄色的光束，围绕在舞池最中央的一对年轻男女。男的身着黑色西服，胸前一朵红色玫瑰点缀，高挑的身材衬得他尽显优雅、高贵；女的身着米色抹胸礼服，皮肤雪白，礼服将她身体完美的曲线衬得如此迷人。所有人的目光随着他们的舞蹈而移动，他们的舞步尽显张扬，男人天神般的脸上挂着不可明意的微笑，为别的女生留下了无限的遐想。一个微步转体，女人自然而然倒在男人怀中，男人再扬手，女人连转了两个圈之后又被男人拉回怀中，但女人的左脚高高抬起，一只手被男人拉着，两人深情对视,一眼万年。

当奏乐终了的时候,全场一片热烈的掌声。

坐在二楼回廊边喝红酒边与美女们聊天的林下直问身边的中佐:“那个跳舞的男子是谁?我怎么没见过这人。”

“报告大佐,今晚凡是参加舞会的,除我们‘梅机关’的人外,其他都是受邀的各界友人。刚才这个跳舞的年轻人,我也不认识。”

林下直若有若无地应道:“哦。”

林下直有个习惯,他一般都是在舞会快要进行到一半时才走进舞池,那时他会稍有醉意,发挥得最好。加上他是日本特工机关“梅机关”外围联络站的负责人,官至大佐,在场的大多数人都会送他雷鸣般的掌声,尤其是想巴结他的女人会款款移步送上香吻。今晚,“梅机关”的负责人影佐桢昭少将身体欠佳,没能出席舞会,林下直就更没有什么顾忌了。

此时,“76号”的程浩轻松地跳着舞,平时一个接一个的任务使他觉得紧张,甚至有点累,而此时他完全把工作抛到脑后。手牵的这位女士是林下直挑选的美女,她身材苗条,衣着前卫,长相漂亮,五官有着一种西洋风情,程浩沉浸在这场纸醉金迷的男人女人们的青春与热情之中。

此时,方书琴带领的一队人马混在远东饭店舞场,她和拉拉打扮得和所有上海滩名门望族的闺秀们一样,风姿绰约、雍容大雅,像智慧而美丽的蝴蝶精灵般穿梭和舞动,在众多目光的交织中一次次华丽地转身,优雅有节。其实,这是一种表象,她们的眼睛一直在昏暗的灯光中搜寻目标。

此时,小扣子的人也都各就各位,小扣子戴上时髦的假发与美女在舞池中翩翩起舞。

此时,胡伟带着胡兆宝坐在林下直正对面约30米的地方,他一只手端着酒杯慢慢品着红酒,一只手随音乐在桌子上敲打节奏。突然,胡伟发现舞池里有个熟悉的身影,尽管小扣子带着假发,可还是被胡伟认出来了。小扣子怎么也在这里?胡伟立马意识到,今晚的事情不简单了。

此时，穿着背带西裤、布鞋的冈次幂缓缓走进舞池。他因为工作上的事情耽误了一刻钟，虽然迟来了一会儿，但冈次幂很快进入了状态，她牵着一位女演员的手熟练地跳起华尔兹。他压根就不知道，危险已在悄悄逼近。

6点40分。

林下直吩咐手下："叫所有人停下，让刚才那对男女单独来一曲。"

林下直所说的那个舞姿优雅的男人就是小扣子。

说着，林下直起身准备去一下洗手间，然后上场和那个男人比比舞技。就在林下直起身的一刹那，胡伟反手一个飞镖直刺林下直喉结处，紧接着，胡伟又是一镖扎在林下直胸口，林下直一声未吭，重重倒在地上。

见到林下直倒地，血流如注，和林下直坐在一起的女人们尖叫起来。顿时，舞场大乱。

就在胡伟刺杀林下直的同时，方书琴的人已逼近冈次幂，两人架起冈次幂就朝边门方向走去。还没有走几步，乌黑的枪口已对准了他们头，"砰砰"两声，两个中共地下党员倒在血泊之中。

持枪人把枪口对准冈次幂："我们是军统的人，现在我代表党国将你就地正法！"

持枪人扳机扣动的一瞬间，小扣子弹弓的子弹击中他的眉心。这个冒充军统的日军迎面倒在了冈次幂面前。紧接着，军统特务一拥而上围住了冈次幂。

眼看无法接近冈次幂，方书琴示意拉拉给冈次幂发出信息。

很快，拉拉用手指击打脸部，发出了摩斯密码。

第一遍，冈次幂没有看见。

第二遍，冈次幂看到了。

拉拉发出的摩斯密码内容是：放心，您的夫人和女儿已于昨日到了延安。

冈次幂点了点头。

中共地下党、军统、日军，三方枪战乱成一团，冈次幂最终没有走出远东饭店。

与此同时，胡伟、胡兆宝遭到日军追击，他俩边撤退边还击，在队友的保护下，他们离开了远东饭店。到了大街上，胡伟还能听到远东饭店里的枪声不断。他一时没弄明白到底是怎么一回事，可他还是有点担心小扣子，他吩咐手下离开，自己返回了远东饭店。

胡伟回到远东饭店2楼，他似乎看明白了，有人要那个穿背带裤的日本人的命，有人要保护那个日本人，小扣子是要抢走那个日本人。三方混战，场面紧张，胡伟不时跑位，点射日军。就在他把枪口对准一个女人时，突然下面有人喊道："胡伟，后面有人。"胡伟刚回头，看到一粒扣子飞进那个准备从后面袭击他的日军的眼里。

胡伟朝小扣子笑笑，伸出大拇指。

当胡伟再次寻找刚才那个被瞄准的女人时，那女人已不见了踪影。

胡伟飞身到了大厅，对小扣子说："谢谢你救了我一命。日军的援军马上就要到了，快撤。"

胡伟和小扣子边打边撤，当他们到了远东饭店的后门的时候，程浩手里拎着一架冲锋枪站在那儿。

"想走，你们得从我身上过去。"程浩说着就是一梭子弹射了过来。

胡伟、小扣子几个翻身躲过子弹，就在程浩再次准备射击时，不放心胡伟的胡兆宝返回到远东饭店，一枪射中程浩胳膊，胡伟、小扣子才得以脱险。

这场乱战，日本人虽然达到了除掉冈次幂的目的，可他们也损失了林下直。

对于程浩来说，他是应林下直之邀去远东饭店跳舞的，想不到遇到枪战，自己还受了伤。自己完全可以在枪战开始时退出，也不知道什么原因卷到了这场枪战中。他一直没有明白，这场枪战缘何而起？为什么冈次幂是那些人争夺的目标？作为"76号"的特工，程浩渐渐捋出一点头绪，最后，他把这个点落在小扣子和胡伟身上，并很快查出了小扣子和胡伟的身份。从此，程浩记住了这两个人。

对于方书琴来说，她们虽然没有成功营救冈次幂，可拉拉把他夫人和女儿到了延安的信息传递给了他，他也算心安了。在这场乱战中，方书琴也知道了，原来冈次幂也给军统提供情报，军统的人也是来营救冈次幂的。可她没有弄明白的是，为什么在二楼的林下直突然遭刺杀，那个杀手是中统的吗？不可能。是军统的吗？还是中共地下党昆山的那条线安排的行动？这一切，方书琴没有理出头绪。

对于胡伟来说，他完成了曹正泰伯伯交给自己的任务，给曹妈妈报了仇。另外，他好久没有介入这样的场面了，这一场枪战酣畅淋漓。可胡伟有一点没有搞清楚，就是那个持枪的女人，她是什么人？

出了远东饭店，小扣子与胡伟分手后坐上了远处接应的小车，一溜烟消失在上海的夜晚里。

回到站里，小扣子把今晚的行动情况一五一十地向许家铭做了汇报。

虽然损失了一名兄弟，可他们击毙了10多个日军，许家铭表扬了小扣子。

随后，小扣子带着几个受伤的兄弟到医务组包扎伤口，路过电讯组门口时，看到陆汝真还没有交班，他便伸了一下头："真真，下班后等我，我带他们去包扎一下伤口。"陆汝真说道："我早交班了，就是在等你。等来你，你就跟我一道走。等不来你，我就每年的今天给你烧纸钱。"

陆汝真的大眼睛含笑含俏含妖，水遮雾绕的，媚意荡漾。她是一个从骨子里散发着妖媚的女人，她的声音牵动着小扣子的神经。

小扣子说："很快就好，很快就好。"

到了医务室，曹曼筠一边给伤员包扎伤口，一边问小扣子今晚行动的情况。也许是陆汝真在等他，他心情好，便一口气把晚上远东饭店的详细情况告诉了曹曼筠。

听了小扣子的叙述，曹曼筠若有所思。

"对了，我突然想起来，在混乱中有个女人对着冈次幂的方向，用手指敲打脸部，这应该是传递摩斯密码啊。我怎么把这个重要的细节给忘了汇报呢？"

说完，小扣子起身要走："曼筠姐，你先忙，我去一下许副站长办公室，去去就回。”

“别急啊，小扣子，你是紧张了吧，你不知道，我们女人往往在拿不定主意时就会用手指敲打大腿啊，敲打脸啊，敲打头啊，这是不自觉的表现。”说着，曹曼筠叫小扣子帮他捋一下绷带，小扣子随着曹曼筠的指挥帮着捋绷带，拿剪子，忙了起来。

其实，曹曼筠也不能确定那个女人是谁，她隐隐约约感到那个女人可能就在眼前，出于本能曹曼筠随口说了几句也能说得过去的理由。

“曼筠姐说得也是，我可能是太敏感了。”

半个小时过去了，3 个伤员的伤口全部处理完毕。

陆汝真挽着小扣子的胳膊，他们匆匆走在回家的路上，他们要去迎接一场暴风骤雨的到来。

小扣子走后，曹曼筠收拾收拾也拎包离开单位。她没走多远，回头一看，许家铭办公室的灯还亮着，她看了一下手表，已是凌晨 1 点了。

此时，一种淡淡的忧伤袭来，曹曼筠多么渴望时光的长河里，与爱的人牵手，不离不弃，享受点点滴滴的快乐。保持淡然的心境，在生活中的琐碎小事中体验到平淡却又真实的幸福。她相信，有一种真爱，它不随着时间的流逝而有所改变，它不会被微小的尘埃磨去激情，即使繁华褪去后，圆润的光泽也依然闪烁，沉淀的更是风雨并肩的微笑。她怎么知道，这一天是明天？是后天？是明年？是后年？还是一辈子？

虽然已是凌晨 1 点多了，可许家铭没有睡意，他把小扣子汇报的远东饭店的事前前后后在脑子里回放了两遍。

许家铭想，“76 号”的人在远东饭店无可非议，他们本身就是穿一条裤子的。在整个过程中，“76 号”的人没有刻意要去做什么的迹象，后来与小扣子他们对峙完全是为给林下直报仇。

那个刺杀林下直的人也确定是小扣子的朋友胡伟，胡伟到远东饭店的任务与我们这次营救冈次幂应该没有什么联系，纯属巧合。

那么，在小扣子之前架着冈次幂的人就是重点了，他们到底是什么人呢？

许家铭突然想起了那份被双重加密的密电，他们应该是破译了同一份密电，能破译双重加密密电的一定是电讯高手。想到这，许家铭打了个激灵，他想到了从重庆临行前戴笠说的中共上海地下党电讯高手拉拉 。

想到这，许家铭拨通了小扣子家的电话。

三十九

小扣子这个 40 平方米的住处陆汝真也不是第一次来了，可今晚她比往日格外激动，因为今晚小扣子的行动是相当危险的，整个晚上她都在提心吊胆地等待，每一辆驶进的车子她都仔细看，看看小扣子是否从车上下来，直到小扣子平安回来，压在她头上的一颗石头才落地。此时，小扣子在洗澡，陆汝真在屋里四处看，好像第一次来的样子，有些新奇，有些焦急。

不一会儿，小扣子出来了。

陆汝真一头长而飘逸的卷发披在肩上，那双眼睛闪着令男人们为之疯狂的秋波，那水水的红唇性感而妖媚，米白色的衣服将她原本就白皙的皮肤显得更加白嫩。小扣子冲上前去一把抱起她："你怎么不到床上等我呢？"

陆汝真手指轻轻戳向小扣子的鼻子："等你来抱。"

两人都迫不及待。

一阵暴风骤雨后，一切归于宁静。陆汝真无力地喘着气，小扣子靠在床头点上了香烟。

"小扣子，你说，你什么时候娶我啊？"陆汝真趴在小扣子的胸前。

"说到娶，我还真的心里没有底。像我这种职业，整天都在风口浪尖上做事，等于提着脑袋在干活。娶了你，说不定哪天你就守寡了，再有了孩子，以后拖累你啊。"

"不会的，你小扣子吉人有吉相。"

说着,陆汝真拿掉小扣子嘴上叼的香烟,骑到他身上,又是一阵亲热。

夜深,人累,陆汝真渐入梦乡。

小扣子无法入睡,他熄了灯,仍靠在床头抽烟。

漆黑的夜晚,除了闹钟的嘀嗒声和窗外树枝的摇摆声,周围一片寂静。银白的月光透过窗户洒在地上,夜的香气弥漫在空中,织成了一个柔软的网,把所有的景物都罩在里面。眼睛所接触到的都是罩在这个柔软的网的东西,任是每个物体,都不是像在白天里那样现实了,它们都有着模糊、空幻的色彩,每一样都隐藏了它的细致之点,都保守着它的秘密,使人有一种如梦如幻的感觉。

小扣子久久不能入眠。思绪由从前到现在,一股脑儿地全缠在了一起,他不敢去想未来,但又不得不想。

"丁零零,丁零零……"一阵急促的电话铃声打破了深夜的沉寂。

虽然是特务出身,但深夜听到这样的声音,还是让人有些毛骨悚然,职业素质促使小扣子一瞬间镇定下来。

他拿起电话,话筒里传来的是他熟悉的声音:"你现在到我办公室来一下。"

小扣子"嗯,嗯"回答了两声。

这时,陆汝真被电话铃声惊醒了:"都快天亮了吧,谁的电话呀?"

小扣子给陆汝真盖了盖被子,说:"是许副主任电话,你睡吧。"

小扣子迅速起床,洗漱一番,开着车风驰电掣地赶到单位。他三步并作两步跑上楼,许家铭说:"天都快亮了,我想想还是把你喊来。"

"我就知道,许副主任今晚一定会加班,不知道你到现在还没有回去休息。"小扣子给许家铭点上一支烟,自己也点上一支。

许家铭给小扣子泡了一杯茶:"这茶叶很好的,戴主任给的,说是徽州雄村曹正泰送给他的,安徽名茶。"

小扣子喝了一口:"嗯,很香。"

接下来,许家铭叫小扣子把远东饭店的枪战情况又复述了一遍。

"仔细想想,还有没有漏掉的情节?"许家铭一边问一边用手指敲击茶几。

“许副主任,你刚才用手指敲击茶几的动作倒是提醒了我。”

小扣子告诉许家铭,在混乱中有个女人好像是在朝着冈次幂的方向用手指敲打脸部,当时汇报时忘了这个细节。事后,去医务室时他突然想起来了,曹曼筠说女人往往在拿不定主意时就会用手指敲打大腿啊,敲打脸啊,敲打头啊,这是不自觉的表现。他觉得曹曼筠说的有道理,也就没有再汇报了。

“现在,我又仔细回忆了一下,那好像是在传递摩斯密码。”

“什么好像,那就是在传递密码!”许家铭果断地说。

接着许家铭问小扣子:“你认为那个女人会是谁?”

“是谁我不知道,但肯定是共产党的人。”

许家铭点点头。

“有时间的话,你去查查‘76 号’那个人。其他的你就不要管了。”

天亮了,许家铭靠在沙发上眯了起来。

小扣子在回家的路上再一次想起了曹曼筠的话,他觉得她虽然说得有些道理,但还是有点牵强,至少她是想让他不要顺着摩斯密码这个思路想下去。如果真是如此的话,曹曼筠又是为什么呢?

从雄村到上海,小扣子觉得许家铭与曹曼筠的关系发生了很大的变化,其中,军统内部不许谈恋爱是冠冕堂皇的理由,但真正原因可能不止这些。

小扣子停好车,天已经大亮了。他抬头看看天,再看看冷清的街面,他想到了雄村培训班王主任的叮嘱,顿时觉得接下来的事情会更多更复杂,他所面临的任务会更加艰巨。

走到床前,小扣子摇摇陆汝真:“汝真,醒醒,天大亮了。起来吧,吃点早饭还要上班呢。”

陆汝真伸了伸懒腰,说道:“你回来啦。”

“嗯。汝真,你是专业电讯员,你知道的,双重加密的密电不是一般人能破译的吧?”

“嗯。我们电讯组 26 个人只有 4 个人会。你问这个干吗?你是雄村出来的，这个还不知道？”

小扣子答道：“我主要是培训行动上的技术的，电讯只知道一二。”

陆汝真接着说：“你太辛苦了，我来做糖水荷包蛋给你吃，补补。”

“你也辛苦，你要吃两个。”

陆汝真做好早饭，小扣子和她边吃边聊。

小扣子再一次讲到曹曼筠对那个女人在远东饭店敲打脸部动作所做的解释，陆汝真说：“曹曼筠说得也对，我时常在译电时遇到困难也有类似动作，但不完全是。你再把她敲击的节奏尽量准确地演示一下，我来仔细看看。”

小扣子边想边小心翼翼地做了一遍。

陆汝真告诉小扣子：“这完全是在发送摩斯密码。”

“那你能破译它的内容吗？”

陆汝真说：“你不能准确做出动作，无法破译，即便破译出来内容也会不准确。除非你有录像，我才能试试。”

小扣子说：“你帮我分析一下，假如曹曼筠知道那动作就是摩斯密码，她为什么要说谎呢？”

“那就有可能她知道那个女人，她想保护她。”

小扣子最后对陆汝真说：“你平时多观察观察曹曼筠和许家铭，有什么不对劲的地方第一时间告诉我。”

陆汝真说：“你怀疑他们？”

“现在谈不上怀疑，只是让你多长个心眼。”

“嗯。我听你的。”

再说，曹曼筠回到家里，也无法入睡。

曹曼筠首先想的是许家铭，是关于两个人的爱情。从目前来看，爱情被许家铭放在一边了。被相思浸染的清浅时光，在相望中悠悠地流淌。流年的脚步踩碎了无言的沧桑，心底那些鲜活的过往，是她眼里永远抹不去的惆怅。

夜好静，曹曼筠觉得这样的时刻很美丽，她真的渴望自己是一棵树，是一朵花，哪怕是一只小鸟，飞翔于阳光雨露之间，杜绝虚伪，远离伤害，只要一个完完全全的自我。

难道那是个错误的开始？错误的决定？曹曼筠无法捋出头绪。

她又想到了小扣子今晚的那番话，她隐隐约约感到那个女人仿佛是自己的亲妹妹汪晓茹，她宁愿相信是汪晓茹在发送密电，如果真的是那样，至少汪晓茹还在上海，和她在同一个城市生活。

此时，曹曼筠在渴望组织的唤醒。

曹曼筠知道，外面已是轰轰烈烈，自己却在这里无所事事。

天亮了，曹曼筠起床后简单做了点吃的，就匆匆上班了。

此时，走在马路上，悲伤在曹曼筠心里悄悄地落了根，看着人来人往的街道，感觉多么陌生，多么格格不入。她感到以自怜为衣，沉浸在自己的灰色世界里，一个人蜷缩在角落里，笼罩在暗色里，被寂寞渐渐吞噬着。她的泪水不由自主地在眼眶里打转。

四十

1944 年 2 月 16 日傍晚，早早下班回来的胡伟，做了很多菜，他在等小凤来吃饭。一等没有来，再等还是没有来。胡伟有点着急，他倒不是着急吃饭，而是有点担心小凤。胡伟这几天出门上班，下班回家，总是感觉有人在跟踪他。他准备今晚告诉小凤，暂时让她不要来了，过阵子看看情况再说。

的确，自从胡伟的飞镖刺中林下直之后，日本的“梅机关”就联手“76 号”的人追查凶手。“76 号”把这个任务交给了程浩。

2 月 12 日晚在远东饭店跳舞的，至少有 10 人被带到“76 号”。这些被带到“76 号”的人或多或少对当晚的情景进行了描述，他们的描述中，都说到了那个掷飞镖的人。根据这些人的描述，画像专家画出了模拟像。看到画像，程浩立马联想到当天从他手里逃脱的人，他心里有底了。

毕竟,“76 号”的人也不是吃干饭的,程浩也是“76 号”的高手。在行动组开会的时候,他邀请了情报组的几位专家参加了会议。

程浩提出:“12 号早上,你们情报组是否截获了日方的密电?如果没有截获,这与你们的技术、能力不符;如果截获,为什么没有上报?”

应该说,在当时的上海,“76 号”情报组的技术与能力是军统、中共、“梅机关”的人无法达到的。双重加密电根本就难不倒“76 号”情报组的人,他们的确是截获了那份密电,只不过电讯员在交给情报组负责人之后,负责人认为这份情报固然重要,但与“76 号”毫无关系,就没有向上面汇报了。

程浩沉默了一会,说道:“林下直在这之前一直在海军医院治病,11 号出院,12 号中午来到‘76 号’并邀请我晚上参加舞会。也就是说,林下直好久没有来远东饭店了,为什么刚刚回来就被人知道?再说,日本特工机关的‘梅机关’发出去的请柬为什么出现了那么大的问题,以至于来自几方的人都混在舞会中?当然了,这事我们管不了。可现在,‘梅机关’要求我们一定要在一个星期内把凶手捉拿归案。大家请发表发表自己的看法。”

大家你一言我一语,有的说在点子上,有的说得云里雾里。

程浩在大家说话时没插一句话,他只是认真地听,认真地记录,生怕丢了任何一个有价值的细节。

有个人说的话引起了程浩的注意,那人说:“大家目前说的大致都差不多,我和当晚在场的几个兄弟描述的也一致,再这样讨论下去意义不大。我倒是建议结合以往的案例,把思路放宽点。这起案件让我想起了军统亦青带人刺杀孔文冲的那起案件,当时报纸上都说‘飞镖神’功夫了得。这次巧了,林下直也是被飞镖刺中……”那人还在滔滔不绝,程浩挥手制止:“不要说了,散会。你留下。”

程浩完全同意他的观点,只是怕他继续说下去会泄密。

接着,程浩与那个人商议了近 2 个小时。再结合画像,程浩把矛头指向了警察局的胡伟。

最终，程浩确定了缉拿胡伟的方案。

那人接着说："胡伟怎么知道那晚林下直在远东饭店呢？要么是误打误撞，要么是我们内部有人把消息透露给了他。"

程浩说："暂时不要管谁走漏消息了，把胡伟带回来，什么都清楚了。"

天罗地网已悄悄布下，胡伟也感到危险来临。

胡伟把烧好的菜放回到锅里，小火保温。他走到窗口一看，楼下都是便衣特务，他断定是日本特工机关和"76 号"的人。一直在盼小凤回来的胡伟此时倒在心里默默祷告，但愿小凤今晚有事走不开，不来了，或者很迟才来。胡伟立马意识到，今晚无论如何逃不掉了。他不知道，为什么特务们迟迟不上来，他们是否也知道了小凤？这应该不会的。如果小凤暴露了，他们用不着这样，直接在"76 号"食堂抓人不就得了。想到这，胡伟把两把手枪的子弹压满，揣上 20 多只飞镖走下楼去。

胡伟刚走出大门，四周特务就围拢了过来。

胡伟知道，7 米之内，飞镖都是快于子弹的。于是，胡伟飞镖"唰唰"飞了出去，他一边甩飞镖一边向远处跑去，子弹"嗖嗖"从他身边飞过。胡伟意识到，他们是要活口，要不然 10 条命早没了。尽管这样，胡伟最终还是被特务的子弹打伤，倒在地上。

这场缉拿胡伟的战斗，"76 号"死 1 人，伤 6 人。

半个小时不到，胡伟就被带到了"76 号"。

就在胡伟被"76 号"带走不久，小凤回来了，一进大门她就觉得有点不对劲，推开楼上门的时候，只闻到菜香却不见胡伟的人影。走进去一看，家里被翻得乱七八糟。她意识到自己也在危险之中，匆匆下楼，准备离开。这时，黑洞洞的枪口对准了她。

"小凤！"程浩轻蔑地笑笑。

"程哥，你误会了。"

"我误会了？看不出来，是你通知的胡伟，你和林下直有仇恨？"

“程哥，应该说每个中国人与日本人都有仇恨，是日本人杀害了我们的父母，杀害了我们的兄弟姐妹。就是我向胡伟告诉了林下直的消息，也没有什么不对的。胡伟的弟弟，我的未婚夫，就是被日军的飞机炸死的，胡伟的婶娘就是被林下直开枪打死的。林下直被刺，罪有应得！”小凤越说越激动。

这时，程浩走到小凤面前：“小凤，我是想放过你，可是日本人不会答应的啊。”

程浩一挥手：“带走！”

就在那一刹那，小凤一头撞到墙上，顿时脑浆迸裂。

这一切都被远处的胡兆宝看在眼里，他眼睁睁看着胡伟被带走，眼睁睁看着小凤撞墙而去，他无能为力，他无法挺身而出，因为他知道如果贸然行动那就是送死。

胡兆宝走在上海夜晚的马路上，孤独，心乱如麻。

此时，上海的晚上早已不输白天的精彩。上海的夜晚是自由的，每个人都可以找到属于自己的夜生活方式。那些开到深夜的小店，见证着嬉笑怒骂的众生相，治愈着孤独与悲伤。一杯酒是美好夜晚最好的助兴，比起五光十色的狂欢，自在舒适的小酒馆更适合缓解压力，聆听或倾诉，夜晚的许多故事都是从那里流向街面。街边的风景胡兆宝无心欣赏，他看到了支离破碎的天空，随之而来的是支离破碎的思绪。记忆，渐行渐远；心，越来越孤单。

一个人想，一个人走，一个人笑，一个人哭，一个人伤心，一个人从有心到无心，一首歌从有情到无情，这是胡兆宝此时的心情 ，也是对自己执着的感情。

夜越来越深，心慢慢地沉淀，胡兆宝觉得自己越来越孤单，就像站在铁轨上看长长的没有尽头的寂寞一样。于是，他唱起了这首歌：

独自走在夜晚的路上\你也会孤单寂寞吧\当你抬头仰望星空的时候\也许天空的另一边\也有一个人和你一样\用同样的微笑\同样的伤感\数着星星……

四十一

在胡兆宝看来，小扣子虽然有一定的势力，但对付“76 号”，小扣子还是嫩了点。胡兆宝想到了曹曼筠，可找到曹曼筠，她还是要利用军统的力量，这样还是不可能救出胡伟的。

在孤独中徘徊的胡兆宝突然想到了西樵，那个赤裸着全身让他画像的女人。

实在是想不到其他办法了，胡兆宝只好抱着试试看的心理去找西樵。

西樵的少女时代是在安徽乡下度过的，西樵有个舅舅在上海明星影片公司任职，看到外甥女对电影有痴迷，就介绍她进公司当演员，并把她介绍给了胡蝶。

自从抗日战争全面爆发以来，上海市文化界救亡协会、电影界工作人协会、上海电影编剧导演人协会以及中国电影界救亡协会相继在上海成立，并及时组织、动员上海戏剧、电影工作者投入 3 幕话剧《保卫卢沟桥》的创作和公演。八一三事变后，在中共地下组织的领导下，大部分上海电影工作者随抗日救亡演剧队奔赴前线。1937 年 11 月，上海陷落，而上海租界地区则沦为“孤岛”。

一开始，西樵只是在片中充当“跑龙套”的角色，还谈不上什么角色创造。接下来，她在几部电影中充当配角。后来明星公司宣告解散，西樵就参加了影人剧团，演话剧。半年之后，上海的国华影业公司成立，西樵应邀加入国华公司拍片。

胡蝶等人不满日本人对上海电影的控制而移居香港，可胡蝶的跟班，后来也名噪一时的西樵等人继续留在上海，团结爱国、进步的文艺工作者，坚持了历时 4 年的“孤岛”时期戏剧、电影斗争。

胡蝶去香港之前曾找过西樵，胡蝶想带她一道去香港，一是西樵聪明伶俐，眼里能看到事，能把事情做好；二是西樵会照顾人，心细，脾气也好，不大惊小怪的。西樵对胡蝶很尊敬，除了欣赏她的艺术才华之外，更佩服她有民族气节，不屈服于日本人。可西樵没有跟随胡蝶去香港的根本原因有二：一是她的家境毕竟不富裕，到香港得一切从零开始；二是这么多年在胡蝶的光环下工作、生活，现在胡蝶要离开上海，她正好想独自干一番事业。

胡蝶离开上海后，西樵在国华公司先后拍摄了《岳飞精忠报国》《葛嫩娘》《红线盗盒》等影片，这些影片都不同程度寄寓了创作者的爱国情怀，颂扬抗敌御侮，挞伐卖国苟安，给人以鼓舞和力量。

尽管上海战乱，但像西樵这样的艺人还是要风得风要雨得雨的。

在胡蝶的圈子里，西樵早混熟了许多达官贵族；在戴笠的圈子里，她也认识了不少国民党高官；在黄金荣、杜月笙的圈子里，他又结识了不少侠义之士；在黄金荣的介绍下，她还认识了日军高层，虽然她与他们有来往，但那都是表面现象，她从骨子里恨透了日本人。

有这样的人脉关系，应该说西樵在上海没有办不好的事。

2 月 17 日，几经周折，胡兆宝托朋友联系上了西樵，朋友转告胡兆宝，西樵约他今天晚上在老电影咖啡馆见面。

不夸张地说，上海人就是泡在咖啡里长大的，那些数不清的咖啡馆里鲜活流动着老上海的风华、情韵。

下午 5 点，胡兆宝就早早到了老电影咖啡馆。

咖啡馆厚重的旋转木门仿若时光机，门外是熙熙攘攘的马路，门内是岁月凝滞的时空，喧嚣市井被隔得很远，空气里悬浮着咖啡醇香。咖啡馆里一整排书架引人注目，一本本书安静地躺于书架之上。柔韧的座椅、细致的圆桌和不经意的花朵点缀，将这里的书衬托得高雅脱俗。

老电影咖啡馆馆主是一个老上海，同时也是老电影爱好者，说起老电影来如数家珍。

这里是咖啡厅也是博物馆，馆内收藏了很多部老电影，还收藏了数百册 20 世纪二三十年代的老杂志原件以及上千册影视专业图书。

咖啡馆共有 3 层，里面的布局都是老上海的那种复古的风格，在 1 楼跟 2 楼都有放映机，放的都是黑白的老电影。一楼光线稍暗，适合想要安静的人在里面悠闲喝着咖啡。

斑驳的老虎窗和旧风扇让这里自带复古滤镜，使人身处其中不由得怀念起过往的岁月变迁。

6 点整，西樵款款走进老电影咖啡馆。

胡兆宝激动地迎上去："西樵，你还认识我吗？我是胡兆宝。"

"认识，认识。之前我一直以为你被戴笠处决了，想不到你在上海，太好了。"

胡兆宝领着西樵坐下，并叫了两杯咖啡。

老电影咖啡馆的咖啡是现煮的，上桌不快，大家有耐心，来到这里就是聊天的。在这里喝咖啡也没有什么讲究，不加糖不加奶或者加奶不加糖。

西樵左一遍右一遍打量着胡兆宝，胡兆宝有点不好意思："西樵姐，你这样看我，我真的不好意思。"

"那晚怎么没有不好意思呢？"

西樵说的那晚，就是 1943 年 12 月 9 日，在安徽徽州雄村竹山书院 4 号卧室，胡兆宝给她画裸体画的那晚。

胡兆宝脸一下红了起来。

"哪天，我要你再给我画几张。先说说你那次怎么逃生的吧。"

胡兆宝把雄村逃生的经过大致说了一遍，接着说道："西樵姐，我今天有要事请你帮忙？"

"什么要事？"

"人命关天的大事。"

胡兆宝把胡伟刺杀林下直，被"76 号"的程浩带走，胡伟未婚妻的遭遇，一五一十地告诉了西樵。说到小凤，他还把胡伟弟弟被日军飞机炸死的经过向西樵描述了一遍。

“小凤真是个苦命的人。”西樵眼圈红润。

“这事，如果杜月笙老板在上海的话，他也许能摆平，现在杜老板远在香港，鞭长莫及啊。西樵姐，眼下只有你能救胡伟了。”说完，胡兆宝“扑通”一声跪到地上。西樵连忙拉起胡兆宝：“你这是干吗，快起来，快起来，给人看到多不好。”

“胡伟这次杀的是日本人，是林下直，这不同于一个普普通通的士兵。虽然他是被‘76号’抓去的，但幕后还有日本人。救得了胡伟的最终也只能是日本人。”

西樵若有所思，她想起了一个人。

“兆宝，我试试看吧。”

“西樵姐，要快啊，要不拖上两天，或许就迟了。”胡兆宝把全部希望押在了西樵身上。

西樵看看四周没有人在注意他们，就伸手摸了摸胡兆宝的脸：“兆宝，胡伟的事你就放心了。现在时候也不早了，我还有事情要办，我得走了。记着，明天晚上到我家来。”

胡兆宝点头：“嗯，嗯。西樵姐，拜托你了。”

第二天一早，西樵就匆匆出门了。

她首先想到的是影佐桢昭少将，这个日本“梅机关”的一把手。

自从胡蝶离开上海后，西樵渐入佳境。先是从幕后走到幕前，再就是结识了一帮名流，就连影佐桢昭少将也成了她的朋友。

西樵身材窈窕，妩媚活泼，极善应酬，精通国语、粤语、上海话、英文，再加上舞技高超，因此几乎没有人可以抵挡她的魅力，影佐桢昭少将更是把西樵视为“一代尤物”。

西樵和影佐桢昭的认识还是源于一次影佐桢昭的饭局，那次影佐桢昭宴请胡蝶，西樵只是胡蝶的跟班。在那次宴会上，影佐桢昭不止一次端着酒杯来到西樵面前陪酒，并夸西樵是个大美人。其实，胡蝶与影佐桢昭的交往也是奉戴笠之命，当时的戴笠为了国民党也是不顾情人的感受了，他希望胡蝶用身体换来日军的情报。可是，影佐桢昭不是简单的日本特务，胡蝶更不是那块料。胡蝶几次刚有苗头就被影佐桢昭识破，从而被影佐桢昭逐出门外。后来，倒是西樵被影佐桢昭看中，在与影佐桢昭交往的过程中西樵从不谈电影以外的话题，影佐桢昭感觉西樵单纯、可爱。偶尔谈到一些婚外情、同性恋的话题，也是影佐桢昭喜欢听的。

西樵认为，这个节骨眼上只有影佐桢昭能救胡伟。

西樵知道，全城捉拿刺杀林下直的凶手，就是影佐桢昭颁下的命令，影佐桢昭能反过来放了已经被擒获的凶手吗？西樵想，要想从影佐桢昭手中救下胡伟，必须有个影佐桢昭推翻不了的理由。

可哪种理由能达到目的呢？

毕竟，西樵是个充满智慧之人，她想到了一个令影佐桢昭无法拒绝的理由。

四十二

西樵出入“梅机关”无须证件，也无须报告。

2 月 18 日上午 10 点左右，西樵走进了影佐桢昭的办公室。

见到西樵，影佐桢昭喜出望外。

“西樵美人，今天怎么得空来我这儿啊？也不打个电话，我安排车去接你。”

“人家想你嘛。”西樵说着迎上去，给影佐桢昭一个满怀的拥抱。

在上海滩，不管你是否乖僻冷傲，只要你富贵滔天，只要你有权有势你就能偏向虎山行，过关斩将。在这个流光溢彩的城中城之中，在这个同外界截然不同的华丽世界里，他们也相互试探、挑逗、追逐；他们也相爱、背叛、伤害。就如两道流光，萦绕翻飞，似一首永不停歇的舞曲。但是，繁华与黑恶并存下的上海滩大佬一边耀武扬威，一边对日本人小心翼翼，甚至把女人送到日本人的床上。反过来，日本人在与这些大佬的接触中也得到了他们得到的东西，比如美女，有才艺的美女，他们觉得很有面子。

此时，影佐桢昭被西樵抱个满怀，他露出一脸得意的笑。

影佐桢昭抱起西樵旋转两周："哈哈，你看我，力如青年吧。"

"影佐少将是中年的智慧，青年的体格。"西樵这两句引得影佐桢昭开怀大笑。

影佐桢昭边给西樵泡茶边说："西樵美人今天来肯定有事，你尽管说，只要我能办到，绝对不讲二话。"影佐桢昭坐到西樵身边，头凑到西樵脸上，西樵会意地亲了影佐桢昭一口。影佐桢昭一下子把西樵抱到沙发上，手就从她上衣里伸了进去。西樵轻轻拿开影佐桢昭的手，说道："正事还没谈呢？"

影佐桢昭说："好，你说，美人，是不是你的电影要我投资？"

"不是。这事比拍电影重要。"

"既然这样，我的美人，你就快说吧。"

西樵点上香烟，说出了胡伟被"76号"抓去的事。她告诉影佐桢昭，胡伟是她的侄儿，是胡家的独苗，无论如何都要把他救出来。

影佐桢昭听后，说道："我的美人啊，你怎么管起这档子事来了？是我下令，就是把上海翻个底朝天也要抓住刺杀林下直的凶手，要不然我也不好交差的。现在人抓到了，你说，我能放吗？再说了，之前我怎么没有听说你有这么一个侄儿呀？"

"之前怎么会想起来在您面前说起这个农村亲戚呢，农村人在上海谋一份工作不容易。再说了，胡伟不一定就是凶手，他与林下直无冤无仇，他何苦呢？就是有冤有仇，他一个小小警察，也没那个本事杀掉林下直。据我知道，'76号'只是凭别人的口述，然后画像，然后对照抓人，这科学吗？"西樵一连串的回答与反问，似乎有点道理，可影佐桢昭怎么可能就凭她这么一说就放人呢。

"胡伟就是凶手，现在就差他承认了。"影佐桢昭给西樵点上一支香烟，自己也点了一支。

"话又说回来，胡伟承认不承认已经不重要了。"影佐桢昭继续说道。

"就是说，胡伟承认不承认都要枪毙？"

影佐桢昭点点头。

这时，西樵做出十分生气的样子，拿起包准备离开。影佐桢昭连忙拉她坐下，并说："中午我请你，喝点红酒，然后休息休息。"

"那我要是再给你说一件事，你会怎样呢？"西樵一改之前的态度。

接着，西樵编造了这样一个故事。

西樵告诉影佐桢昭，半个月前，她去远东饭店办事碰到林下直办公室的人，她就随口问了一句林下直是否在办公室，那人告诉她，林下直在海军医院住院。没多天，她去海军医院签订医院赞助拍电影的合同，在走廊上见到了林下直，林下直很客气，邀请她去病房坐坐。就在病房，林下直硬是要她脱去衣服，她不肯，林下直强行动手，她拗不过林下直，结果让他得逞了。事后，林下直答应给她的电影提供赞助，可她并没有买林下直的账。

听到这里，影佐桢昭摔碎茶杯，破口大骂起来："林下直，这个该死的，敢在光天化日之下动我的女人！"

"你事后为什么没有跟我谈起这事呢？"

西樵答道："这事，我也不光彩。给你知道了，你肯定会气坏身子，说不定还会要了那个你认为是你们国家栋梁的命。"

"死有余辜！死有余辜！"

暴跳如雷的影佐桢昭突然冷静了起来，他对西樵的话有点怀疑。

他问西樵："你看到林下直身体有什么异样吗？"

西樵立马意识到影佐桢昭对她的怀疑，但她不露声色地说："要是我没记错的话，林下直右腿大腿有一条长长的疤痕，估计那疤痕是手术后留下的。"

原来，有一次西樵去远东饭店找林下直办事，刚推门进去，看到林下直慌忙提裤子，她便笑着问道："怎么啦，受不了了？自己解决？"林下直脸红到耳根，说道："你误会了，误会了。我的大腿受过伤，手术后，那条长长的疤经常痒，我刚涂点药水，你就不敲门进来了。"

西樵这么一说，影佐桢昭充分相信了，他立马拿起电话打到"76号"。

“林下直死有余辜，你们立即放了那个叫胡伟的小警察，也不要再管这事了，写个报告就说凶手已被枪毙。但是，告诉警察局，不准那小子再在警察局上班了。不但如此，还要叫他滚出上海。”

影佐桢昭虽然给“76号”打电话放人，但他还是从心里认为刺杀林下直这事是胡伟干的。只是，西樵的那番话深深地刺激了他，他觉得林下直死了就死了，或许还是件好事呢。

不久，“76号”的电话来了，问影佐桢昭，林下直的尸体怎么处理。

“尸体暂时放医院保管，等下次统一运回国。”

处理完这档子事，影佐桢昭心情也没有好起来，他也无意再留西樵吃中饭。

西樵是个多么聪明的人，她贴到影佐桢昭的耳边，轻轻说道：“过几天，我忙完了手头的事就来陪你。我这就先走了啊。”

“好的，好的。你走吧，我现在有点头疼，想眯一会。”

熙熙攘攘，车马辚辚，人流如织。走在繁华的马路上，看着来来往往的人群都在为自己的目标奔走着，此时的西樵，有一丝兴奋，也有一丝失落。

到了家，来不及喝口水，西樵拿起电话打到了警察局。

巧了，正在值班的胡兆宝接到了西樵的电话，他不知道是好事还是坏事，小心翼翼地问道：“西樵姐，有希望吗？”

“你现在就到我家来，有好消息告诉你。”

放下电话，胡兆宝和同事做了简单交代，飞似的跑出警察局。

四十三

这是一幢古典与开朗两相宜，抹灰木架与柱式装饰相结合，自然建筑材料与攀附其上的藤蔓相映成趣，经典而不落时尚的小楼。

挑高大面窗的客厅，清新不落俗套，让人心神荡漾。堂皇富丽的大厅上，吊着蓝色的精巧的大宫灯，灯上微微颤动的流苏，配合着发着闪光的地板和低低垂下的天鹅绒的蓝色帷幔，含隐蓄秀，奥僻典雅。

一到这里，胡兆宝就有一种迷离恍惚的感觉。胡兆宝东瞅瞅西望望，他完全陶醉了。

招呼胡兆宝坐下后，西樵吩咐女佣抓紧做饭。

点上一支烟，泡上一壶茶。西樵说："兆宝，你也没有吃中饭吧？就在我家吃饭。等下午上班时间到了，你去'76 号'接胡伟出来。"

刚才还在担心的胡兆宝听到这个消息就像小孩一样，高兴得蹦了起来。

"太谢谢西樵姐了！我说的吧，在上海滩没有我西樵姐办不了的事。"

西樵微微笑："怎么谢我啊？"

"我想想。这样，等接回胡伟，首先我请你到外滩的华懋饭店吃顿大餐，然后再请你去佘山泡温泉，那可是地下 208 米纯天然温泉啊。这还不够，我再去南京路上的大新百货给你买一件旗袍。"胡兆宝神采飞扬，说得实实在在。

"这些我都不要，我要你再给我画一张全裸体画像，然后我把它挂到卧室，等到哪天结婚了，一并带到婆家去。"

胡兆宝想到了雄村的事，有点胆怯，有点不好意思。

"这不是在雄村，这是上海，这是我西樵的小楼。没有人敢管这闲事，更没有人敢不打电话事先预约，就随便敲门。"

菜做好了，女佣把菜上好后退到后房。

"大姐，你也坐下来吃饭。没关系。"

西樵是个随和的人，没架子，她在家吃饭时喜欢把女佣大姐拉着坐下一起吃，在吃饭的时候，她叫大姐讲在菜市场听到的一些小道消息，还有周边人的一些家长里短。胡兆宝就像弟弟，弟弟在家里吃饭，西樵觉得没什么需要回避的。

红红的酒液映着西樵绯红的面庞，馨人的酒香滋润着她的心情。低眉浅酌间，葡萄酒让西樵在温柔中融入了豪放的娇媚，透过晶莹玲珑的高脚杯，眼前的一切慢慢都变得朦胧模糊，可她心里却逐渐明晰起来。

一个懂得品味葡萄酒滋味的女人是懂得品味生活的。她的优雅与高贵，韵味与魅力在握着酒杯的姿态中，在品味葡萄酒的过程中展露无遗。女人赋予葡萄酒生命，葡萄酒让女人的生命更加精彩。只有葡萄酒，才可以体现出女人的优雅与高贵，才可以转出女人的千娇百媚。

纤指轻握，一杯在手，烛光微晃，粉面相映，酒不醉人，人已自醉了。

这顿中餐在西樵微醺中结束。

“大姐，我们上去谈点事，不管谁的电话都不要接，不管谁敲门也不要开。”

回到客厅，西樵把每一盏灯都点亮。

一会儿，她从卧室抱出来一堆衣服，当着胡兆宝的面，一件件脱，一件件穿。每换上一套都要问一句：“好看吗？”胡兆宝一概回答：“好看。”

“我们开始吧。”西樵说的开始，就是让胡兆宝给她画像。

在柔柔的灯光下，西樵一件件脱去衣服。

西樵魔鬼般惹火的身材赤裸裸地呈现在胡兆宝面前。清澈明亮的瞳孔，弯弯的柳眉，长长的睫毛微微地颤动着，薄薄的双唇如玫瑰花瓣娇嫩欲滴，白皙无瑕的皮肤透出淡淡红粉。眼前的一切，包括脸型、眼睛、鼻子、嘴唇、耳朵、肤色、身材、手足，就连私处，宛如一幅玉像。

这分明在发出诱人的邀请。

胡兆宝一边用眼睛贪婪地看着西樵身体的每一个部位，一边用铅笔机械地在纸上画着。为了不让西樵看穿，他有时还假装眯起眼睛，用铅笔在空中对着女人的身体比比画画。

对胡兆宝来说，时间过得很慢又很快。他眼前的这个裸体女人如圣女一般纯洁，仿佛她全身有一个巨大的磁场，他不由自主地被吸引，全身肌肉僵硬，大脑处于严重缺氧状态。

胡兆宝眯上眼睛，静坐了一会儿，很快，他又调整好状态，重新回到创作之中。

胡兆宝明显感到，这次与雄村的那次有了根本的不同。在雄村那次给西樵画像，是惩罚，既紧张又害怕，即便有一点冲动很快就收了回去。这次，他完全放开了，即便还有点小小的紧张，那是激动使然，会使画画得更好。

平静之后，胡兆宝发现西樵的人体色彩非常柔和，变化也非常细微，其线条非常流畅。他完全进入了艺术创作状态，一个小时后，胡兆宝用光影明暗描绘出了西樵的立体美。

“好了，西樵姐。”

“拿过来，我看看。”西樵没有起来的意思。

胡兆宝把画像递给西樵，西樵一手接过画像，一手顺势把他搂到胸前。

对女性久久的渴望，胡兆宝浑身潮起，一股无法排解的燥热袭来。胡兆宝觉得从每一根头发到脚尖的指甲都鼓胀起来，像充足了气，像要崩破炸裂了一般。

忽而，胡兆宝像是被一瓢凉水浇满了全身，他回到原来画画的椅子上，低声地说：“西樵姐，我孤身一人飘在上海，你就是我的亲姐姐，你就是我在上海的靠山。我胡兆宝无论从哪方面来说，在你面前都是一粒尘埃。我胡兆宝也不是不懂得男欢女爱，也不是不想和女人卿卿我我，也不是不想娶个女人过日子，可世道如此之乱，整天我们都是提着脑袋在生活，哪有心思安家啊？哪有能力安家啊？再说，能得到你西樵姐的男人一定是权贵之人，一定是能呼风唤雨之人。往后，我把对姐姐的爱慕放在心里，一生不变。把对姐姐的尊重放在行动上，愿意鞍前马后为姐姐效力，甚至我的命都是你的……”

胡兆宝的一番话让西樵患得患失。得的是，在风云变幻的上海，难得胡兆宝这样一份真性情；失的是，作为女人的主动，却被男人委婉拒绝，面子上有点过不去。

毕竟，西樵是见过大风大浪的人，这点小尴尬她还是能掩饰过去的。

“兆宝，看看几点了？差点忘了大事，你现在就去‘76 号’，先把胡伟接出来。晚上我来定个饭店，给胡伟压压惊。”说着，西樵穿好衣服，还不忘在胡兆宝的兜里塞上几张钞票。

四十四

下午 3 点,胡兆宝赶到极司菲尔路 76 号。

办好所有手续后,胡兆宝把胡伟搀扶上了车。胡伟在车后排的座椅上躺着,胳膊的血从纱布里溢出。

“兆宝,直接去医院吧,我疼得受不了了。”

在卡尔斯诊所,医生把胡伟左胳膊以及身上近 10 处伤口做了全面清洗,之后上药、包扎,一切弄好后已接近 6 点,医生建议胡伟吊水,以防感染。胡伟摇摇头说:“再看看吧。”

按照胡兆宝的安排,车子直接开往西樵住处。

车上,胡兆宝把他看到胡伟被“76 号”人带走,以及想办法找到西樵,西樵出面找影佐桢昭的事大致给胡伟说了一遍。

胡伟问道:“我被带走后,小凤回来了吗?”

胡兆宝没有把小凤的事告诉胡伟,他怕此时的胡伟受不了这个打击,一气之下会立马去报仇,后果不堪设想。胡兆宝想,等到了西樵那里,再慢慢告诉胡伟的真相。

胡兆宝说:“我在你附近等了近一个小时,没有见到小凤。”

胡伟“哦”了一声。

接着胡伟说:“我以为这次是不可能从‘76 号’出来了,看样子我的命还不该绝,可能还有轰轰烈烈的事情在等着我。”

接着,胡兆宝告诉胡伟,胡伟不能再回到警察局上班了,影佐桢昭好像还说了让他离开上海,否则性命难保。

“兆宝,掉个车头,去军统上海站,现在这时候曹曼筠也该下班了,喊上她,我们一道去西樵那里。”

胡兆宝把车刚刚停到军统上海站办公楼的楼下,就看到曹曼筠拎个小包正出门。

“曼筠姐，胡伟在车子里面。你上车，我们边走边说。”

曹曼筠回头看看身后，她好像看到二楼的一个窗户边站着一个人在看自己，那人好像是小扣子。曹曼筠没有多想，上了车。

在车上，曹曼筠仔细查看了胡伟的伤情。

“这些都是外伤，清创处理得都很好，就怕感染，我建议还是吊两天水，防止发炎。”曹曼筠说道。

“胡伟，我们听曼筠的。马上车子经过医院门口，我就去买药。”

“不用了，兆宝。药，我家里有。”

随后，胡兆宝又把胡伟被“76号”抓走，以及叫西樵想办法救出胡伟的事说了一遍。

曹曼筠说：“胡伟被‘76号’抓走，我们行动组的人早知道了。我还在想，胡伟这次肯定没命了，没想到，还能从‘76号’出来，真是奇迹。那位演员面子真大，就算杜月笙、黄金荣出面，恐怕也不会这么容易。”

胡兆宝告诉曹曼筠，今晚西樵请吃饭。曹曼筠也想见见西樵，于是没有推辞。

在电话亭边，胡兆宝缓缓把车子停了下来。他给西樵家里打了个电话，西樵家的女佣告诉胡兆宝，西樵先去华懋饭店了，叫他们开车直接去饭店。

曹曼筠和胡兆宝都是第一次来华懋饭店，他们被华懋饭店的富丽堂皇惊呆了。

华懋饭店有四扇旋转门，从任何一扇进入，都能马上感受到它与众不同的地方。叹为观止的八角形彩色玻璃天顶让自然天光恢宏洒落，几十年来被石膏板尘封的夹层，重现昔日辉煌，极富装饰艺术感。整个酒店的装饰性花纹雕刻再次提醒客人，关于这座酒店的传奇过往。

西樵把今晚的宴请定在华懋饭店是有心思的，华懋饭店从20世纪30年代起，以其传奇、奢华、辉煌的特质，成为上海电影的重要取景地。华懋饭店的华懋阁是上海顶级餐饮场所,不仅以美食闻名,而且更以其卓越地位和社会影响力而显耀,上海有名的导演、演员、画家等常常聚在这里,上海文化艺术的成就大都是从这里萌发的。

西樵今晚定的就是华懋阁。

充满装饰主义风格的华懋阁为客人营造了轻松而高雅的环境,主厨精心选用上等食材,烹制欧式高级美食,满足客人的味蕾。

一切都已妥当,只等客人到齐。

不多时,胡兆宝领着胡伟、曹曼筠进了华懋阁。

胡兆宝首先给西樵介绍了胡伟,西樵对胡伟说:“胡伟这个名字这两天不知道说了多少遍。兆宝说,你是个农村青年,我一点也看不出来你像农村青年啊,看面相,倒像一个机灵的富家子弟。”

胡伟单膝跪下,双手抱拳:“谢谢西樵姐的救命之恩。”

西樵拉起胡伟,说道:“缘分。缘分。”

接着,胡兆宝给西樵介绍了曹曼筠。

西樵说:“曹曼筠的名字我早知道,在雄村,我还在曹老板家里喝过‘正泰毛峰’,那茶叶真叫香啊。那茶叶似入水活鱼,上下翻腾,几经沉浮,最后抵达壶底归于平静,只一口,已沁人心脾。那次从雄村回上海之后,我在上海找到了几处‘曹正泰茶庄’,专买正泰毛峰。”

“谢谢西樵姐对我家茶叶的夸赞。”曹曼筠微微欠身。

西樵接着说:“芸芸众生若茶叶,如无艰难磨砺,风雨洗礼,经受岁月浮沉,怎能散发出生命的芬芳啊?每一片茶叶的沉浮,都是一种缘定,不空不昧。茶叶因沸水,才能释放出深蕴的清香。生命也只有遭遇一次次挫折,才能留下人生的幽香。”

说着,西樵把头转向胡伟:“胡伟,你说,对吧?”

舒缓的音乐,醇香的葡萄酒。

胡兆宝和西樵耳语了几句,意思是让西樵把小凤的事说一下,西樵点头答应。接着，西樵把小凤撞墙而亡的事情细细说了一遍。

其实，胡伟心中早有不祥的预感，胡兆宝告诉他，那晚小凤在他被抓后一直没回来，他就有点疑惑了。果然，小凤彻底离他而去了。

西樵站起来，走到胡伟跟前，给胡伟擦了擦眼泪。

西樵说道："这个世界上，每天都有人离去，而每一个人的离去，都会带给亲人无限的悲痛和怀念。曾经，小凤和胡伟朝夕相处，促膝谈心，小凤给了胡伟无法抹去的温暖和爱。亲人的生命已远离，化作了尘土，化作了我们一腔浓浓的思念。亲人的离去，让我们懂得珍惜自己，珍惜身边的每一个人。许多事情，总是在经历以后才会懂得，一如感情。痛过了，就要懂得如何保护自己，在得到与失去中我们慢慢地认识自己。"

西樵拍拍胡伟的肩膀，是同情，是安慰，更是要他振作。

西樵继续说："在生活中，你会找到女朋友，也会找到特别的朋友，他们会让你确信，真的有一扇不上锁的门，在等待着你去开启，这就是永远的友情。"

"西樵姐说得太好了。我提议，我们大家再次共同举杯，为了友谊，为了情谊，为了未来。"曹曼筠站起来，激动地说。

曹曼筠接着说："世界上最美好的感情之一，就是兄弟姐妹之情，难以割舍，难以隔断。它是人生路上的支撑，无论你遇到什么困难，有了兄弟姐妹，就永远不会害怕。悲伤时，兄弟姐妹为你分担；开心时，兄弟姐妹与你分享；失意时，兄弟姐妹陪你左右；得意时，兄弟姐妹的祝福最真挚。现在，我借着西樵姐的酒敬西樵姐一杯，祝西樵姐事业蒸蒸日上，愿我们兄弟姐妹般的情意永远。"

西樵高兴得端起酒杯，大半杯红酒一饮而尽。

胡兆宝说："刚才西樵姐、曼筠姐的一番话情真意切。我只说一句，我们要做生死兄弟姐妹。当然，这样的话，我们就高攀了西樵姐了。"

胡兆宝话音刚落，西樵说道："兆宝说对了一半，说错了一半，什么高攀不高攀的，我们几个就是前生有缘。兆宝讲错话，罚兆宝一杯酒。"

胡兆宝愿罚，这杯酒罚得让大家都高兴。

一直没有说话的胡伟缓缓站起，他说："胡伟命苦，父母、弟弟都不在了，就连弟弟丢下的小凤也不在了。胡伟有幸，我有崇拜、尊敬的西樵姐，我有一起长大的曼筠，还有生死之交的兆宝弟，我没有理由不振作起来。在偌大的上海滩，我从一个小混混到上海警察局警察，我从一个孤孤单单的人到拥有这么多的兄弟姐妹，我胡伟凭的就是情感、义气、良心、忠诚。从今天起，我胡伟一定会有崭新的开始，我愿意以生命保护兄弟姐妹，以微不足道之力保卫国家，在这里我所说的'保卫国家'，就是痛杀侵略我们、欺凌我们的日本人，包括替日本人加害同胞的汉奸！"

胡伟的一番话迎来长时间的掌声。

接着，西樵讲到了胡伟暂时面临的几件事。一是，胡伟的伤口需要消炎，防止感染。曹曼筠答应，她用药很方便，可以在她家里给胡伟吊几天水；二是，给胡伟找个住处，痊愈后也不能离开上海，回老家无所事事，上海肯定能使胡伟大展宏图。至于胡伟康复后干什么工作，等等再说，这也不是急的事情。胡兆宝答应，他会尽快租房，尽量把房子落实在曹曼筠家不远处。

西樵说："刚才大家议论得很好，关于胡伟的房租、生活费，暂时我来出。有一点我要重申，胡伟不要太多走动，更不能有冒险行为。首先要保护好自己，如果连命都没有了，还谈什么报仇啊。"

晚餐结束，天上已是繁星点点。

车过大世界，游乐场屋顶上安装的"百龄机""艾罗补脑汁"和"白金龙香烟"霓虹灯广告，灯管组成各种图案，光线跳跃变幻，令人目不暇接。大世界对面的清虚道观门前的蜂房牌绒线霓虹灯广告构思更为奇特，除有"蜂房牌"商标和"优等绒线"字样外，还有许多大小蜜蜂，上下来回飞舞，最后飞进蜂房。在斑斓缤纷的霓虹灯的装点下，上海的夜空灿烂辉煌，真是个名副其实的不夜城。

眼前的霓虹灯闪烁着流光溢彩，胡伟无心欣赏，他在想他的未来。

第四章

四十五

1944 年 4 月6 日。

这天一大早,曹曼筠拎包出门上班。她刚锁好门,一辆黄包车就在她面前停下。

“小姐,要车送吗? 四月江南有飞雪,小姐想去看看吗?”

也许是憋的时间太长,也许是一个人生活在大都市太孤单,也许是离开亲人太久太久了,曹曼筠的情感如开启闸门的洪水,一下子冲刷过来。

曹曼筠终于知道了活着的意义,知道自己为什么而活。她在忍受任何生活情景,她时哭时笑着,也不知道悲喜是自己的,还是一种表演。她很孤独,她生活在自己的幻想中,幻想着一个简单而又复杂的世界。有时候,她也曾自我抚慰地想,也许这是属于她一个人的世界,她该是一个超越凡尘、摆脱世俗的精灵。然而,每当无眠的长夜来临,心绪被烦恼所困时她只能凄婉地苦笑着,一种发自内心的卑微和怜悯不觉产生。

而此时,曹曼筠完全像一个从封闭的城堡里突围而出的人,她高兴得泪流满面。她连忙坐上黄包车,答道:“一树梨花一溪月。”

“曼筠同志,我是龙珊同志派来与你联系的老邵,从现在开始我就是你的交通员,你的情报可以放在你大门右边的石块下,如有紧急情况,你可以到朝阳书店找王老板，这是万不得已而为之的做法，请千万记住。”老邵一边拉着黄包车，一边告诉曹曼筠。

黄包车一路飞奔，碾得青石板“嚓嚓”作响，整个上海的声音也仿佛低下来许多。

曹曼筠说：“老邵同志，谢谢你。终于等到你了，我又回到大家庭里了。”

被唤醒的曹曼筠精神抖擞，脚下生风。

曹曼筠刚到办公室，同事告诉她，叫她去许副站长办公室一下。

曹曼筠来到许家铭办公室门前，轻轻敲了两下。

“进来。”

曹曼筠推门而进。

“许副站长，你找我有事？”

“曼筠，看你今天的精神状态很好啊。有什么好事吗？”

曹曼筠说：“见到你，心情好呗。现在我也想通了，人生如梦，岁月无情。你不清楚明天生活会有多好，不清楚出门下一秒会发生什么。前方会遇见许多未知的路，可即便如此，我们还要好好地活。这个世界很美，阳光很灿烂，星空很绚丽。有段时间，我不能理解，为什么爱情与工作、与事业有那么多的纠缠甚至难舍难分。现在我算明白了，有时候，爱得轰轰烈烈，蓦然回首，一切都意兴阑珊。有时候，恨得痛彻骨髓，蓦然回首，一切都烟消云散。有时候，愁得撕心裂肺，蓦然回首，一切都云飞泥沉。有时候，苦得痛不欲生，蓦然回首，一切都海阔天空。每个人的恋情都独一无二，有的人让你学会了怎样去爱，有的人让你明白了什么是受伤，有的人让你尝到了人间最甜蜜的幸福。有的爱情虽已走远，但它把我们引向成熟；有的人虽已不爱，但以前爱得真切。我们不知道什么时候会受到爱神的眷顾，但注定会有某个人，让我们不得不爱。”

“哎呀，曼筠，哪来的一套一套的啊。心如莲花，人生才会一路芬芳。漫漫旅途中，或许感到疲惫，也许有些沉重，但只要有一份美丽的情绪，就会觉得欣慰，就会充满自信。好好地珍惜人生，尽情地拥抱生活，虽然辛苦，也会咀嚼出甘甜与芬芳的神韵！我相信，该有的一定会有，该来的，一定会来。”

见曹曼筠心情大好，许家铭心情更加敞亮。他给曹曼筠沏了一杯茶：“曼筠，请喝茶。”

其实，许家铭心里处处有曹曼筠，只不过军统的规章制度以及眼下的工作令他无暇考虑太多。许家铭有时也有莫名的失落，说不清为什么，只是心里不停涌起一阵阵的怕。怕这样下去没有人会爱自己，更怕自己不能爱上谁。总感到有太多的无奈围绕在身旁，让他无尽感伤。

有的时候，许家铭以为醉可解千愁，药能除烦忧。偶尔烂醉一场，本是无可厚非，唯有醒来后，自己要浴火重生，而后才有出路；有些病非药能够奏效，而是要在心灵深处，拨开那些迷雾与阻障，让久违的阳光照进来。有些事，想做了，就尽力做好；有些人，梦里出现了，就立刻去相见。生活本该如此简单，可他做不到。

生活除却一份过往和爱情外，还是需要几多的遐思。人生并不是单单由过往和爱情符号所组成的，过往是人生对所有走过的岁月的见证。因为简单，才深悟生命之轻，轻若飞花，轻似落霞，轻如雨丝；因为简单，才洞悉心灵之静，静若夜空，静似幽谷，静如小溪。世界这么大，能遇见，不容易。人只要生活在这个世界上，就有很多烦恼，痛苦或是快乐，都取决于你的内心。人不是战胜痛苦的强者，便是屈服于痛苦的弱者。再重的担子，笑着也是挑，哭着也是挑。再不顺的生活，微笑着撑过去了，就是胜利。许家铭相信，未来可期。

但是，许家铭眼前关注的无疑是工作上的事情。

“曼筠，今天叫你来，主要是谈你岗位变动的事。根据工作上的需要，从今天起由你担任会议的记录员。医务室的事你尽快移交一下。”

曹曼筠说：“服从命令听指挥。”

许家铭笑着说：“就这么简简单单的几个字？”

“还有就是，谢谢许副站长的信任。”

接着，许家铭告诉曹曼筠，会议记录是指在会议过程中，由记录人员记录的会议的组织情况和具体内容。"记"有详记与略记之别。略记是记会议大要,会议上的重要或主要言论;详记则要求记录的项目必须完备,记录的言论必须详细完整。有时要对会议录音、录像,最终还要将录下的内容还原成文字。笔录也常常要借助录音、录像,以之作为记录内容最大限度地再现会议情境的保证。

会议记录是个很累的差事,一般说来,有四条要求:一快、二要、三省、四代。

一快,即记得快。字要写得小一些、轻一点,多写连笔字。要顺着肘、手的自然去势,斜一点写。二要,即择要而记。就记录一次会议来说,要围绕会议议题、会议主持人和主要领导同志发言的中心思想,与会者的不同意见或有争议的问题、结论性意见、决定或决议等作记录,就记录一个人的发言来说,要记其发言要点、主要论据和结论,论证过程可以不记。就记一句话来说,要记这句话的中心词,修饰语一般可以不记。要注意上下句子的连贯性、可循性,一篇好的记录应当独立成篇。三省,即在记录中正确使用省略法。如使用简称、简化词语和统称,省略词语和句子中的附加成分,记下起止句或起止词即可,会后查补。四代,即用较为简便的写法代替复杂的写法。一可用姓代替全名;二可用笔画少易写的同音字代替笔画多难写的字;三可用一些数字和国际上通用的符号代替文字;四可用汉语拼音代替生词难字;五可用外语符号代替某些词汇等等。但在整理和印发会议记录时,均应按规范要求办理。

另外,要求记录员做到记录真实、准确,要点不漏,所记内容不得外泄。

"总之,以后在工作中慢慢体会吧,我相信,你会很快进入角色的。你现在就去移交,上午把移交工作做完,下午有个重要会议。"

离开许家铭办公室,曹曼筠就回到了医务室开始办移交手续。

曹曼筠压根也没有想到,许家铭会让她做会议记录员。曹曼筠想,这下可好了,她不用拐弯抹角就可以获得重要情报了。

下午2点。行动组的人陆续到齐。

许家铭说:"有情报显示,今天晚上日军有一批盘尼西林等药品运达十六铺码头,然后送往海军医院,根据上级指示,我们行动组要不惜代价把这批药品截获过来。下面请小扣子布置一下今晚的任务。”

接着,小扣子在地图上展开讲解。

小扣子说:“我先给大家讲讲我们的部署与行动。第一,十六铺码头是个关键的地方,在这里我们至少要布置40人,药品从船上卸下来,搬到货车后,我们开始射击,在射击中要注意不要击中药品。估计接货的日军不会多,全歼问题不大。全歼日军之后,我们的车子快速靠上,把药品搬运过来,而后炸毁日军车辆,药品运达指定地方;第二,如果在十六铺码头失手,埋伏在大昌商铺附近的兄弟把爪钉铺好,等日军车子停下后,开始射击,截获药品;第三,万一以上两处都失手了,那就只能在海军医院了,那样难度就大了。我们潜伏在海军医院的人当然会协助,但是,要想全部把这批药品搞出来困难重重。调包也好,偷运也好,这就需要等机会,等时间了。所以,我们要不惜一切代价在十六铺码头把这事解决掉。”

许家铭说:“兄弟们为党国流血流汗,党国是不会亏待大家的。如有牺牲,党国会把兄弟们的家人安顿好,保证你们的家人衣食无忧,保证你们的家人以后会得到更多的照顾。反之,临阵脱逃,或者有其他动作的,后果会不堪设想。我相信,我们行动组的兄弟个个都是忠于党国的汉子,你们一定能完成任务,再立新功!”

许家铭的话引来一阵掌声。

小扣子接着说:“还是老规矩,下午打牌、睡觉,不得打电话,不得走出院子,不得透露情报。”

说完,小扣子向曹曼筠看了看,那意思是,曹曼筠也不能走出院子。

曹曼筠领会到小扣子的意思,便主动说:“我也和大家一样,不出院子,不打电话,不向任何人透露情报。”

小扣子哈哈大笑:“许副站长真没看错人。”

四十六

其实,在小扣子布置任务的时候,曹曼筠一边记录一边就在考虑,如何把这一情报送出去。她也知道,会后以及行动前,想离开大院是不可能的事。既然这样,那就只有搞清楚小扣子他们得手后,药品放到什么地方,然后再通知党组织。看来也只有这样了,但怎么才能知道他们放药品的地点呢?

盘尼西林是日军、国民党军队、新四军都急需要的药品。

青霉素诞生以前,人们在外科医学上已经有了许多重大的发明:麻醉剂,让伤者不需要再忍着剧痛接受手术;消毒绷带,让医生们不必再用烧红的烙铁为伤兵处理伤口。但在对付细菌的入侵方面,中国医生还是以中医的清热解毒、消肿祛斑为主,不但见效慢,而且不能大面积地推广与生产,严重耽误了抗战时期对如伤寒、痢疾、伤口的普通感染的快速治愈,而损失了很多人。

盘尼西林就是青霉素,是当时最好的消炎药物,打仗必需的战备物资。

抗战时期中国缺医少药,不论是国民党军队还是新四军,不少战士负伤以后因为缺药而牺牲,所以那个时候盘尼西林就显得比黄金还要珍贵。

对于盘尼西林的作用,以及新四军对盘尼西林的急需,曹曼筠早就知道。可眼前的事,她该怎么办呢? 曹曼筠在苦思冥想,也在等待。

华灯初上,十六铺码头没有了白天的喧闹,安静下来的码头有点阴森森的感觉。行动组的弟兄们早早各就各位,只等轮船靠岸。

这时,日军的双排座皮卡车也到了码头。车停好后,从驾驶室里走下两人,皮卡车车厢里下来 4 人,一共 6 人。

摸清了日军的兵力,小扣子多少放心了一些。

不一会儿,一艘轮船缓缓靠岸,皮卡车随即靠上了货物装卸平台,两件装着药品的木箱被吊到日军的皮卡车上。皮卡车发动引擎,刚开到大门,军统行动组弟兄的子弹像雨一样洒了下来,日军士兵还没有反应过来便一命呜呼。紧接着，小扣子指挥车子靠上皮卡车，不到10分钟，两箱药收到囊中。随后，他们点燃了皮卡车。

没想到，这么简单，这么轻松就完成了任务。

小扣子安排20人护送装药品的车子向事先确定的地点开去，留下20人在十六铺码头附近观察动静，自己带着其他兄弟打道回府。

一直放心不下的许家铭在办公楼上远远地看到车灯闪烁，像是小扣子的车队回来了，他才安心了一些。

小扣子报告："许副站长，今晚的任务顺利完成。"

许家铭拍拍小扣子的肩膀："一定给你记上一功。"

大概一个小时过去了，许家铭办公室的电话响了。

电话那头传来声音："报告许副站长，药品已经归仓。"

"兄弟们辛苦了，小扣子，你安排一下，到附近酒馆让兄弟们喝两杯。"许家铭说完，拎起包准备回家。

"许副站长，你不去喝两杯？"

"小扣子，我就不去了。要不，你问问曹曼筠是否和你们一道。"

"许副站长心细。"小扣子诡秘一笑。

听到有人上楼梯的声音，曹曼筠趴到桌上，佯装睡着。小扣子，轻轻敲了一下门，没听到反应，他便推开门。

"哎呀，曹小姐睡着了吗？"

曹曼筠慢慢抬起头："你们回来啦，任务完成了吧？"

小扣子告诉她，任务完成了，现在弟兄们去酒店喝酒。

"曹小姐，一道吧。"从来不和这帮人掺和的曹曼筠这次答应随他们一道去喝两杯，曹曼筠心里想，也只有在这种场合才有可能探到放药品的地方。于是，曹曼筠说道："小扣子弟弟这么关心姐姐，那好，我就随你们一道去吧。"

酒过三巡，小扣子急匆匆要离开。这时，曹曼筠故意装着几分醉意，她趴到小扣子肩上，嗲声嗲气地说："小扣子弟弟，这么着急要回去，陆汝真在等你吧。"

小扣子拉开曹曼筠的手,说道:“别瞎说,我今天累了,想回去洗洗睡。”

“那要是姐不让你走呢?”小扣子越是想走,曹曼筠越是挽留他。曹曼筠越是挽留,小扣子越是着急。他挤挤眼,叫来两个弟兄把曹曼筠拉开,他悄悄脱身而去。其实,这正是曹曼筠所想的。

又喝了一会儿,曹曼筠跑到卫生间用手抠喉咙,“哇哇”几次,吃的喝的全都吐了出来。她洗洗脸,觉得轻松了许多。

回到桌上,曹曼筠说要回家,好几个弟兄争着要送。曹曼筠在这之前好像听他们边喝酒边吹牛,说到谁押送药品回来迟,讲者无心,听者有意。现在,曹曼筠故意指着那个高个子说:“大个子,我就要你送。”

大个子高兴地搀着曹曼筠,说道:“好的,好的,我送你。”

出门后,大个子招停黄包车,把曹曼筠扶上,他自己也在曹曼筠身边坐下。大个子明显有点激动,这么大了,还没有和一个女人这么近坐在一起过。他不自觉地把手绕过曹曼筠的脖子,搂住了她。曹曼筠心里明亮得很,她故意说道:“大个子,听说你在组里很能干,有机会我在许副站长面前给你美言美言。”

“太谢谢曼筠姐了。”大个子的手越搂越紧。

“你们今晚的任务完成得漂亮,后来,药品送哪去了?”

大个子想也没想回答道:“送到我们上海站一个仓库里了,就是被日军炸毁后废弃的上海变压器六厂仓库。”

“哦,放那里安全吗?”

大个子说道:“安全,有两个人看守,那里荒无人烟。”

到达目的后,曹曼筠看看四周,确认快要到家了,她叫停了黄包车。

“我就在前面,你回去吧。”曹曼筠对大个子说。

黄包车师傅接过曹曼筠的钱,曹曼筠说:“钱就不要找了,辛苦师傅把这小伙子送到家。”还没等大个子开口,曹曼筠迈开了步伐,回回头,招招手,消失在马路深处。

到家后,曹曼筠连忙在纸条上写下今天晚上的情况,然后放到大门右边的石块下。

洗漱一番后,曹曼筠点上一支烟,关上灯,推开窗。

眼前的上海夜景是曹曼筠到上海以来看到的最漂亮的景色。街头夜色,车光如流,灯光璀璨,观景之余,曹曼筠惬意无比。这是她第一次为组织送出情报,她在默默祈祷老邵能尽快把情报取走。想到这里,曹曼筠有一点担心,她知道这药品是急需品,时间耽搁了,军统一定会运走的。曹曼筠想到了朝阳书店,可是老邵一再叮嘱没有极特殊情况是不能去的。今天的情报是极特殊情况吗?曹曼筠有点心里没底了,她猛地抽烟,毫无睡意,她在盼天亮。

四十七

终于熬来曙色,上海慢慢醒来。

曹曼筠急匆匆地开门,见四周无人,她掀开大门右边的石块,那封信不见了。曹曼筠像是吃了定心丸,回到屋里梳洗打扮一番,准备上班。这时,她想到了胡伟,曹曼筠看时间还早,就去了胡伟住处。

经过一段时间的治疗、休息,胡伟身体基本恢复。见到曹曼筠来了,胡伟说:“曼筠,你来得正好,我还准备今晚去找你呢。”

“有什么事吗?”

胡伟告诉曹曼筠,他整天待在房间里,闷得慌,急得慌。

曹曼筠说:“我知道你肯定着急,这不来看你了嘛。”

曹曼筠接着说:“如果,最近有什么行动,你方便参加吗?”

“谁的行动?你的?”胡伟不解地问。

“到时你就知道啦。可这不过是我个人的想法,能不能同意你参加,我还不能确定。”

从曹曼筠的言语里,胡伟已经猜到了什么。

他说:“只要曼姐筠觉得什么是对的,是应该做的,我绝不推辞。”

曹曼筠点点头:“我做的事,是为了国家,为了民族的利益。是为了把日本人赶出中国!”

曹曼筠这样的回答冠冕堂皇,也符合她军统的身份。但胡伟还是从她的眼神中读懂了一些内容。

“胡伟,你一定要记住,不要乱走动,我随时来找你。”

临走时,曹曼筠留给胡伟一些钱,胡伟说:“不用给了。西樵姐昨天还叫胡兆宝送来了钱以及一些食品。”

告别胡伟,曹曼筠行走在上海的春风里。此时,虽然是春天,但还是有点寒意。她把风衣扣子扣好,叫了辆黄包车,消失在人群中。

一切如故,曹曼筠打扫一下办公室,整理整理文件,开始做前一天的会议记录整理工作。一个小时不到,会议记录整理好了。按规定,她要把整理好的记录送给许家铭签字,然后再放到档案柜里。于是,她走到许家铭办公室门前,正准备敲门,站在不远处的陆汝真向她招了招手。曹曼筠走到陆汝真跟前:“陆小姐找我有事?”

陆汝真说:“昨晚你们喝酒是不是喝到天亮啊?小扣子和你们一起散场才走的吗?”

曹曼筠明白了,小扣子昨晚没有到陆汝真那里去,即便是去了也是天亮的时候,陆汝真现在在查他了。

“大家都高兴,不知不觉喝多了,也就顾不得什么时间了。”曹曼筠没有直接回答陆汝真的问话,这句似是而非的回答陆汝真肯定会套上“天亮回家”这层意思。

“不和你多说了,文件还得许副站长签字呢。”

“许副站长一早就来了,和小扣子出门了。”

“哦。”曹曼筠转身回到办公室。

曹曼筠虽然把情报送了出去,但她一直不放心,她担心的是在地下党还没有行动前药品被运走了。

心神不定的曹曼筠决定去朝阳书店一趟。

锁上办公室的门，曹曼筠走到陆汝真办公室："陆小姐，我现在没事了，想去做一件旗袍，如果领导回来找我，请你说一声，我去朱顺丰旗袍店了。"

陆汝真说："曹曼筠，你穿旗袍肯定好看。"

"陆小姐穿旗袍也一定好看。"

"你就不要讽刺我了，小扣子说我屁股太大，穿上旗袍走在大街上，人家都会盯着我屁股看。"

两个女人一阵大笑，曹曼筠随后离开。

黄包车向朝阳书店疾驰而去。

曹曼筠来到书店柜台，按照事先约定，她问掌柜："有约翰·斯坦贝克的黄皮《愤怒的葡萄》吗？"

掌柜头都没抬："没有。"

"绿皮的《愤怒的葡萄》，有吗？"

掌柜放下手中书，说道："绿皮的是约翰·斯坦贝克的《月亮下去了》。"

掌柜左右看看没人，连忙说道："你是曹曼筠同志！"

曹曼筠激动地握住掌柜的手说："你是老王同志吧？"

老王说道："是的，是的。曹曼筠同志，你现在来得太是时候了，大家还在商量怎么能及时联系上你呢。"

随即老王带曹曼筠穿过一座小院，上到一个阁楼。

曹曼筠一眼看去，一屋里的人只有老邵是刚认识不久的。她连忙说道："老邵同志，按你的吩咐，我不能随便到这里，但是，我觉得情况紧急，就来了，请你批评。"

老邵高兴地握着曹曼筠的手说："曹曼筠同志，就在刚才，我们还在商量如何与你尽快见面。"

随后，老邵把在场的同志一个个地给曹曼筠作了介绍。

最后，他给曹曼筠介绍了方书琴。他指着方书琴对曹曼筠说："曹曼筠同志，这位就是我们上海地下党的负责人之一方书琴同志，龙珊主任是她的直接领导。”

方书琴早就知道了曹曼筠，也知道她是汪晓茹的姐姐，因为纪律，她不能告诉曹曼筠，汪晓茹也在上海，还是她的下属。看着眼前这位漂亮的姑娘，她有一种惺惺相惜的感觉，她走到曹曼筠身边：“曹曼筠同志，我代表上海地下党组织谢谢你传来的情报，我把这消息报告给了龙珊主任，她十分高兴，要我见到你时代她向你表示谢意。另外，根据龙珊主任的指示，这批盘尼西林一定要搞到手，目前我们太缺这种救命药了。”

曹曼筠说：“这些都是我应该做的。我现在违规来到书店，是想告诉大家，今天一大早许副站长就带人出去了，我怕夜长梦多。”

接着，方书琴告诉大家：“根据军统上海站之前的做法，凡是军统入库的物资，不论哪一类，都是进库登记，出库要站长签发出库单。所以，搞到出库单，我们化装成军统特务，这样才能把药品提走，这是上策。另外，如果强攻，据我们侦察得知，上海变压器六厂仓库地形复杂，军统两挺机关枪垛在那儿，易守难攻，这是下策。所以，请曹曼筠同志抓紧时间，搞到出库单。当然，此举有危险，可是我们现在来不及想其他办法了。”

说到这里，方书琴朝曹曼筠看看：“曹曼筠同志，能完成任务吗?”

曹曼筠心里没底，但任务重如泰山，她说：“我会用生命去完成党交给我的光荣任务!”

方书琴接着说：“曹曼筠此次行动危险系数大，我们要全力做好力所能及的保护工作。必要的时候，唤醒另外一位潜伏在上海站的同志，配合曹曼筠完成这次任务。另外，老邵同志布置好人员守在上海站周围，以应不测。其他同志做好第二方案的准备工作。”

离开朝阳书屋，曹曼筠坐上黄包车，匆匆忙忙赶回办公室。

在楼下，曹曼筠就看到许家铭的门开着。她拿起整理好的记录文件来到许家铭办公室：“许副站长，这是昨天的会议记录文件，请你签字。”

许家铭大致扫了一眼，一声未吭，随手签了字。

“许副站长怎么不高兴了呢？昨晚刚打了漂亮仗，今天怎么啦？对我有意见还是？”

许家铭挥挥手：“你忙你的去吧，不关你事。”

“下班请你吃饭，换个环境坐坐，聊聊天，工作不能太累。”说完，曹曼筠拿起文件夹，又说了一句，“凯丽酒店，我等你。”

许家铭说：“好吧。”

暮色四合，华灯初上，上海的喧嚣在慢慢退去。人们从白天现实生活的巨大波浪中渐渐走出来，捡起了生活的小细节。

曹曼筠先一步来到凯丽酒店，不久许家铭也到了。

凯丽酒店的一位美女正在演奏波兰女钢琴家、作曲家巴达捷芙斯卡的《少女的祈祷》。这首曲子结构简单，手法朴素，欢快轻盈，充分表现出一位少女充满梦幻的遐想，洋溢着对青春和爱情的美好愿望。

“要点儿什么？”许家铭翻着食谱问道。

曹曼筠看着许家铭，微微笑着说：“牛排加浓汤，这是经典搭配，它是爱情最深刻的味道。”

许家铭看了一眼曹曼筠：“那就五成熟吧，这样的牛排肉质嫩滑，色泽红润多汁。”

接着，曹曼筠又点了色拉洋葱、土豆、胡萝卜和方腿。还有两份口感绝佳的意大利面，面的四周缠绕着奶香味十足的芝士，入口润滑。

“你看，我点的这些是不是和这首钢琴曲《少女的祈祷》很搭配啊，仿佛这些味道里藏着情窦初开的故事。”

许家铭说：“你知道吗？巴达捷芙斯卡的大部分作品都默默无闻，只有《少女的祈祷》是世界名曲中极为脍炙人口的钢琴小品之一。她创作这首曲子时年仅 18 岁，24 岁的时候她因肺炎离开了人世，可是她的这首精致小品足以使只有短暂生命的她流传百世。每当静下来细细聆听时，就会感到亲切、温馨又甜美的感觉，令人陶醉，令人难以忘怀。”

许家铭端起酒杯：“喝一个。”

曹曼筠“嗯”一声，脸颊绯红。

“曼筠，你我在雄村的邂逅掀起的是一场绚丽之景，落下的或许是一出清亮的相思。我还记得第一次看到你的场景，那时的我们并没想到现在我们是这样，欲爱不能，不爱不能。每一个人都有过去，我们每一个人都在寻找自己的舞台。在这个复杂多变的年代里，我们试着让自己变得坚强、变得强大。我们把很多脆弱都埋在了我们自己的内心深处。没有人看得透。我们开始变得冷漠，我们开始把自己封闭起来。有的时候，很爱一个人，其实只是自己的事，像一出独角戏。到最后，最感动的人，不过是自己。可是，这不都是我们自己所选的吗？我们选了，再苦再累再痛，也就不能说后悔了。”

有些失去是注定的，有些缘分是永远不会有结果的。爱，不一定会拥有。这些，许家铭和曹曼筠都明白，也都无能为力。

此时，关于爱情，关于情谊，关于怜惜，关于期待，曹曼筠把它放在一边，她关心的是今天许家铭的情绪异样是否与盘尼西林有关。

曹曼筠刚要开口，许家铭说：“曼筠，告诉你一个消息，上面可能要调我去武汉站工作。”

“家铭，你在上海站不是工作好好的吗？你的成绩是有目共睹的啊，他们为什么要你离开上海？因为我吗？”曹曼筠不解地问。

“不是因为你，我和你的事上峰早知道啦，也知道我们都会以事业为重，以纪律为重，以大局为重，你我都不会违纪违规的。”

“那又是为什么呢？”

“我也不清楚，只是感到有个影子在处处跟着我，或者说是在监视我。很多政治上的东西，我也不是很明白。比如，戴主任与老蒋的关系，戴主任与毛人凤副主任的关系。还有那个雄村的王主任，你还记得吗？”

“记得，王主任只不过是一个训练班的办公室主任，有什么能耐吗？关乎到你?”

“曼筠,这你就不知道了,那个王主任是毛人凤的铁杆。据说,老蒋对戴主任离心离德了。”

“家铭,我觉得你还是不要多想这些,认真干好自己的本职工作,上面的人爱斗,让他们斗去吧。”

许家铭抬手看看表,说道:“时间不早了,你回去吧,我还要到办公室,有些事情要处理。”

一顿晚餐草草结束,可上海的夜生活才刚刚开始。

四十八

1944 年 4 月 8 日一早,曹曼筠刚到办公室许家铭就进来了。

“曼筠,你到我办公室来一下。”

曹曼筠跟着许家铭到了他办公室,许家铭拿着一页纸递给曹曼筠:“这是小扣子写的截获盘尼西林的简报,写得乱七八糟的,你就在我办公室把它整理一下,中午要报给重庆。”说完,许家铭给曹曼筠泡了一杯茶:“这茶叶一般般,雄村的茶刚喝完,还没来得及去买。”

随后,许家铭告诉曹曼筠,他要去电讯组查看一下这几天的详细记录。

就在这时,电讯组的一位女士走了进来:“许副站长,电讯组最近截下了很多情报,我认为有的完全值得看看,我想请许副站长过去看看。”

“好的,我马上过去。”

许家铭对曹曼筠说:“电讯组报给我的情报都是他们凭经验筛选的,剩下的有的对我来说或许有价值。”

许家铭走后,曹曼筠急忙把门锁上。她打开许家铭的书柜,在书柜的上层拿出那本“物资出库单”,迅速地撕下一页。之后,她把门锁打开,回到桌前整理小扣子的简报。这一切,曹曼筠才用了不到一分钟的时间。

曹曼筠猛然想到了什么,那位电讯组的女士难道就是配合自己一直潜伏在上海站的共产党员?

就在曹曼筠刚坐到桌前,有人敲门。

“请进。”

门轻轻被推开,来人是小扣子,他向屋里扫了一眼:“曹曼筠,你怎么在许副站长办公室写东西?许副站长人呢?”

曹曼筠答道:“还不是在给你改简报嘛,许副站长刚刚出去,你没碰到他?”

“哦,太谢谢曼筠了。我文化程度不高,写得肯定不通顺,你大才女给好好改改,改日请你喝咖啡。”

曹曼筠说:“改日干吗?就今晚。”

“今晚不行。”

“今晚约陆小姐了吧,那就算啦,改日吧。”曹曼筠诡秘一笑。

“不是,不是,陆汝真现在对我意见大了。”

“告诉我,6号晚上喝了酒后跑哪去了?陆汝真昨天问我,我都给你敷衍过去了。”

小扣子双手抱拳:“谢谢曼筠了,改日一定请你。今晚真的有重要的事。好了,不打扰你了,再见。”小扣子带上门走开了。

小扣子说今晚有重要的事情,莫非是盘尼西林的事?曹曼筠左想右想,觉得也只有盘尼西林是上海站目前最重要的事情,小扣子的信息告诉她,今晚一定是要把盘尼西林运走。想到这,曹曼筠快速把简报写好,送到打字室。

从打字室出来,曹曼筠来到电讯组。

“报告许副站长,简报已改好送打字室了。现在没什么事,我去把定做的旗袍取回来。”

许家铭头也没抬,说道:“好的。我知道了。”

曹曼筠出门后迅速拦下一辆黄包车,直奔朝阳书店而去。

在朝阳书店,曹曼筠告诉老王盘尼西林今晚有可能要运走,她已搞到了“物资出库单”。

“曹曼筠同志,你这样到书店很危险,你现在必须抓紧赶回去。剩下的事你别管了,我们已有安排。”

“老王同志,我给你推荐一个人,他武艺高强,枪法准,还有很多特长。他或许能助我们一臂之力。”曹曼筠推荐的就是胡伟。

“好的,你曹曼筠推荐的,肯定是信得过的人。行动前,由老邵联系你。”

曹曼筠一阵风似的回到办公室,为了让大家知道她回来了,她故意站在门口喊道:“陆小姐,现在不忙的话来我办公室聊聊天。”陆汝真应声出来:“好的,好的,我来了。”

“刚才去哪了?”

“去拿旗袍,师傅说还没有做出来。”

“哦。曼筠姐,小扣子这几天神神秘秘的,估计在外面有女人,你给我盯着点哈。”

曹曼筠笑着说道:“你家小扣子不错啊,哪有什么女人?一晚不陪你,你就小心眼。”

曹曼筠故意把嗓门抬高,两个女人你一言我一语说得热热闹闹。

在许家铭办公室,许家铭告诉小扣子:“今晚的行动不要兴师动众,你带上几个兄弟就行了。货送到昆山交接,就没我们的事了。”

说完,许家铭打开书柜,拿出“物资出库单”,撕下一张。就在许家铭撕下单子的一瞬间,他好像有一点感觉。可他也没有多想什么,更没有说什么,随手填好日期,交给了小扣子。

“夜里回来太晚就不要打我电话了。”

小扣子回答:“明白。”

就在小扣子安排好晚上行动的当天中午,中共上海地下党的4名同志已化装成上海站特务平时出外勤时的模样驾车来到了上海变压器六厂仓库。这4个人中有一位就是胡伟。

车缓缓停在仓库门前，一位同志上前递上“物资出库单”，看库人看了一眼单子，随手放进抽屉里，一句话也没有说就领着车进去了。

很快，两箱盘尼西林搬上了车，4 人扬长而去。

小扣子等人把车开到预定地点，早已等候在那里的老邵、老王指挥胡伟等人把两箱盘尼西林搬下车，打开箱子，把盘尼西林全部从箱子里取出，然后把事先准备好的和盘尼西林大小差不多的药水放了进去，再把箱子封好。

老王笑着说：“我们不能随便拿别人的东西，还把它送回去吧。”

不一会儿，胡伟等人又回到了上海变压器六厂仓库。

看守仓库的人见这几个人又回来了，问道：“你们怎么又回来了？”

“根据站长的指示，这物资晚些时候再运。为了安全起见，我们只好把它们送回来。”

看守仓库的那人收下货后，填了一张“物资进库单”，把胡伟他们刚才的“物资出库单”还了回去。

胡伟说：“兄弟，你这进库单子不要填吧，填了就重复了啊。你把出库单给我们就行了，手续也就完备了。”

那人摸摸头，说道：“还是你聪明，说得对。要不，我就要赔了，可赔也赔不起啊。”

其他人在另外一个看守的带领下送货到仓库，胡伟在门前与那人聊天。胡伟刚要掏出香烟，那人先掏出了烟递给胡伟。

就这样，前前后后不到 2 个小时，取货，调包，都完成了。

晚上，小扣子带了 3 个兄弟，也正好 4 人，赶到了上海变压器六厂仓库。递单，登记，装货，出门，一切很顺利。就在车子开出仓库大门时，小扣子听到身后的看守好像说了一句“一会儿运走，一会儿送来，一会儿又运走，不知道搞什么名堂”，小扣子没有太在意，带着兄弟出发了。

的确，小扣子他们从昆山回到上海已是夜深了，他就没有打电话告诉许家铭任务完成了。

可是，就在凌晨的时候，许家铭被一阵急促的电话铃惊醒。他急忙拿起电话，只听对方一阵咆哮，他一个字也没有说就放下了电话，重重地倒在床上，两眼盯着天花板，快速地回放着这两天的每个环节。一身冷汗的许家铭掀开被子，穿好衣服，匆匆向办公室赶去。

四十九

原来，小扣子他们把两箱药送到昆山后，昆山站的人随即分包，准备送到重庆指定的地点。就在他们分包的过程中，有人觉得这药的包装有问题，后来他们喊来医务人员一支支查验，发现两箱药都不是盘尼西林！事关重大，昆山站连夜把这一重要情况汇报到了重庆。

刚才许家铭接到的电话就是重庆打来的。

到了办公室，许家铭首先打开书柜，拿出“物资出库单”详细地看了看，他觉得当时在撕单子给小扣子的时候有那么一丝不太对劲，现在得到证明了。

许家铭隐隐约约记得上次开出的“物资出库单”单号是“0126”，给小扣子的单子就应该是“0127”，剩下的第一页应该是“0128”，可现在剩下的第一页明明是“0129”。为什么呢？

许家铭拿起电话打到上海变压器六厂仓库，接电话的人告诉许家铭，单号是“0128”。

许家铭对“0126”记忆为什么这样深刻呢？原来许家铭的出生月日是1月26日。

那么，“0127”被谁拿走了呢？

许家铭马不停蹄地赶到上海变压器六厂仓库，看守告诉许家铭，在小扣子来之前有4个人拿着“物资出库单”提货，后来又把货送了回来。许家铭详细地问了来龙去脉，临走时，他告诉看守：“今天的事情不要告诉任何人！”

回来后，许家铭苦思冥想了起来。

与盘尼西林最接近的人是小扣子,难道是小扣子做了手脚?如果是小扣子,他把盘尼西林交给了谁呢?日本人?不可能。交给“76 号”?还是交给共产党?

与盘尼西林最接近的人还有曹曼筠,不过她只是在外围知道一点消息,她会把消息透露出去吗?她会拿走“0127”吗?如果是曹曼筠,那只有一个可能,她是共产党。

想到这里,许家铭满头的汗像雨一样往下滴。天蒙蒙亮,还在睡梦中的小扣子被电话铃惊醒。

“立即到办公室来一下!”

小扣子不敢怠慢,一边穿衣服一边嘀咕:“肯定出大事了!”

半醒的陆汝真抱住小扣子的腰,说道:“来一下再走嘛。”

小扣子猛一甩手,说道:“你这个骚娘们,大事小事不分,就知道睡觉。这个时候来电话,你不觉得出大事了吗?”说完,小扣子匆匆走出家门。

在许家铭办公室,许家铭告诉小扣子:“我们送到昆山的盘尼西林被调包了……”

既然出了这么大的事,小扣子也就毫无遮拦地说了自己的看法。

小扣子说:“我的最大怀疑是曹曼筠。第一,早些时候我就发现她与胡伟等人来往过于密切,但这说明不了什么,因为他们都是雄村人,曹曼筠的父亲还是胡伟的义父。但是,胡伟能从‘76 号’出来,曹曼筠一定想了不少办法。我派人跟踪发现,胡伟不但没有离开上海,还住在离曹曼筠不远的地方。据说,曹曼筠的家人中有人是共产党员。是不是可以这样理解,胡伟就是曹曼筠与上海地下党的联络人?第二,6 号晚上,兄弟们庆功,我邀请曹曼筠参加,按照以往,她是不会参加这活动的,可她那晚去了,喝了酒,还叫一个兄弟送她回家。她是不是在探听什么消息?事后,我盘问了送她回家的那个兄弟,他虽然记不得他那晚讲了什么,可他觉得曹曼筠有点怪怪的。第三,7 号上午,曹曼筠告诉陆汝真,说她去一下朱顺丰旗袍店,事实上,她并没有去。第四,8 号上午,曹曼筠在你许副站长办公室修改我写的简报,单就这点就值得怀疑。为什么就在这时有人喊你去电讯组,让她有个空隙?我进去后与她攀谈了几句,她执意要我请她喝咖啡,我只好说今晚有要事,她才没有勉强。你回来后,她说去拿旗袍,后来又说旗袍没有做好。关于旗袍,我派人去问了,根本就没有这回事。综上,我觉得曹曼筠疑点太多。”

小扣子一口气从四个方面分析了曹曼筠拿走“0127”的可能性。

许家铭抽着烟,紧锁眉头。

“你的分析有些道理,但我们还是要有证据。这事一定要查个水落石出,一定要有人承担责任。最后查实了,如果是内部人,不论是谁,都要交给重庆严办。如果是内外勾结,也要严惩不贷!”

许家铭告诉小扣子,此事就当没有发生,不要走漏半点风声,他会尽快查实。

上班的时间到了,人们陆陆续续到了各自的办公室。许家铭通知各组的负责人到会议室开会。会上,许家铭布置了几项工作,谈到了当前的形势,以及重庆对上海站提出的期望。

散会后,许家铭把曹曼筠留在了会议室。

偌大的会议室里就许家铭和曹曼筠两人,显得有点空荡荡冷兮兮的。

许家铭开口说道:“曼筠,我可能真的要去武汉站了。”

“你不想去就不去,干吗那样苦自己?”

“端人家碗,受人家管啊。”

“与其端着难受,还不如把它摔碎。”曹曼筠说出这句,看了看许家铭的反应。

许家铭倒是没有觉得意外,反而转身看了看四周,他再次确定只有他们二人的时候,回答道:“摔碎了,哪还有碗吃饭啊?”

接着,许家铭转开了话题:“曼筠,你回办公室整理今天的会议记录吧,我还有点事情处理。”

回到办公室，从窗口曹曼筠看到了交通员老邵已在门口，坐在黄包车边。曹曼筠匆匆下楼，她坐上黄包车直接去了朱顺丰旗袍店，取回了旗袍。

老邵告诉她："组织上掌握了重庆的另一派想动许家铭的信息，你尽可能策反许家铭。只要他加入我们的队伍，不管他在上海还是武汉，组织上都希望他和我们站在一边。"

得到老邵的口头指示，曹曼筠真的希望许家铭能和自己坐在同一条船上共同驶向理想的彼岸。

回到办公室，曹曼筠盼着许家铭来找她谈话。可是，许家铭一直没有给她机会。

在接下来的一次许家铭与小扣子的谈话中，许家铭告诉小扣子，盘尼西林调包的事是"76号"的程浩干的。

小扣子虽然文化程度不高，但是在上海滩也是见过大风大浪的人，这些年的风风雨雨，他也悟到了不少，学到了不少。对许家铭说的，他尽管疑问重重，但还是连连点头。

小扣子说道："那我们就干掉程浩，一是让许副站长好向上峰交差，二是这程浩也是我们早已定下的目标。"

许家铭说："这就交给你办了，不惜代价，这两天拿下这人！"

五十

1944年4月12日晚。

程浩坐在车上，经过一家商场的时候，他示意车停下。

"你们回去吧，这里离我家也就5分钟的路了，我去商场买点小孩喝的奶粉，另外给你们嫂子买点桂圆、大枣。"

程浩两手拿得满满的走出商场，一会儿到了家门口。他敲了敲门，里面没有反应。往日，只要他一敲门，母亲就立马开门，今天怎么回事呢？程浩放下手中的东西，掏出钥匙打开门。他把奶粉、桂圆、大枣这些东西齐齐整整地放到一楼的食品柜里，然后上楼。他边上楼边喊道："妈、雪琴，我回来啦。"

当程浩推开3楼的门时，数个黑洞洞的枪口指向了他。

见过场面的程浩不慌不忙，他问道："你们把我母亲、妻子、孩子怎么样了？"

小扣子答道："一根毫毛也没有动他们。我们只要你的人头。"

小扣子说着示意手下打开汪雪琴卧室的门，程浩看到母亲和妻子都被封住了嘴，双手反绑，就连还在吃奶的儿子的小嘴也被他们贴上了胶布。看到这般情景，程浩心如刀割，他知道这是军统上海站的一贯作风。

程浩说："放开他们，我跟你们走。"

小扣子说："跟我们走？去哪啊？今晚就是你的死期，为了让你死得明白，我问你，盘尼西林是你调的包吗？和你里应外合的那位是谁？讲清楚了，你就可以上西天了；不讲的话，你们一家就一道上路吧。"

程浩知道，今晚无论如何是逃不出了，为了保护好家人，他索性回答："盘尼西林就是我调包的，要我供出那个人，你们必须答应我一个条件。"

"什么条件？"

程浩说："放开他们，让他们这就走。一个小时后，我再说出那人的姓名。"

原来，在上海滩闯荡的人，无论是在帮会做事，还是在政府里做事，有了一定的地位，或者有了一定的影响，他们往往都会给自己留下后路。程浩也不例外，他也给自己和家人留下了后路。现在他自己分明是走不掉了，他要确保家人安全。当小扣子说到盘尼西林的时候，他就意识到这点。他之所以要小扣子给一个小时，也就是说只需要一个小时，他的家人就可以到达安全的地方了。

本来，小扣子是按照许家铭的指示，干掉程浩也就完事了，没想到自己随口一说，还真的有收获。于是小扣子爽快地答应："好的。放人！"

看着母亲抱着孩子和妻子从卧室走出来，程浩"扑通"一声跪在地上，号啕大哭。这时程浩的母亲、妻子也随之哭喊起来，孩子也被吓得"哇哇"叫。

程浩一边哭一边说："雪琴，你们去'二舅'家吧，今生我们有缘成家，无缘走到最后，你要好好把儿子抚养成人。”他接着对母亲说，“妈，儿子不能给您送终了。您要多保重，好好带着雪琴过日子……”

汪雪琴拉起程浩：“程浩，你放心，我一定把儿子抚养成人，让你的血脉永远留在这世界上。我们没办法救你，你在那边等着我和妈妈……”

这场告别让人心碎，小扣子手下的兄弟有的也流下了泪。

小扣子大声说道：“赶快走吧，要不我要改变主意了！”

就这样，程浩眼睁睁看着亲人从身边离开。

这一个小时过得真慢，小扣子有点迫不及待了。

“说吧，那人是谁？”

程浩看看表，说道：“还有10分钟。”

小扣子手下的一个兄弟看到程浩的手表金光闪闪，走到他跟前：“拿下来吧，要不待会沾上了血就不好了。”

程浩拿下手表：“兄弟，这表就送你了。若日后能关照到我家人，我在阴间保佑你。”

时间到了，整整一个小时。小扣子留下两名心腹，吩咐其他人全部去楼下等候。

这时，程浩哈哈大笑：“什么盘尼西林？什么里应外合？这些老子通通不知道！”

小扣子笑着说：“程兄，不要开玩笑了。快点说，我让你痛快上路。”

“好吧，我告诉你，那是个半边卷发的女人。”

“啊?！半边卷发?！你说的是陆……”小扣子三个字没有说出来，突然走到程浩面前猛地挥拳重重砸下。

“你再说一遍是谁？”

“半边卷发，半边卷发。”

小扣子从口袋里掏出弹弓，说道：“知道我的弹弓吗？”

“知道上海站的弹弓，但不知道是谁。”

“嗖嗖”两声，两颗扣子穿透程浩的脑门，顿时程浩脑浆四溅，重重地倒在地上。

程浩为什么说出了“半边卷发”呢？

原来，程浩说的半边卷发就是陆汝真，小扣子当然知道程浩说的是陆汝真，整个上海站1400人，170多名女性，唯有陆汝真是半边卷发。

原来，早在小扣子进上海站之前，陆汝真就和程浩搞到一起去了。2年多时间，陆汝真就是不能怀孕，去了几家医院检查，医生都说她终身不孕。这样，程浩就和陆汝真分手了。之后，陆汝真偏偏又勾搭上了程浩的一个同事，程浩很是不爽。再后来，程浩还知道了陆汝真和他还在一起的时候就与他同事有一腿。所以，在人生最后的时刻，程浩想起了陆汝真，他想借小扣子的刀杀了那个骚女人。

程浩万万没有想到的是，军统的人有些时候比“76号”的人还要毒辣。就在程浩母亲、妻子和儿子走开时，一直埋伏在外面的人悄悄跟在了他们身后，直到跟进一个大院，连同大院里的“二舅”一块被斩草除根。

两个现场的照片都放在许家铭的桌上。

小扣子说：“程浩承认了。”

许家铭先是表扬了小扣子一番，接着说：“你也太狠了点，一老一小都没有放过啊。”

小扣子没想到许家铭会这样说，他只好支支吾吾两句，回答得似是而非。

许家铭说：“现在时间也不早了，回去休息吧。明天一早写简报，连同照片传到重庆。”

从许家铭办公室出来，小扣子的车飞也似的疾驰着。

停好车，小扣子快速打开家门。

走进卧室，小扣子一把掀开陆汝真的被子。一丝不挂的陆汝真被小扣子的动作惊醒了，她揉揉眼，说道：“这么晚才回来，还弄这么大响声。你把我吵醒了，我就要，要。”

小扣子上去就给陆汝真一个耳光:“无耻的东西!”

“你干吗打我啊? 我俩也不是夫妻,就是夫妻你也没有权利打我!”

小扣子凶狠地说道:“打你事小,我还要杀你!”

看着眼睛通红的小扣子,陆汝真害怕了起来。

“小扣子,这是怎么啦?”

“好,我叫你死个明白。你认识程浩吗?”

“认识,那时我还不认识你,不算什么吧?”

“是不是在和程浩在一起的时候勾搭上了他同事?”

“不是我勾搭他同事,是他同事勾搭我。”

“知道盘尼西林吗?”

“知道啊。”

陆汝真说的“知道”,意思是说她知道有一种药品叫盘尼西林。而此时,小扣子理解她回答的“知道”,则是她知道盘尼西林案件的事。

“够种,敢作敢当! 把衣服穿好!”

“不嘛,不嘛。我就不穿,等会你上来了,我又要脱。”陆汝真还是那副媚态。

这时,小扣子慢慢从腰间抽出手枪,还没有等陆汝真反应过来,一通乱射,陆汝真浑身被打得稀巴烂。

小扣子的脸上溅满了血,他把手枪扔到桌上,走进浴室,洗个头,洗个澡,然后躺在沙发上抽烟。不一会儿,小扣子拿起相机,从几个角度给血肉模糊的陆汝真拍了照片。

第二天,小扣子把陆汝真的照片放到许家铭的桌上,跟他说了枪击陆汝真的前前后后。

许家铭绕过桌子,走到小扣子面前,拍拍他肩膀:“老弟,难为你了。”

接着,许家铭把曹曼筠喊到办公室:“曼筠,你替小扣子把简报写一下。他口述,你记录,然后再整理。”

很快曹曼筠就把简报做好了,许家铭签字盖章后立即传给了重庆。

重庆也在第一时间发来电报，嘉奖小扣子。

应该说，盘尼西林事件到这里就告一段落了，可许家铭心里没有放下。他十分清楚，在这起事件中程浩、陆汝真是替罪羊，程浩的家人死于无辜。小扣子虽然完成了锄奸任务，但许家铭心里有数，接下来小扣子可能还会有其他举动，自己可能真的要离开上海了。

同时，许家铭觉得有一条无形的线在牵动着自己，线的那头是一个若隐若现的人……

五十一

又是一个傍晚，忙碌一天的许家铭走出大楼，在大街上独自徘徊。看着街道上熙熙攘攘的人群，那些欢笑的脸孔，都与自己无关，自己只是一个过客，什么也带不走，什么也留不下。在人群中，许家铭觉得自己形单影只，默然抬起头，却找不到一张熟悉的面孔。

行走着，身前身后是一张张或苍迈、或风雅、或清新、或世故的脸庞，车马辚辚，人流如织，不远处隐隐传来商贩颇具穿透力的吆喝声，偶尔还有一声马嘶长鸣。许家铭自感犹如置身于一幅色彩斑斓的丰富画卷之中，禁不住停下脚步，望着血红的残阳，复杂的眼神无人能懂。

城市的灯火固然璀璨，却含着多少沧桑和辛酸啊。许家铭想，自己每天不停地奔波，不停地呼喊，不停地伪装，在温柔的背后是不是幸福呢？终究还是要学会承受一个人的寂寞。他曾幻想有一片桃源，也幻想在海边有一间小屋，可现在自己好像被困在这城市的牢笼里，给予自己的无非一间小小的阁楼，等待寂寞来临。

尤其是现阶段出现的种种情况，令许家铭寝食难安。

从重庆方面来说，戴主任是许家铭的靠山，戴主任把他从卧底的名单中抽了出来，并委以重任调到上海站任副站长，主持工作。现在军统内部尔虞我诈、明争暗斗，戴主任四面楚歌，如履薄冰。更为重要的是，蒋委员长对戴主任也开始冷眼相看。这样来看，许家铭政治前途渺茫不说，是否会在日后受到打压、排挤也就说不定了。

从上海站来看，这次盘尼西林丢失，虽然案子查清了，内鬼也法办了，可损失无法挽回，这笔账终究还是记在许家铭头上。小扣子虽然处决了陆汝真，但这个心狠手辣的家伙心里还是有本账的，他经常独来独往，背地里不知道在做什么。尤其是他是雄村训练班王主任的人，虽然王主任职务不高，可王主任是毛人凤的人，这样根连着藤，藤连着根，很多事情不复杂也变得复杂了。还有，曹曼筠，这个他心仪的女人，这个被小扣子一直怀疑的女人，打从雄村起，许家铭就对她有所注意了。“0127”消失，许家铭第一个想到的就是曹曼筠。

不知什么时候，曹曼筠已站在许家铭身后。

“家铭，这么晚了，还没有回家休息？”

“我随便走走，曼筠，你怎么来了？”

曹曼筠告诉许家铭，她路过这里。

“曼筠，你没有什么事的话就陪我走走。”

曹曼筠答道：“嗯。我也想和你聊聊。”

城市的灯光，城市的街道，城市的繁华，此时都与许家铭、曹曼筠无关，他们漫无目的地走在城市的夜色中。

许家铭告诉曹曼筠，不知道什么时候，他变得这么伤感。许多时候总是不停地问自己，为什么活得这么累？有时候无法面对自己，每天重复着同样的生活。他常常一个人待在屋里想，自己是否已经变了，或者是时间变了。许家铭一直以为自己是个很坚强的人，却忘了自己原来也是个怕黑的人。

曹曼筠说：“人生不能靠心情活着，而要靠心态去生活。心情像六月的天气，阴晴不定。一个人的生活如果要依赖心情，他一定也是善变的，他的人生会像断了线的风筝，随风摇摆，无法自拔。生活的强者，会及时调整自己的心态，让心情时常保持积极向上，充满阳光。被心情左右的人常迷茫，左右心情的人常快乐。”

走着走着，曹曼筠的手挽住了许家铭的胳膊，许家铭看了一下曹曼筠，曹曼筠本想把手抽回，可她没有想到许家铭用胳膊把她的手夹了夹。

曹曼筠接着说：“我们无法主宰他人，让他人克服他们自身的弱点，来带给我们幸福。但我们可以主宰自己，慢慢修炼自我，逐渐克服自身的弱点，达到个人的圆满，并培养出达观的心态，也就是良好的生活态度。当一个人自我渐臻完善并有了良好的生活态度之后，幸福也就翩然而至。因为他不仅可以让自己幸福，也可以带给他人幸福。没有人能免得了孤独，与其逃避它，不如去面对它。孤独并不是一件那么糟糕的事，与嘈杂相比，孤独显得是那么安静，那么自得，这倒也不失为一种享受。一个人的世界，才是真正属于自己的世界。沏上一壶茶，听着美妙的音乐，自己一个人安静地看着书，那会是多么惬意；午后的阳光暖暖地晒在你身上，你会发现其实你很幸福。正如我们都生活在一个不怎么如意的世界里，当乌云密布时，我们会摇曳。但阳光总有一天会到来，等阳光到来时，你要好好地拥抱一下阳光，细闻着它独特的香味。”

路很长，无法走到尽头，话也很长，曹曼筠不停地侃侃而谈。

曹曼筠的字字句句敲击着许家铭的心房，此时许家铭完全抛开了单位里的那一套，直截了当地说：“你说的阳光是不是延安的阳光？”

曹曼筠并没有惊讶，她说：“蒋委员长关心的是‘剿共’，难道国共两党就不能和平共处吗？眼下是抗日战争的关键阶段，据说重庆方面又在计划‘剿共’了。蒋委员长还在重申什么‘攘外必先安内’。其实，我看共产党也是一心抗日，多个人出点力到底有什么不好？”

曹曼筠没有正面回答许家铭的提问，而是从侧面回答了他。

许家铭说：“我对‘宁可枉杀千人，不可使一人漏网’也是有看法的。就拿小扣子杀了程浩一家人这个例子来说，我们都是中国人，为什么自己不能放过自己？”

“只有一心救国的政党，才会带领全国走向解放，带领人民远离水深火热。

家铭,你也曾说过,你只杀日本人,只杀汉奸,拒绝'剿共'。这样下去,军统还能容你吗?"曹曼筠还想把话说得更明白,许家铭抬手看看表:"曼筠,时间不早了,我们各自回家吧,有时间再聊。"

走在回家的路上,月光冰冷,很多人的目光比月光更冷,许家铭带着戒备的冰冷目光,看着那同样戒备的人群,目光越发冰冷。岁月如梭,光阴似箭。唯有月光一如既往地冰冷,他用同样冰冷的目光看着冰冷的月光下的世界,许家铭的心同样覆盖上一层冰霜。回想曹曼筠的一些话,许家铭又觉得有一丝丝温暖涌上心头。

回到家,曹曼筠无法入眠,她把憋了好久的话说出来了一些,有点释然,有点激动。尤其是许家铭没有制止她,更没有反驳,这让她看到了希望。

五十二

汪伪发行中储券后,日军用刺刀和枪口,强迫沦陷区的人民接受中储券。军统成立的经济作战室,就是在这样的背景下,展开了对汪伪中储券制造技术细节的研究。中美是实质性的战略同盟国的关系,所以重庆方面决定,利用美方的印钞力量来伪造中储券。

秘密制造完成后的伪中储券,存放在重庆的歌乐山延岩寺洞里。这些由国统区伪造的中储券,属于伪币中的伪币,被中方称为特券。在戴笠的直接指挥下,特券闯过前线犬牙交错的封锁线,由军统敌后秘密交通线运输到日占区用以采购大量的物资。

但这一情况很快引起了日方情报机关的注意,大批伪钞随后遭到日军查获,与此同时,日本登户研究所加快了中储券版式的更新速度,增加钞票中的防伪技术细节,提高伪造难度。汪伪也颁布法律,对使用伪币的人员一律处以重刑。一时间,大批伪钞纷纷被查获,制造、使用人员遭到捕杀。戴笠亲自领导的伪钞计划一度受挫。

就在重庆的戴笠一筹莫展的时候，一位名叫林焕的年轻人，意外闯进了他的视线。林焕生于台湾，拥有日本国籍，他的身份是日本特务机关“梅机关”的高级特工，在大陆从事谍报工作。

戴笠惊奇地发现，这枚他当初布置的闲棋冷子林焕所在的“梅机关”，正是负责查禁中储券伪钞的机关，关于中储券的一切情报，都会从林焕手中经过。

从此，林焕利用自己身份的便利，把汪伪中储券每一批货币的形态等一些秘密，在第一时间通知大后方。而他传回来以后，往往是日本人这边真钞还没投放市场的时候，重庆那边伪钞已经印出来了。正当林焕的情报活动顺风顺水的时候，日军“梅机关”发现内部有中方特工混入，命令属下林焕展开调查，林焕的身份随时都有可能曝光。

林焕马上通报戴笠，说自己已经遭到怀疑了，要求回重庆。可是他这个位置太重要了，这个人不单是一颗敌后的钉子，还是敌后的一个财神爷，戴笠舍不得。

后来，林焕在没办法的情况下要求戴笠：“除非你把我上边那个人干掉。你干掉他，我就可以不回了。”

戴笠爽快地答应了林焕的要求，随即亲自发报给许家铭，命令许家铭不惜代价，第一时间干掉林焕的上司宗本唐一郎。

接到任务后，许家铭按照惯例召集小扣子等人开会，做方案。

小扣子提出：“我们对宗本唐一郎的工作情况、生活情况一点都不知道，更不知道他有什么爱好，有什么习惯，就连他长什么样子都不知道，怎么能尽快干掉他呢?”

本来只是负责记录的曹曼筠举了一下手，许家铭示意曹曼筠站起来：“曹曼筠，你有什么要说的?”

曹曼筠站起来，说道：“我认为小扣子所说的这些很重要，我们要在刺杀宗本唐一郎之前，摸清他的相关信息，要不然就是宗本唐一郎站在我们身边，我们也认不出来。”

小扣子看了曹曼筠一眼，点了点头。

在接下来的两天时间里，许家铭联系上了林焕，弄来了宗本唐一郎的照片、画像，还得到了一个重要的信息，就是宗本唐一郎喜欢跳舞。宗本唐一郎不单是周末在远东饭店这个日本特工机关的外围联络站舞会上跳，还隔三岔五地去百乐门舞厅跳，有时他还会去礼查饭店内的舞厅换换口味。

许家铭看着宗本唐一郎的照片说道："这个宗本唐一郎怎么看都不像日本人，瘦瘦的，不到一米七的个子，嘴巴上还有一根长毛，一看就像上海小瘪三。不过，这个家伙中国话讲得好，就连上海话也说得地道。"

许家铭接着说："宗本唐一郎还有一个习惯就是遛狗，他每天傍晚都要牵着狗在外面溜达半个小时。"

当这些信息汇总之后，许家铭决定在舞厅里干掉宗本唐一郎。

1944 年 5 月 6 日晚，宗本唐一郎和女友手挽手走进了百乐门。

百乐门是当时上海最现代化的夜总会和舞厅，其建筑式样和装修风格也极具美感，它使用了大量的镍、水晶、玻璃地板、白色木饰、脚灯等装饰，弹簧舞池地板与纵横交错的镁光灯，让人感觉像是在鸡蛋上跳舞。百乐门舞厅里面的舞女也都是当时最时髦的：有的舞女穿戴很少，戴帽子、穿浅帮鞋、裹细腰布。舞女们并不都是华人，很多舞女来自世界各国，如苏联、日本、朝鲜等。这里的演奏乐队也来自外国，如苏联乐队，其演奏的乐曲都是当时最流行的美国爵士乐。此外，百乐门经常举办一些歌舞表演，如美国现代装扮的女子合唱队等，应有尽有，百乐门成为一个十足的外来娱乐文化的大熔炉。

小扣子带人走进百乐门舞厅，他和搭档随着音乐旋转起来。

站在周边的特工一眼就认出了宗本唐一郎，他们在等待小扣子发出号令。

小扣子的每一次旋转都是为了接近宗本唐一郎，10 多次的旋转后小扣子终于挨到宗本唐一郎身边，就在他准备发出号令的一瞬间，他猛然发现宗本唐一郎的舞伴是西樵。小扣子的脑子里随即蹦出了这几个关键词：明星，戴笠，胡兆宝。可是这些都不能阻止他的行动。

小扣子一个口哨吹响，早已准备就绪的特工一阵扫射，舞厅灯光全灭。小扣子一个转身，匕首直刺宗本唐一郎左胸，就在小扣子刺第二次的时候，宗本唐一郎本能地把舞伴拉到胸前，小扣子的匕首捅进了西樵的胸膛。

以上这两次动作全是在黑暗中进行，小扣子感觉应该是刺中了目标。但他还是不放心，一直等到舞厅运来临时照明灯，警察局的警察勘验现场后，他才悄悄撤退。

就在临时照明灯亮起的那一刻，胡兆宝带警察已到了舞厅，他隐隐约约看到二楼的中间茶座里有一个人在盯着舞厅的尸体看，当他的目光与那人目光对上时，那人风一般地逃开了。

宗本唐一郎被成功刺杀之后，军统方面通过“梅机关”内线林焕，获取了技术情报，借助美方技术，建立秘密的印刷厂，最终印制出大量足以乱真的伪中储券，经敌后偷运到了江西、安徽等地。

这次刺杀宗本唐一郎的行动十分完美，老蒋当面夸奖了戴笠，这使戴笠长了不少面子。可是，西樵的被刺，又使他觉得有点可惜。不过，这念头只是一闪而过。

西樵被刺的消息很快传到胡伟、曹曼筠的耳里。

第二天深夜，胡兆宝、胡伟、曹曼筠三人来到百乐门附近，他们用传统的方式祭奠了西樵。

三个人走在上海的大街上，胡伟说：“我真的想不通，为什么这么长的街道，容得下这么多人的城市，却容不下胡亮、西樵、小凤，还有程浩的家人？”

悲痛中，胡伟的拳头攥得“咯咯”响，好像有一种仇恨瞬间被他逮在手掌里。

胡兆宝拉着胡伟的手，说道：“西樵姐离去，我才觉得这个城市是冰冷的，无论从哪个角度，再多的灯也无法让我感觉温馨。”

五十三

1945 年 8 月 6 日，美国在日本广岛投下了内装 60 公斤高浓缩铀、TNT（梯恩梯)当量为1.5万吨、代号“小男孩”的原子弹,造成广岛建筑物全部毁坏倒塌,死亡8.8万人。

8月9日上午11时30分,美国在日本长崎投下第二颗代号“胖子”的原子弹,TNT当量为2.2万吨,使长岛23万人口中10万余人当日死亡和失踪。

在这之前,1945年2月4日、2月25日、3月9日,共计2700吨的燃烧弹被美国空军投向日本东京等城市,造成直接死亡50万人以上,1000多万日本军民无家可归。其目的是快速结束战争,确保美国在亚洲,尤其是日本周边的最大利益。

8月10日,美国政府收听到了日本接受《波茨坦公告》的广播。两天后,美国飞机在东京上空撒下了载有日本政府接受《波茨坦公告》的电文和同盟国复文的日语传单。一时间,政府接受无条件投降的消息在日本民众中传开。

8月14日,裕仁天皇再次召开御前会议。裕仁天皇下令起草接受无条件投降的诏书,并将诏书录音,准备在第二天播出。主战派的一伙少壮侍卫军官得知这一消息,决定发动政变。这天晚上,他们闯入皇宫,四处搜寻,企图劫走天皇广播诏书的录音唱片,阻止向全国广播。警卫部队很快镇压了这次叛乱。投降诏书立即在电台播出,主战派头子剖腹自杀。

8月15日,日本政府正式宣布无条件投降。

8月28日,美国空军的飞机在东京机场降落。大批的英、美军队开始在日本海岸登陆,实现对日本的占领。

9月2日上午,日本东京湾,晴空万里,碧波无垠。美国战列舰“密苏里号”迎来了一个庄严的时刻。

9时,日本新任外相重光葵和日本参谋总长梅津美治郎代表日本政府在投降书上签字。随后,接受投降的同盟国代表盟军统帅麦克阿瑟上将、美国海军尼米兹上将、中国的徐永昌将军、英国的福莱塞海军上将、苏联的杰列维亚科中将,以及澳大利亚、加拿大、法国、荷兰、新西兰等国的代表依次签字。至此,日本帝国主义历时14年的侵略战争,以彻底失败而告终。

第二次世界大战也以热爱和平的人民的伟大胜利而结束。

9月9日，中国战区受降仪式在南京中央陆军军官学校大礼堂举行，侵华日军总司令冈村宁次代表日本正式向代表中华民国政府的陆军总司令何应钦呈交投降书，冈村宁次双手捧接投降书，签上“冈村宁次”四个字，然后盖章。抗日战争至此正式结束了。

起初蒋介石还沉浸在接受日本投降、欢庆胜利、重庆谈判的喜悦中。等他稍缓过神来，有关“还都南京”“剿共”等又成了他的当务之急。

就在蒋介石谋划“还都南京”“剿共”的当口，一个噩耗传到重庆。

五十四

1946年1月17日，蒋介石对戴笠明确提出：“今后政府将要改组，各党各派均将参加，军统局要取消。你自己研究一个办法，不用负责，而能实际控制这个机关。”

3月10日，戴笠在北京怀仁堂召集北平军统人员举行总理纪念周，他发表演讲说：“现在共产党也因为我们对党忠实，要打倒我们。我不知道什么叫打倒，什么叫取消，只怕我们的同志不进步，官僚腐化，如果这样下去，人家不打倒，自己也会倒的。所以我时刻所想的是如何对得起先烈，如何保持光荣历史，绝没有想到别人如何打倒我。”戴笠这番话，不仅是为众人加油打气，似乎也在暗示大家军统不会真正取消，然而当时的形势已对军统十分不利。

正当戴笠在北平视察之际，毛人凤自南京发来电报，告知“七人小组”之一的李士珍向蒋介石提出了不利于军统的改革建议。李士珍时任中央警校教育长，多年来在警政问题上与戴笠意见相左，这次又在军统面临改组时落井下石。戴笠盛怒之下，草拟了一封十万火急的电报，驰电毛人凤，令其亲译并转呈蒋介石。电文中，戴笠怒斥“李士珍同志趁各反动派大叫打倒特务、取消特务之时，企图趁此机会使本局工作解体”。毛人凤阅后，认为“措辞火气太重”，准备另拟一电,送戴笠过目后再发。3 月 14 日,戴笠离开北平,飞往天津、济南等地。3 月 16 日,抵达青岛。

3 月 17 日,戴笠决定飞沪,18 日赶回重庆。当时气候不良,前来送行的军统青岛站站长建议戴笠暂留一天。而戴笠要于 18 日返渝,因有一重要会议即将举行,他打算为军统局存废作最后的努力,故未考虑别人的建议,仅利用起飞之前的空暇,游览了汇泉风景区。戴笠看见一栋幽静葱翠的别墅,不禁感慨:"如余能在此,可供息肩终老之所矣。"语意凄楚。青岛站站长当即报告:"正准备另租一处,以供先生再来青岛时休假小憩之用。"戴笠听了,释然开颜。上午 11 点,戴笠乘坐专机飞上海转重庆,因气候恶劣转飞南京,冒险穿云着陆,误触岱山,坠机身亡。

3 月 19 日,蒋介石获悉戴笠已死,在日记中写道:"(戴笠)不幸以气候恶劣竟在南京附近遇险身亡,殊为悲痛,此生虽多缺点,但其忠诚与热心实不愧革命信徒也,今焉则无矣。"

蒋介石对戴笠身亡悲恸不已,亲挽"碧血千秋"悼念,并追晋陆军中将,国民政府特别明令褒扬,颁发褒扬令。蒋介石亲自主持戴笠公祭典礼并亲笔题写挽联:"雄才冠群英,山河澄清仗汝迹;奇祸从天降,风云变幻痛予心。"章士钊题为"生为国家,死为国家,平生具侠义风,功罪盖棺犹未定;誉满天下,谤满天下,乱世行春秋事,是非留待后人评"。

戴笠的死,对后来的历史事件有很大影响。

随着戴笠的暴亡,他亲手创立的军统加速走向了改组,国民政府特务组织的盛世也一去不复返了。

戴笠坠机身亡的消息传到上海时,许家铭一句话也没有说,他在办公室里踱步、抽烟,思前想后。

到底是飞机失事,还是被人谋害的呢?

有人说戴笠势力太大,手握武装,且知道的事太多,蒋介石不放心,命人在飞机上暗藏定时炸弹,将他炸死于空中。对于这个说法,许家铭首先给予了否定。他认为，戴笠势力再大、实力再大，都在蒋介石的控制范围内，蒋介石没必要这样做。况且戴笠当年的一句“做好了要被对方杀掉，做不好要被你（指蒋介石）杀掉”，足见其忠心耿耿。

许家铭首先想到的是戴笠飞机撞山之后，为什么政府没有深入追查这件事情，包括他的手下，毛人凤啊什么的，都没有深入勘查。这主要是蒋经国的问题，蒋经国跟戴笠关系不行。蒋介石忙于战事，戴笠飞南京就是为了战事。戴笠做事情，就是想到就做，没有什么顾忌，这样得罪了人。在抗战的时候，国统区与沦陷区的物资抢购，当时的行政院长孔祥熙和戴笠共同负责，戴笠就曾经因为这个事情，得罪了孔祥熙，双方闹得不可开交，后来，连总统都没有办法调和，最后戴笠不得不辞去这件事情的管理权。

这是戴笠做事的风格，也就是说做事情做得很绝。他要暗杀张啸林，与杜月笙打过招呼的。但是这种事情商量是最麻烦的，你点头呢，还是不点头呢？你点头，义气方面打折扣了；你不点头，说你不爱国。一个忠，一个义。所以，杜月笙就没发表意见。但是，杜月笙还是多次劝说张啸林，可是他不听，最后，被戴笠的部下暗杀了。

回过头来说，戴笠的死不全是自然天气造成的，背后有人指使，但是目前也没有什么确凿的证据证明。

戴笠跟杜月笙关系非常不一般，特别是抗战的时候，他们互相配合在上海和香港沦陷区进行抗日活动。出事那天，杜月笙生病在上海家里。那天戴笠从青岛起飞，降落上海后，跟杜月笙通了电话。杜月笙劝他天气不好，不要飞了，但是戴笠没听，坚持继续飞。杜月笙听到戴笠飞机撞山的事情后，对事件更加怀疑了，除了掉下了不舍故人的眼泪外，还认为这里面一定有问题，当时杜月笙家里气氛非常紧张。

许家铭想，杜月笙与戴笠是生死之交，他应该不会有邪念的。

那么，为什么从青岛飞上海没事，从上海飞南京就会出事呢？这里面有问题。而且，那个时候的天气不好，并不是单单讲南京天气不好，整个江南一片天气都不好。所以,这个也有问题。

许家铭认为这里面有许多问题,其中一个就是其间飞机师有没有换过,青岛飞上海有没有换过?从青岛过来,中间这一段时间,是关键。

有人认为,飞机上有一枚定时炸弹。许家铭认为这是不可能的,绝对不可能。飞机在起飞之前都非常仔细地检查了,放炸弹是可以查得出来的。只有飞机师预备死,是查不出来的。买通飞机师,只有这个可能。

另外,像戴笠这种人,已经有人关照他了,说天气不好,不要飞,等一两天后再飞,这难道是个暗语?就是说有人要谋杀你,就用天气不好来暗示?

那么,这个暗示他的人是杜月笙,杜月笙也只不过是转述。但是,戴笠过于自信,没有听这个暗示。那么,杜月笙为什么没有直截了当地告诉戴笠,要他不要再飞南京呢?是消息不十分确定,还是另有原因?

能把戴笠杀死的,可不是一般的人,要做得非常好。从一般的角度来分析,戴笠跑出跑进,禁卫森严,怎么可能出事情呢?而且戴笠自己就是做间谍、特务工作的人。所以,有机会杀戴笠的人一定是他身边信任的人,而且,没有水平的人是无法接近戴笠,更杀不掉他的。要晓得,戴笠周围的人,那是千挑万选的。但也只有身边的人,有这个可能和机会。

不久,又有一个消息传到上海。

戴笠死于人祸,谋害他的是他的得力干将马汉三。1937 年七七事变发生后,马汉三奉戴笠之命潜伏平津,做地下情报工作,被日军侦破关进大牢。马汉三诡计多端,投日寇所好,用一把极其珍贵的古剑,买通日暮途穷的日军司令福田隆吉,得以释放出狱。这是一把什么剑?原来是 1928 年军阀孙殿英到清东陵盗宝,派工兵用炸药炸开慈禧墓穴,从慈禧的棺木中得到的一把削铁如泥、吹发即断的宝剑。相传此剑年代久远,非同一般古物,属珍稀文物,价值连城。国民党扫平军阀之后,孙殿英部队被收编,孙盗宝案东窗事发,孙拼命走后门,向宋美龄、宋子文、戴笠送珠宝、钻戒等厚礼,托马汉三将宝剑转交蒋介石,想以此塞住主子的嘴。马汉三见宝剑是文物中的珍稀之宝,锋利无比,起了贪心,据为己有。后来,福田隆吉收下宝剑,放了马汉三。

抗战胜利后,惩治汉奸呼声日益高涨。戴笠飞来飞去,到处“劫收”,同时任命他的心腹马汉三为北平肃奸委员会主任。马受宠若惊,特别卖力,将政治、文化、经济等各个领域的汉奸一一抓捕,一时间北平人心惶惶,凡是投敌的汉奸都自感末日将临。一天,一名富商登门拜访马汉三,带来 18 尊金罗汉相送,恳求马刀下留人,释放金璧辉,也就是众所周知的汉奸川岛芳子。马汉三收到 18 尊金罗汉,财迷心窍,贼胆包天,偷偷释放了金璧辉。当时安插在北平的戴笠一个亲信素与马汉三不和,立即向主子密报。戴笠闻讯,大为恼火,当即飞到北平,查阅被捕的汉奸花名册,果然不见金璧辉的名字,不由得火冒三丈,拍案而起,大骂马汉三,并命马汉三把川岛芳子抓回来,否则军法从事。马汉三吓得浑身颤抖,感到再也隐瞒不下去了,只好供出正准备遣送川岛芳子逃亡日本的事实。

戴笠又把马汉三所收的贿物查得清清楚楚,勒令马汉三,必须将一切赃物全部上交国库,否则以贪污罪枪毙。马汉三不敢违抗,交出全部赃物,又将宝剑交给戴笠。戴笠当场试剑,把 30 块银圆叠在一起,一剑下去,顿时所有银圆一分为二,看得人连声惊呼:“好剑!好剑啊!”戴笠兴奋异常,一时高兴,竟把责罚马汉三违法的事全都免了。

马汉三在戴笠手下干了多年的特工,深知他深不可测,翻脸无情,担心夜长梦多,日后生变,便横下一条心,与其等死,不如先下手为强!经过反复思考,他终于想出一个历史上屡试不爽的计策:戴笠是好色之徒,抓住他这个致命的弱点,用“美人计”要他的命!当夜他便要自己的情妇、机要秘书刘玉珠到戴笠身边卧底,然后看情况再下杀手。刘玉珠与马汉三有多年的肌肤之亲,自然欣然应允。

1946 年 3 月 16 日,戴笠从北平飞青岛,准备面晤美军司令柯克上将。那时戴笠想当国民党海军总司令,四处活动,特别想争取“太上皇”美国军界头面人物的支持。临行之前,马汉三特意安排刘玉珠陪同,照料戴笠生活。刘玉珠年轻貌美,风流性感,使出千般温柔,万种风情,弄得戴笠神魂颠倒,不能自已。戴笠临时决定在3月17日飞回南京，不得不与刘玉珠告别。刘玉珠嗲声嗲气地说："亲爱的，我不放心，我去监督检查飞机的安全。"美人如此关怀，戴笠深信不疑。刘玉珠与马汉三的挚友、军统青岛情报站梁若节密谋，由梁将定时炸弹带上飞机，做了一番手脚，计划定于当天中午12点半在空中爆炸。不想老奸巨猾的戴笠命令飞机提前起飞，马汉三、刘玉珠觉得这次计划有流产的危险，顿感六神无主，不由得哀叹连连。

真是天有不测风云，人有旦夕祸福，谁料上天竟然助了马汉三、刘玉珠一臂之力。当日上午，南方天气恶劣，上海大雨滂沱，杭州出现浓雾，两地均不能降落飞机。飞机直飞南京，在空中多飞了一个小时。飞抵南京东郊上空，恰好正合爆炸时间。只听"轰"的一声巨响之后，飞机便坠落在大山地带，戴笠被炸得粉身碎骨。

关于戴笠之死，版本太多。是真是假，哪条可信，哪条不可信，这对于许家铭来说都不重要了。他只是凭着对戴笠的感情，对戴笠的尊重，思考一些问题，以期得到点滴安慰。

许家铭猛然想起戴主任曾经布置的一项任务——"拉拉行动"。

五十五

1946年4月4日，许家铭把小扣子喊到办公室谈"拉拉行动"。

小扣子不解地问："许副站长，今天不开会了吗?"

许家铭说："我俩这不是在开会吗?"

"不要记录了?"

"什么都不要了，任务完成后连简报也不要做了。"

听许家铭这样一说，小扣子估计这也许是许家铭最后一次布置任务了。连简报都不用做，意味着在行动执行过程中自由度大，不管什么状况，都不用记录在案。

1946 年 4 月 11 日，车水马龙的大上海风和日丽，碧空如洗。

经过一个星期的摸排、侦察，小扣子率领的侦察小组决定对拉拉的可疑住处实行电台测向技术侦察。所谓的电台测向技术侦察就是采用专门的设备，对被监视人的住处进行侦测，倘若嫌疑人使用电台，那么在一定范围内这种专用设备将会侦听和记录下发报内容，而且能够指示出电台所在的位置。

经过实地勘查，小扣子认为杨树浦发电厂地处近郊，白天车来人往，尚属热闹，但到了晚上就显得冷僻清静，是架设电台的理想地点，很适合地下电台的活动。于是，侦测人员在距杨树浦发电厂约 100 米的地方架设起侦测机，对目标日夜进行测向、监听。然而，连续三天三夜，侦测机都没有任何反应。而且，也始终未见拉拉露面。于是，侦测组又将侦测目标转移到另一个可疑地点——闵行竹木器露天大院，他们在闵行竹木器露天大院附近 50 米处的一户居民家中的阁楼上架起了侦测仪。一天，两天，眼看第三天就要过去了，还是没有任何动静，难道先前获得的目标地址都错了？天已经完全黑下来了，小扣子没有放弃盯梢。

8 点 05 分，侦测机突然发出了“嘟嘟”的报警声，红色的指示灯一明一暗地闪烁起来，这使留守的侦察员小王和小李兴奋异常，小王和小李立即调动侦测旋钮，以使信号更加清楚。

毫无疑问，这是清晰的发报讯号，发出的是一组密码，侦测仪上的方位指针明确无误地指向了拉拉的住处。根据信号的强度，可以肯定发报电台就在距侦测仪 50 米到 80 米的地方。由于居民住宅鳞次栉比，一时还不能确定电台的具体位置。于是小李迅速用手提式简易测向机沿着指针方向搜索前进，追寻着信号一直走到了一处居民房的门前。这是一间砖木结构搭建的简陋住房，小李从紧闭的门缝中隐约可以听到屋内“嘀嘀嗒，嘀嘀嗒”的发报声！

与此同时，小王已从侦测仪的显示判断出，这个电台正在与延安联络。

至此，紧张艰苦的侦察工作终于取得了突破性进展，中共地下电台的具体方位被上海站的特务找到了。消息传回上海站，大家的喜悦之情难以言表。但是一个新的疑问又摆到特务们的面前:拉拉是一个独台,还是一个有台长、报务员、译电员、情报员的组呢?很明显,如果是个独台,便可收网了。但如果是个组台,则需要进一步侦察,以便一网打尽。

情况汇报给许家铭,许家铭告诉小扣子:"一切由你判断,是等还是抓,你自己定。"

于是,小扣子决定收网。

4月12日凌晨,小扣子命令两个行动小组在杨树浦发电厂、闵行竹木器露天大院同时行动。

清晨7点,架设在闵行竹木器露天大院住宅附近的发报侦测仪突然发出了警报声,守候在这里的特务以迅雷不及掩耳之势冲到拉拉门前,"砰"的一声门被踹开,头戴耳机的拉拉正躲在阁楼上,手按发报键还在发报。

面对突如其来的场面,拉拉知道抵抗是毫无意义的,她摘下耳机,吞下了毒药。

就在特务们搜查完毕,准备离开的时候,远处传来了汽车声音且声音越来越大。小扣子示意兄弟们埋伏好,静等来者入瓮。

不一会儿,小车停在门外,小扣子听得清清楚楚,是4个人从车上下来的声音。

原来,11号这天小扣子率大家搬着器械,开着两辆车驶出上海站的时候,曹曼筠在楼上看得清清楚楚。虽然她不知道小扣子去执行什么任务,但她感觉到小扣子这次行动与电台有关。于是,曹曼筠走进许家铭办公室。

"许副站长,小扣子风风火火开两辆车带20多人出去了,你知道吗?"

许家铭答道:"知道。"

许家铭这两个字让曹曼筠紧张起来,她有点语无伦次:"这次行动怎么不开会了?小扣子是不是私自行动?"

曹曼筠感到自己的问话有点过了,连忙说:"他是不是看戴主任出事了,就不把你放在眼里了?"

许家铭没有作声，眼睛盯着窗外。

“大家都在议论，说李崇诗站长身体恢复了，这两天就要回来上班了。”曹曼筠继续说道。

“他李崇诗什么病？他哪里不舒服？他是心病！”许家铭把茶杯重重地摔在地上。

此时的曹曼筠已经顾不得许家铭的情绪了，她转身下楼，把小扣子的行动情报送了出去。

胡伟在获得情报后第一时间到了朝阳书店，老王觉得事态严重，立即把情况汇报给了方书琴。等方书琴从龙珊那里回来后，已经是11日深夜了。大家一致认为，小扣子的行动很大可能是针对拉拉。如此，方书琴决定8个人分两组，分别去杨树浦发电厂、闵行竹木器露天大院保护拉拉以及备用电台。一组由方书琴亲自带队率胡伟等人去闵行竹木器露天大院，另一组由老王带队去杨树浦发电厂。任务布置完之后，大家把枪压满了子弹，并带上足够的弹夹、手雷向目的地出发。

来到闵行竹木器露天大院某住宅附近的正是方书琴、胡伟等人。

车停好后，方书琴等人走下车，就在他们准备推门进屋的时候，方书琴拦住了他们。

“太安静了，是不是有点奇怪？”方书琴示意大家分开，不要全部进去。

方书琴轻轻推开门，当她一只脚迈进屋里的时候，她已经看到四周数十把黑洞洞的枪口对准了自己。方书琴清楚地意识到拉拉同志已遭到了不测，这时，方书琴很镇静地反手把门扣上。这样，她既让外面的同志知道了里面有情况，也防止了枪战开始后外面的同志冲进来会造成更大的伤亡。

方书琴从容地上到阁楼，就在她躬身为拉拉合上眼睛的时候，小扣子的枪已抵上了她的脑袋。

此时，早已爬上隔壁阁楼的胡伟把小扣子这边的场景看得清清楚楚。胡伟选好最佳点，站稳了脚，飞镖迅速向小扣子飞去，遗憾的是小扣子的枪还是早一秒响了，方书琴应声倒地。

接着，一场以少对多的枪战展开。

一开始，胡伟和同志们的手榴弹雨一般地扔向屋里，屋里的特务正好从被炸开的缺口跑了出来，这样一来，不到10分钟后就行成了面对面的枪战。毕竟，特务们用的武器先进，再加上他们人多，胡伟和同志们危在旦夕。千钧一发之际，从杨树浦发电厂赶来的同志从特务的身后给予了他们重重的还击。虽然解围，但这场战斗最终还是牺牲了5位同志。

至此，小扣子已十分清楚胡伟是共产党了，这两个曾经混迹在上海滩的难兄难弟因为人生观与世界观的不同而越走越远。简单地来说，小扣子得到了雄村训练班王主任的关心，他家里的实际困难得到了解决，他就唯命是从，成了“主子”的眼线，不顾正义与邪恶之分。而胡伟就不同了，他一方面把家仇记在心上，另一方面更把国恨放在首位，他注重的是民族利益、国家利益，当他看到共产党是实实在在拯救万民于水火之中的时候，他找到了人生的追求目标，有了自己的信仰。从这些来看，胡伟与小扣子早期为了温饱，为了泄愤，为了报仇，他们是能站在一块的，甚至可以不惜生命。可是，当他们成熟了之后，思想的变化左右了他们的行动，最终他们不可能再站在一起，甚至走向对立面。

如此，在重大节点，小扣子与胡伟的表现也就完全符合客观实际了。

小扣子回来之后，气冲冲地来到许家铭办公室，他把手枪往许家铭桌子上一拍：“是谁把消息透露给曹曼筠了，曹曼筠通知了胡伟，胡伟带着一帮人赶到……”

许家铭也不是吃素的，他掏出手枪向天花板“砰砰”就是两枪。

“他妈的，小扣子！还轮不到你用这种口气和我说话！李崇诗要回来了，你兴奋了吧。戴主任不在了，你幸灾乐祸了吧。毛局长要上任了，你要提拔了吧。他妈的，这些通通不在我许家铭的话下！”说完，许家铭又是“砰砰”两枪。

小扣子从来没有见过许家铭发这样大的火，他被许家铭的阵势吓到了。

“许副站长，今天我牺牲了9个兄弟，我说话过了点，请您多包涵。”

“告诉你小扣子，除非我自动离开上海。要不然，谁挡着我，谁就是死路一条！就是他毛人凤我也不在乎！”

许家铭还准备说下去，这时，李崇诗跨进了许家铭办公室。

“许副站长，怎么这么大火气啊？”

“李站长，不好意思，没能去车站接你。”许家铭说道。

李崇诗接着说：“其实，我的身体还没有好，上峰催着我上班。我也知道，上海站在许副站长的领导下取得了骄人的成绩，以后，许副站长还得多多支持我的工作啊。当然啦，你许家铭还是副站长嘛，没人能动摇你的位子。现在戴老板不在了，可工作还要继续，还要深入。不管谁当军统的老板，我们都要为党国效力！我们是为党国做事，不是为了某个人。”

李崇诗急匆匆地回到上海，许家铭知道，他离离开上海不远了，一场暴风骤雨已悬在上海上空了。

五十六

汪晓茹、方书琴的牺牲给中共上海地下党组织带来了不可估量的损失。为此，龙珊在一次会议上提出，保护好有经验、有特长的我党地下工作者同样是对敌斗争的一项艰巨任务。

应该说，汪晓茹是龙珊发现的，培养的，具有特殊本领的优秀党员。回忆当初把汪晓茹从徽州招来南京，再送去延安，最后到英国深造的前前后后，龙珊眼眶湿润。她决定找曹曼筠谈谈，好久没有见到曹曼筠了，她心里总有些放不下。

不久，龙珊约见了曹曼筠。

得到龙珊约见的消息，曹曼筠喜出望外。

每个人都有故人，当你即将和这个久别重逢的故人见面时会是一种什么样的心情呢？激动？紧张？

曹曼筠今天和往常一样下班就收拾下楼，刚到楼下门口就嘴角上扬，心里有点小激动。天下着小雨，她情不自禁地向雨里伸出了手，雨好像也迫不及待地要和她握手，雨滴落在手心有种冰凉冰凉的感觉，莫名有些欢喜，她找同事借了一把雨伞，就这样出门了。

雨滴在雨伞上"滴答""滴答"，的特别好听，马路上的积水脚踩下去水花四溅，弄湿了她的裤角，她坐上黄包车，向朝阳书店驶去。

思念，是一种幸福的忧伤，是一种甜蜜的惆怅，是一种温馨的痛苦。思念是对昨日悠长的沉淀和对未来美好的向往。也正是因为有了思念，才有了重逢的欢畅。

她们不曾走远，她们不曾忘记，她们在彼此看不见的岁月里熠熠生辉。

在朝阳书店阁楼里，曹曼筠和龙珊尽情地拥抱在一起。

是激动？是高兴？是悲伤？所有的情感都夹杂在其中，化为一串串泪水，化为爱惜与怜悯。

"曼筠，苦了你了。"

"因为单枪匹马，许多事情拿不定主意，难免有的时候觉得苦闷。可比起前线浴血奋战的同志，我们个人的一些苦楚就微不足道了。"

龙珊说："其实，我们隐蔽战线上的同志比起前线拿刀拿枪的战士看起来要安全得多，实际上责任更大，风险更大，往往起的作用更大。比如，上次的盘尼西林，你知道吗？小小的两箱药，救了多少负伤战士的生命啊。"

龙珊接着说："曼筠同志，据我所知，你还发展了胡伟同志加入了我们的队伍，事实证明胡伟同志是名优秀的共产党员，他不光机智勇敢，还不怕牺牲、敢于牺牲，是大家学习的榜样啊。"

龙珊擦去曹曼筠的眼泪，接着说："我还要告诉你一个消息，你可要坚持住啊。"

龙珊告诉曹曼筠，前几天中共上海地下党组织失去了一个好同志，一个在电讯史上值得铭记的精英。

"她叫拉拉，你知道吗？"

“知道,她是我党优秀的电讯工作者,她倒在了小扣子的枪下。”

“她的真名你知道吗?”

曹曼筠摇摇头,眼睛直愣愣地看着龙珊。

“她叫汪晓茹。”说着,龙珊一把把曹曼筠抱在胸前。

突闻噩耗,曹曼筠悲痛欲绝。

生死本是正常的事情,但是发生在自己至亲的身上还是令她难以接受。事实大过天,无论多么痛苦,亲人的离世都已经是一个事实,不可能改变的。曹曼筠的啼哭,让所有人都沉默了,人们不知所措。安慰的话语是改变不了什么的,他们所能做的,只是静静地感受她那撕心裂肺的痛苦。

龙珊一边为曹曼筠擦去泪水一边说:“这样的痛苦我们只能去经历而不能去抗拒,或者换个角度想想,也许人的使命就是要经历因果轮回从中体验痛苦,在体验痛苦的过程中参透人生的真谛。离开尘世也许是一种生命形式的升华和超脱,是获得永生的一条必经之路吧。我相信这个世界之外是存在另外一个空间的,那里平静,安然,淡定,没有痛苦。我们愿汪晓茹同志在那边一切安好。我们要好好缅怀对她的爱,然后整理好自己的情绪,重新投入生活和工作中去。把汪晓茹同志未完成的事业接力过来,让我们化悲痛为力量,化哀思为坚持,继承遗志,踏着她的足迹继续前行,告慰她的在天之灵。”

曹曼筠的眼前满是妹妹的身影,仿佛晓茹还是学校里的一名老师,在耐心地为同学们讲解几何;仿佛晓茹还在茶几前注视父亲茶杯里的茶叶一根根上下翻滚,然后安然落到杯底;仿佛晓茹还在试穿着姐姐那款小了点的裙子,微笑着说“我穿正合适”;仿佛已是清明,晓茹在母亲的坟前烧着纸钱,祈祷母亲保佑她们姐妹平安……

这个世界上,每天都有人离去,而每一个人的离去,都会带给亲人无限的悲痛和怀念。亲人的容貌依稀还在眼前,亲人的笑声宛如还在耳边,空气里似乎还弥漫着熟悉的气息,但亲人的生命却已远去,化作了尘土,化作了我们一腔浓浓的思念!有多少遗憾存于心头,有多少愿望还来不及实现,生命不能重来,生命也没有第二次。妹妹的离去,让曹曼筠更加懂得了珍惜自己。

接着,龙珊转移了话题:“曼筠,策反许家铭有希望吗?”

曹曼筠回答道:“自从戴笠出事之后,许家铭就像变了个人,喜怒无常。尤其是李崇诗回来了,许家铭更觉得他的仕途到了尽头。不单如此,小扣子也彻底暴露了原形,他仗着王主任、李崇诗的势力,不把许家铭当回事不说,还时不时地找碴儿。应该说,我再加把劲,争取许家铭问题不大。”

“这么一说,我们有点乘人之危了。”龙珊微笑。

曹曼筠说:“许家铭是个有民族气节的人,如果能把他争取过来,他以后绝对是我党的一块好材料。”

“但愿有这么一天,我愿意做你们的红娘。”

在场的人齐声鼓掌。

这个雨夜,曹曼筠无法入睡。雨,纷纷扬扬,不停地飘过夜的窗台。不知道,在这样的雨夜,又将有多少生命,带着美好或遗憾,会在某一时刻戛然而止。而我们,不也正奔赴在这条生命终结的路上吗?尘世的一切已经平静,每个人都自定义着自己的角色,做着最坦荡、最华丽的演出。

雨水淋湿了窗台,雨水淋湿了上海,雨水淋湿了日子。

又是一个与往日一样而又不一样的一天。

曹曼筠如约来到顾家宅公园。

顾家宅公园,别称法国公园,为庆祝抗战胜利改名为复兴公园。这个公园是上海法式公园的不二代表,最显著的特点是公园布局中轴对称,呈格子化、图案化,以花卉、树木、亭榭、山池见长。

在这个公园,曹曼筠第一次认识了马克思、恩格斯。

许家铭一边带曹曼筠看马克思、恩格斯雕像,一边给她介绍马克思、恩格斯。从此,曹曼筠知道了马克思是德国的思想家、政治学家、哲学家、经济学家、革命理论家和社会学家,主要著作有《资本论》《共产党宣言》等。马克思创立的广为人知的哲学思想为历史唯物主义,最大的愿望是对个人的全面而自由的发展。马克思创立了经济理论《资本论》，马克思确立他的阐述原则是“政治经济学批判”。马克思认为，这是“政治经济学原理”的东西。马克思认为资产阶级的灭亡和无产阶级的胜利是同样不可避免的。他和恩格斯共同创立的马克思主义学说，被认为是指引全世界劳动人民为实现社会主义和共产主义理想而进行斗争的理论武器和行动指南。

说到《共产党宣言》，曹曼筠故意问道：“《共产党宣言》我读了两遍，家铭，你怎么看待这本书呢？”

许家铭说：“我在重庆的时候偷偷看了《共产党宣言》，我认为《共产党宣言》的发表使无产阶级拥有了科学的世界观和方法论，也使无产阶级在日后的岁月中活跃于历史舞台之上。通读《共产党宣言》，我惊叹于这篇不朽之作。一针见血的观点，入木三分的见解，难怪它历经岁月的洗礼却永垂不朽！于我而言，我感触最深的便是《共产党宣言》中的辩证法思想。凡事都有两面，物极必反，盛极必衰，这是永恒不变的真理。犹记得在《共产党宣言》中的一句话‘资产阶级在历史上曾经起过非常革命的作用’，虽然随着历史的发展，资产阶级的弊端日益显露，但不可否认的是，它的确发挥过不可磨灭的巨大作用。马克思的辩证法思想尤为突出地体现了他宽广的胸襟和不凡的气度。

“我以为，中国共产党人与马克思一样，他们都辩证地看待资本主义，既承认资本主义的消极性，同时也不否认资本主义所拥有的积极面。他们继承了马克思的辩证法思想，并结合中国的具体情况加以改造。

“《共产党宣言》里不仅仅展现了辩证法思想，也第一次系统地阐述了科学社会主义理论，指出了无产阶级在历史中不可替代的作用。马克思无疑是伟大的，《共产党宣言》的发表使全世界的无产阶级有了理论指导，自此之后，无产阶级革命也在世界的各个角落发芽生根。他推动了一个又一个时代的发展与进步。

“《共产党宣言》的思想无处不在，历久弥新，生生不息。它指导了一代又一代的革命，集中阐释了‘推翻资产阶级的统治，由无产阶级夺取政权’的观点。

在马克思思想的领导下，全世界的无产阶级联合起来，共同反对资产阶级的压迫。

"《共产党宣言》是马克思、恩格斯智慧的结晶，是时代发展的产物。它无惧岁月长河的洗礼，无惧时代的变迁。"

许家铭侃侃而谈，让曹曼筠兴奋不已。

她趁势说道："那我们是不是更应该熟读《共产党宣言》，坚定马克思主义思想，为中华民族的解放事业贡献自己的绵薄之力呢？"

曹曼筠接着说道："蒋介石表面上看是光鲜，实则是败絮其里的小人。他继袁世凯之后成功地窃取了国民革命军抛头颅洒热血换来的革命成果；他排除异己、嫉贤妒能，除了玩一些下作的小人手段之外，没有一点统帅的才能，他把国民党糟蹋得残破不堪。九一八后老蒋一枪不放，如果没有七七事变，老蒋必将继续做他的千年王八梦。日本侵略军打到南京，老蒋拖家带子逃跑，丢下老巢，放任日本侵略军肆意屠杀，还美其名曰'战略撤退'。这样的人，这样的党，这样的政府，能挽救人民于水深火热之中吗？

"抗日战争的胜利是中华民族团结抗战的胜利。包括中国共产党、中国国民党在内的所有爱国政治力量，都对抗日战争胜利做出了各自的贡献。但是，只有中国共产党才能成为中华民族团结抗战的中流砥柱。为什么这样说呢？这是因为，抗日战争的胜利是人民的胜利，是人民战争的胜利。只有中国共产党完全是来自人民、植根人民、代表人民的，完全是为了中国最广大人民群众的利益、为了全民族的利益而工作而战斗的。紧紧地和中国人民站在一起，全心全意为人民服务，是中国共产党唯一的宗旨。对中国各个党派，人民是最好的历史鉴定者。中国人民认定中国共产党是自己利益的忠实代表者，是救亡图存的真实希望和可靠力量，愿意跟着共产党走。共产党离不开人民，人民也离不开共产党。在历史的长河中，共产党和人民同根同脉，患难与共，密不可分，坚不可摧。在抗日战争中，人民是决定因素，共产党是中流砥柱；中国共产党依靠人民的力量坚持抗战，依靠人民的力量发展壮大，和人民在一起浴血奋战，把日本侵略者淹没在人民战争的汪洋大海之中，上演了一部气势磅礴、威武雄壮的历史活剧。只有中国共产党，才能领导这样的人民战争。只有通过这样的人民战争，才能战胜日本帝国主义。反观国民党，虽然在全国性抗战时期有过积极表现，打过一些大仗恶仗，但由于其代表和维护的是大地主大资产阶级等少数人的利益，他们始终不相信人民的历史作用，始终惧怕并压制人民力量的发展，始终提不出正确的抗战主张，注定发挥不了中国共产党这样的中流砥柱作用。”

曹曼筠一口气说了这么多，许家铭连连点头。

许家铭说：“说句良心话，我早对国民党失去信心了。经济上，从上到下腐败成风，蒋宋孔陈四个家族通过发行金圆券等方式把百姓手中的硬通货黄金、银圆、外汇全部掠夺一空，然后无节制地发行货币，造成恶性的通货膨胀，经济几乎崩溃；军队派系林立，中央军、晋系、桂系等各路军队各自为战，军令难以统一，根本无法协调作战；政治上官僚作风成为普遍现象，人人都是只知做官不知做事，行政效率极其低下；内部人员复杂，卧底众多，根本没有任何机密可言，作战计划往往被对方掌握得一清二楚。就说我们上海站吧，李崇诗对戴主任的话阳奉阴违，最后‘抱病’休息，戴主任出事不久，他又回到上海，把一个只有身体没有头脑的小混混捧上了天，这是什么原因？还不是因为王主任嘛，王主任后面有毛人凤嘛。”

“曼筠，我还告诉你一个秘密，小扣子侵吞的钱财他几辈子都用不完，他以为我不知道。有一次我找他谈话，他竟然大言不惭，还说‘能捞到才是本事’。后来，我向重庆做了汇报，结果不了了之不说，消息还传给了小扣子，小扣子从那时候起就记恨于心。应该说，国民党整个机器都坏了，换个零件是没用的。”

忽然，许家铭像是想起了什么，问道：“曼筠，你今天完全暴露了你的身份了。说实在的，自从在雄村训练班的时候，我就怀疑你了。之后，我到了上海，明明怀疑你，我为什么还让你参加会议，担任记录？难道你没有觉察吗？‘0127’的消失，我第一个想到的就是你曹曼筠。还有‘拉拉’行动，只是你们晚了一步。我一直自以为在感情方面是个很理智的人，能把握尺寸，懂得丈量距离，可偏偏在你面前，乱了方寸，失了灵魂。我知道，这种感觉很美很甜，令我不愿意割舍，难以忘怀。”

“我明明在乎你，可又不敢选择你，生怕伤害了你。在我的想象里，经常出现这样一个女子，她长长的秀发随风飘扬，抬起眼睛看她时，她轻轻地迎面向我走来，脸上带着浅浅的笑，是淡淡的，就如她身后的阳光，是淡淡的暖。”

“今天，我把想说的、该说的、不该说的都说出来了，我觉得我是我自己了。”

此时，曹曼筠长长的睫毛上滚动着点点晶莹的泪珠，她情不自禁地依偎在许家铭的怀里，任眼泪打湿衣衫。

五十七

1946 年 4 月 30 日，中国国民政府在重庆发布“还都令”。国民政府各院、部、会先后回到南京。1946 年 5 月 3 日，国民政府文官长吴鼎昌手捧“中华民国之玺”飞抵南京。

1946 年 5 月 5 日，国民政府在南京举行了隆重的“还都大典”。当天上午 9 点整，蒋介石率 5000 多名军政官员到中山陵献花、默哀，进行祭奠；上午 10 点 30 分，在国民大会堂举行了“首都各界庆祝还都大会”。

与此同时，蒋介石再一次开始了与共产党的内战。

从蒋介石自身说起，对于打内战他已经不是第一次了，在国内出现一个不听从中央政府的武装力量是一定要镇压并消灭掉的，这是符合历史发展趋势有利于国家统一的。

从国民政府内部说，国民政府实际上是由多支军阀力量组成的，各个军阀之间都是有矛盾的，要方便管理就必须转移他们的矛盾，让他们认识到他们有一个共同的敌人，这样才能让他们暂时“团结”在一起。

从阶级立场来说，蒋介石之所以要消灭共产主义而不是像以往对其他军阀那样选择招抚，究其根本原因就在于他们两党代表着的是不同的阶级，他们的关系是剥削与被剥削、镇压与反抗，两个阶级的矛盾是不可调和的，这场战争是必须要打的，是决定两种国家形式的战争。

戴笠死后，郑介民接任军统局局长，毛人凤为副局长。与此同时，在各方强大的舆论压力下，军统局加速走向改组。

1946 年 6 月 15 日，蒋介石就改组事宜指示郑介民“该局撤销后，可以情报厅保密局名义组织核心机构，该核心机构今后之中心工作为对共产党之情报与斗争”。从蒋的指示中不难看出，所谓的军统局“撤销”并不是真正取消，而是改头换面成“保密局”，继续为国民党政府从事特务活动，“撤销”两字只不过是为了应付外界压力而玩弄的文字游戏。

9 月 20 日，军统局连续 3 天在《中央日报》等各大报纸头版刊登醒目启事，略谓“本局业已奉令撤销，今后如有不法之徒，假借本局名义，在外招摇撞骗、敲诈勒索情事发生，应请当地军宪警机关随时查扣法办”云云，对于报端出现的“奉令撤销”一词，连一些军统领导也不明白是什么意思，军统局东北办事处主任文强在天津《大公报》上看到这则广告后，急电本部询问是改组还是撤销。他说此前局本部行文都用“改组”一词，不曾提到“撤销”。局本部回复他“保持今后工作秘密”，对内称“改组”，对外称“随军委会撤销”。关于这一点，中共方面倒是看得很清楚，《新华日报》于 9 月 25 日指出，军统局所谓“撤销”，只是将所属特务分送各机关，使之合法化的烟幕弹而已。

军统局正式改组为国防部保密局，仍以郑介民为局长，毛人凤为副局长。至 1947 年 12 月，郑介民调任国防部次长，由毛人凤升任局长。和军统局相比，保密局人员大幅缩减，其核定编制仅有 6021 人。

保密局的内勤组织沿用军统局的处、科、股三级体制，但变动较小，设局长办公室和 7 个处。外勤组织也沿用军统局时期的区、站、组体制，而以中共“活动地区为布置之重点”。

保密局时期控制的公开单位无论在数量上还是程度上都不如军统局时期。戴笠在世时，凡是军统局掌握的公开单位，几乎全由军统局统一安排人事，主管人员不能擅自任用人。戴笠死后，情况马上变了，一些公开单位负责人对局本部命令阳奉阴违，出缺不上报而自己找人，对派去的人不是说没有缺额安插，就是推说资历不合而拒绝任用。

保密局成立后，原先由军统局负责的军事情报、国际情报、电讯监察等业务全部移交国防部二厅、内政部警察总署等公开单位接办，保密局的工作紧缩成专门从事反共特务活动。保密局成立之初，蒋介石曾对该局处长一级人员训话，要求大家继承戴笠遗志，在郑介民和毛人凤领导下，"再接再厉地发扬过去的成绩，保持过去的荣誉"，并说明"今后的主要敌人是共产党，这比过去同日本人与汉奸做斗争要困难得多"。之后，保密局秉持蒋介石的意旨，竭力反共，先后破获了北平地下电台以及中共重庆市委等重大案件。

1948 年，随着国民党军队败绩频传，保密局不得不承认，已经到了必须把握现实，积极作应变准备的时候。所谓应变准备：首先每一地区均力求于"共匪"未到之先，加强工作，协助军事当局，维持至最后阶段；其次，预建潜伏组织，以便于该地陷"匪"后，接替工作；最后，为加速"共匪"之崩溃，策应国军之反攻，在敌后组织游击武力，建立游击基地。然而，还没等保密局准备就绪，战场形势已经发生剧变。自济南解放至 1949 年 1 月三大战役结束，保密局在长春、沈阳、热河、太原、济南、青岛、北平、保定、唐山、徐州各站全因情势突变而撤销，至于察哈尔、天津等地虽然保留了一些潜伏组织，但因战局变化太急，以至多数工作干部及电台未及撤出，对潜伏工作有殊多影响。

1949 年 1 月，淮海战役结束后，国民党败局已定，蒋介石被迫下野，由副总统李宗仁代行总统职权。李宗仁上台后，立即与中共展开和谈，希望由此达成"划江而治"的目的，于是声称停止特务活动，将保密局缩编成一个从局长到司机一共才 75 人的小单位，编余人员一律遣散。保密局迫于形势，乃一分为二，编制内的几十人由副局长徐志道率领留在南京，组成一个空架子应付李宗仁；其余绝大部分人员则由局长毛人凤率领，在上海建立指挥中心，转入地下活动。

4 月 20 日，和谈破裂，解放军发起渡江战役。此后，随着解放军顺利进军，保密局南京、上海、苏南、苏北、浙江、安徽等站纷纷瓦解。安徽站向赣东撤退时，与解放军遭遇，全部覆没；浙江站向闽北撤退时，也被解放军消灭。此时保密局作为特务机关，竟然无法掌握解放军的基本动向，以至于各地组织和国民党军队一样，被解放军打得措手不及。

自 5 月至 10 月，武汉、西安、广州等地相继解放，保密局西北区及兰州、西安、新疆、湖北、广州各站均撤销，湖南站站长黄康永起义，北方区及绥远、宁夏、青海各站失联，陕北站被解放军歼灭。

1949 年 5 月，在保密局各地组织崩溃前夕，毛人凤遵照蒋介石的指示，在上海、重庆等地大批处决在押的共产党员，同时逮捕或暗杀有“投共嫌疑”的国民党人士。

此时，已经升任保密局上海站行动组组长兼情报组组长的小扣子，成了李崇诗的不二干将。他向李崇诗表达了对许家铭投共的嫌疑，并且越级向王主任、毛人凤局长做了汇报。尽管李崇诗对小扣子越过自己直接与重庆联系有看法，但是针对许家铭，小扣子接下来要采取的措施，他还是默认的。

第五章

五十八

1949年5月16日，一大早，许家铭整理好行李箱，准备去一趟南京。就在许家铭拉窗帘的时候，他看到楼下有许多生面孔，有的靠在电线杆旁看报纸，有的在吃大饼，有的在与黄包车夫攀谈。这些场景对于许家铭来说太熟悉不过了，他知道，小扣子来了。

许家铭不慌不忙，把平时的配枪压满子弹，还把那把长时间没有用的M1935勃朗宁自动手枪弹匣压满13发子弹，然后塞到腰后。在许家铭想来，小扣子不外乎就是报复自己，监视自己。要说到什么具体的东西，他也说不出子丑寅卯。但是，对于这样的小人，许家铭还是多防备了一手。

一会儿，一楼有人敲门，许家铭把行李箱放好，慢腾腾地下楼打开门。

“小扣子，这大清早的，有什么事吗？在我家周围布置了那么多兄弟，谁给你这么大的权力?！我犯什么错误了？就是有错误也轮不到你这个小瘪三来上我家的门!”许家铭义正词严。

小扣子也一改以往的态度:“许家铭，我小扣子没有上峰的命令也不敢登你的门，既然来了，今天你就走不掉了。”说着，小扣子拔出手枪，指在许家铭的头上:“许家铭，今天就让你死个明白吧。因为你通共，南京电令，对你执行枪决!”随后，小扣子把南京电讯稿递了过去。

许家铭接过电讯稿,看也没看,随手撕毁。他冷冷地说道:“我这一生最后悔的事就是没有加入中国共产党!”

就在小扣子准备扣动扳机的时候,电讯组的电译员小丽走了进来:“南京急电,许家铭只可送南京接受审查,任何人不得对其拘禁……”

小扣子把枪指向小丽:“在这最后关头,你跳出来了。好,一块见曾经的戴老板吧。”

小丽说:“我接到电文后,向李崇诗汇报了,李站长派我持电文火速赶来的。”

小扣子接过小丽手中的电文,把它撕得粉碎。

“谁的电文也没有用了,我压根就没有看到什么电文。我只受南京的指示,就地正法通共分子许家铭!”说着,小扣子快速移动手枪方向,向许家铭扣动了扳机。

身经百战的许家铭还没等小扣子枪响,他先一秒抽出了手枪。接着,小扣子与许家铭都在短时间内躲过了对方的子弹。这时,外面的特务蜂拥而至,许家铭掏出那把勃朗宁,左右手射击。

此时,小扣子拿出吃饭家伙弹弓,示意兄弟们放下枪。

小扣子说:“许家铭,你知道在 7 米之内,是你的手枪快呢,还是我的弹弓快?”

就在小扣子的弹弓拉环胀满的一瞬间,小丽扑到许家铭胸前,挡住了小扣子的射击。小丽的左胸被小扣子的扣子狠狠击中,小丽顿时鲜血如注般向外喷溅。

原来,小丽就是潜伏在军统上海站的一名中共地下党党员。

在曹曼筠需要“物资出库单”的时候,她及时地出现在许家铭办公室,把许家铭引开;在今天早上小扣子带领兄弟们离开保密局的时候,她在废纸篓里发现了一份南京来的加急电报,其内容是否定之前的那份要处决许家铭的电报。小丽感到事态重大,她绕过李崇诗,拿着电报直奔与上线联系的联络地点,然后又快速赶到许家铭住处。

许家铭撕开衣服,用布条迅速堵住小丽的出血口,把她轻轻放在一边。然后,许家铭一个鱼跃翻身到沙发后面取出备用的德国伯克门式9mm冲锋枪。就在这关键时刻,接到小丽情报的上海地下党组织派胡伟带领一个小分队赶到,他们从特务的身后一阵猛射。乱战中,许家铭被小扣子连中两枪,倒在地上。小扣子看双方力量悬殊,指挥兄弟们迅速撤退。胡伟当即命令队员不要追击,眼下抢救许家铭、小丽是当务之急。

胡伟把许家铭慢慢扶起来,此时,鲜血从许家铭的嘴里不时地往外溢出,他一句话也说不出来。

小丽的伤口因为被布条紧紧堵住,生命暂时没有危险。

许家铭用手指指小丽,胡伟把小丽扶到许家铭跟前,许家铭有气无力地用手指敲击大腿,小丽一边流泪一边点头。5分钟后,许家铭停止了敲击,他发完了生命中最后一次摩斯密码。

几分钟后,许家铭永远离开了这个世界。

不一会儿,小丽也昏了过去。胡伟等人迅速把小丽送到医院,3个多小时后,小扣子射在小丽胸腔里的那粒扣子被医生取了出来,小丽渐渐清醒了过来。

小丽告诉胡伟,许家铭在生命的最后一刻发出的是摩斯密码,其内容为:"我许家铭身为军人,没有倒在日本侵略者的枪下,而是倒在了自己人的枪下,死不瞑目。我对国民党早已失去了信心,但我从曹曼筠那里渐渐知道了共产党,同时我明白了只有共产党才能救中国。我本想近期告诉曹曼筠,我想加入中国共产党,可是我没有这个福分了。但是,我要给共产党奉上一个大礼。如果能追认我为中国共产党党员,我定会含笑九泉之下。此生遗憾的是,我没能和曼筠携手走进婚姻殿堂……"

小丽接着说:"许家铭说的大礼,就是当年他藏在雄村的慈光庵二楼阁楼一个夹缝里的46名赴重庆训练班深造的特务名单及化名。"

如此重要的情报,立即被汇报到龙珊那里。接下来,龙珊召集上海地下党的中层以及部分骨干党员开了一次会。

龙珊说:“许家铭作为一名国民党党员,他以实际行动表达了对中国共产党的向往与忠诚,他在生命的最后时刻给我们发出的这份情报,这不单是一份大礼,还是一份用生命写就的入党申请书。说到这里,我们应该表扬曹曼筠同志,是她的努力换来了许家铭的觉悟,是她的循循善诱使许家铭的航船纠正到了与我们一致的方向。在这里,我也可以公开地告诉大家,许家铭与曹曼筠是一对情侣,她们的情感建立在共同的目标追求上。今天,许家铭离开了我们,我们在这里缅怀他,是为了我们更好地前进。同时,我们上海地下党组织经上级指示,追认许家铭同志为中国共产党党员。”

随后,曹曼筠在许家铭的党员档案记录“介绍人”一栏里签上了自己的名字。

接着,大家在许家铭的画像前三鞠躬。

龙珊继续说道:“小丽用生命保护许家铭,这种不怕牺牲的精神值得每个共产党员学习,我们也向上级做了汇报,在适当的时候给予表彰。因为突发事件,小丽的身份已完全暴露,为了保障小丽的安全,我会对她接下来的工作作合理安排。因为工作需要,曹曼筠同志继续潜伏于军统保密局。这样的决定,我们有充分的权衡与考量。目前,李崇诗也好,毛人凤也好,对曹曼筠没有半点嫌疑。这一方面是曹曼筠同志没有留下任何把柄,二是曹曼筠父亲与国民党官员的关系在那儿,再就是她父亲与杜月笙的关系,国民党高层都知道。即便那个小混混小扣子怀疑,他也只是怀疑罢了,他目前还没有胆量动曹曼筠。所以,曹曼筠继续潜伏是安全的。”

至于取回雄村慈光庵二楼阁楼里的名单,龙珊指示这项重大任务由胡伟负责,抽调精兵强将,尽快完成任务。

会上,胡伟提出,为了确保任务完成,他想邀警察局的胡兆宝参加,一是胡兆宝对雄村熟悉,二是胡兆宝手下有几个兄弟不论是枪法还是擒拿格斗都是一流的。

有人提出:“我们能调动国民党的警察局吗?”

有人接着说:“胡伟原来就是胡兆宝的头,胡兆宝手下的人大部分都是胡伟训练出来的。走个人情感路线,胡兆宝应该是支持胡伟的。”

大家你一言我一语,龙珊最后说道:“雄村任务交给胡伟全权负责,抽调谁,邀请谁,人员数量,武器配备,全由胡伟说了算。”

随后,龙珊作了即兴演讲,她告诉大家:“中华民族的历史源远流长,涌现了无数英雄人物。这些猛士保家卫国,横扫天下,经常说出令人振聋发聩之豪言壮语,提振了当时的民心士气,也表明了他们的志向,至今回味依然震撼。

“‘犯强汉者,虽远必诛!’这是驻扎于西域的汉朝将官陈汤所说。当时,匈奴郅支单于背叛汉朝,杀害汉朝使节谷吉,在中亚称王称霸。陈汤说服了主将甘延寿,伪造圣旨集结多个属国的士兵,聚集数万人,攻打郅支单于盘踞的城池。在攻陷城池后,将郅支单于杀死,并送回长安,悬挂于汉宫之北阙。在给汉元帝的述职报告中,陈汤写下了‘犯强汉者,虽远必诛!’这样一句令人振聋发聩之语,试问如果没有大胸怀、大气魄,如何能说出这种气吞山河之语?如今,这句豪言壮语仍有现实意义。当祖国、人民受到外人欺侮时,我们就要有这种‘虽远必诛’的精神。在坚苦卓绝的抗日战争中,我们赢得了世界的尊重。

“从军事成就来说,陈胜恐怕不算什么名将,但他的一句‘王侯将相宁有种乎’的豪言却激励了中国2000多年。大泽乡,下着暴雨,原本为一介农夫的陈胜却向900戍卒大吼‘王侯将相宁有种乎’。从此,中国人不再相信有什么人是天生高贵的,只要有能力,就可以做上位者,什么贵族、什么公卿、什么皇帝,在能力面前都是狗屁。从此以后,中国进入了平民社会,涌现出无数平民英雄。

“2000多年前,不可一世的秦始皇出门东巡,一路上车马隆隆,钟鼓震天,战旗猎猎。很显然,这位征服者是在炫耀自己的武力,浑浑噩噩的黔首们纷纷跪倒在秦始皇的车驾面前,为大秦帝国的威势所慑服。然而在人群中却有两人,对秦始皇有不同的看法。沛县的刘邦感叹道‘大丈夫当如是也’,而项羽也说‘大丈夫当如是也’。英雄就是英雄,项羽、刘邦,楚汉争霸的两位争雄者,竟说出同样的话语。几年后，两人都实现了自己的梦想，项羽成为雄霸天下的西楚霸王，而刘邦却龙飞九五，建立了强大的大汉帝国。

“大汉帝国将星云集，但最亮的一颗就要数横扫匈奴的霍去病。霍去病18岁从军，屡出朔方，横行于苍茫大漠，贤王授首，单于远遁，斩下匈奴首级11万级，捕获国王、王子、当户更是不计其数，其战绩超过了汉朝其他将领的总和。有如此巨功，霍去病年纪轻轻就官拜大司马骠骑将军，被封为冠军侯可谓权倾天下。汉武帝为了奖赏他，想为他成家，建立豪华的住宅。然而霍去病却说‘匈奴未灭，何以家为’，好一句大气磅礴的壮志豪言！就因为这一句话，2000年来，无数青年豪俊为国投身于战场，即使奉献此生也毫不后悔；

“祖逖，晋朝的汉家豪杰。西晋灭亡后，王气南移，随之建立的东晋偏安一隅，整天沉浸于内斗。反观北方，五胡横行，民众陷于水火，华夏沉沦于犬羊。然而英雄祖逖却站了出来，他组织乡党数千人，义无反顾地向北前行，立志北伐，拯救苍生。在江中，祖逖中流击楫，发誓‘若不能清中原而复济者，有如大江’。此后，祖逖将自己的一生都献给了北方汉族的解放事业，凭借其纵横捭阖之能，收复了河南，真乃我汉家的好男儿。

“古诗有云，‘伏波惟愿裹尸还，定远何须生入关；莫遣只轮归海窟，仍留一箭射天山。’马援，东汉大将，官拜伏波将军，他是千古中国军人的楷模。他一生南征北战，从来不求回报，只求国家安康。曾有人劝他，你老了，该到含饴弄孙的时候了。但是马援壮言：男儿要当死于边野，以马革裹尸还葬耳。他平定交趾、乌桓、西羌等民族的叛乱，最终因年老死于前线，实现了他马革裹尸的梦想。对于一个军人来说，最好的归宿就是死于战场，就是死于战争中最后一颗子弹。马伏波，真乃我大汉民族优秀的军人之一。”

接着，龙珊又讲了朱元璋的“驱逐鞑虏，恢复中华”，戚继光的“封侯非我意，但愿海波平”，邓世昌的“吾辈从军卫国，早置生死于度外，今日之事，有死而已！”等中国十大名将的十大豪言壮语，句句震撼人心。

胡伟深领其义，他走到龙珊面前，一字一句地说：“我胡伟虽无这些英雄令人振聋发聩之豪言壮语，但我有一颗对党对人民的真诚之心，我有敢于胜利的精神，我更有一副不怕牺牲的身躯。请组织放心，此去雄村虽然危险多多，但胡伟一定完成党组织交给我的任务！”

散会后，龙珊走到曹曼筠面前，一把把曹曼筠搂在怀里。一直憋着眼泪的曹曼筠顿时泪如泉涌，她靠在龙珊的胸前放声大哭。

龙珊说道：“大家都不要放弃希望，希望使人正视困难与失败。困难与失败并不可怕，可怕的是一个人失去希望，失去与之斗争的勇气。屈原爱国，上下而求索；一旦楚国灭亡，他失去了希望，便只剩下跳入汨罗江这条绝望之路了。不要放弃希望，希望使人憧憬美好的未来。有了希望，才会产生对未来的向往，才会产生对美好生活的追求。德国诗人海涅在一首诗中动情地写道：‘严冬劫掠去的一切，新春会给你还来。不要放弃希望，希望使人增添前进的动力。’古今中外，有多少仁人志士，为了实现自己的理想而不懈地奋斗。”

龙珊就像母亲那样，拍着曼筠的肩，说道：“曼筠，我知道你，你有太多的苦楚，你失去了晓茹，失去了许家铭，失去了同志、亲人。你就痛痛快快哭一场吧。”

这个初夏演绎着悲欢离合。

就在那一瞬间，曹曼筠仿佛听见了全世界崩溃的声音。

五十九

进入1949年春季，国民党的反共内战遭到了惨重失败。以李宗仁为首的桂系早就等待着这个机会，把自己保存下来的部队向南京移动，以武力抢夺总统宝位，上演了第3次“逼宫”的一幕。蒋介石于无可奈何之际，被迫第3次宣布下野，李宗仁当上了南京政府的代总统。

作为国民党内最大的地方势力，桂系一直是蒋介石所要打击和排挤的对象。这就注定了军统中统在历史上便与桂系仇隙颇深。在国民党内历次斗争中,桂系也一贯把蒋介石的特务系统当作攻击的对象。军统改组为保密局后,毛人凤出任局长,为改变戴笠时期树敌过多的路线,他曾一度有意与桂系三巨头李宗仁、白崇禧、黄绍竑缓和关系,但桂系并不领情,所以保密局与桂系的关系仍处于紧张状态。桂系掌握大权后,毛人凤忧心保密局的日子以后不会好过。而让他更为担心的是,不久前由保密局策划的暗杀李宗仁的阴谋曝了光,恐怕他的性命也难以保住。

在奉化溪口,蒋介石指示毛人凤辞去保密局局长的职务,让李宗仁接管保密局,以同桂系交好的副局长徐志道去同李宗仁、白崇禧打交道,但组织不能丢。他要毛人凤亲自去上海布置,给李宗仁、白崇禧"留个门面"。

在正式宣布辞职之前,毛人凤首先通过亲信对保密局各地方组织发布命令,在任何情况下,保密局人员只能服从他的命令。接着,他召来了副局长徐志道和福建站站长林超,向他们通告自己准备辞职的消息,并决定由他们分别接任正副局长。他交给徐志道一份事先准备好的名单,说明是保密局应李宗仁提出的局本部南迁广州的要求赴广州的人员名册。

在保密局的大特务中,徐志道声名不彰,这和他是半路出家有关。早年徐志道从黄埔毕业后,在加入军统工作前做了很长时间的宪兵,对宪兵工作深有研究,还专门到日本考察过宪兵工作,1936 年还出过一本专著《宪警常识》。大体说来,宪兵与特务的工作有很多共通之处,以至于中华人民共和国成立后在确定"历史反革命"时曾定了一个标准,即"军警宪特"中的军人是排长以上、警察是警长以上,而宪兵与特务不分级别都直接列入,由此也可见一斑。徐志道在军统中没干过什么核心的工作,用沈醉形容毛人凤的"外勤没做过站长,内勤没做过处长"来给他作比也很贴切,他在军统中始终在做特务武装的工作,抗战时担任军委会别动军的总指挥,抗战后做交警总局的副总局长,之后转任保密局副局长,这样的资历在以特务工作为核心的保密局中确实是难以服众的。但他这样一个基本上是纯粹军人的公开身份却也有一个好处,就是在李宗仁代理"总统"、高喊和平的特殊时期,可以借来混淆视听,加上他在抗战期间曾挂名在李宗仁部下工作，算是李代总统比较熟悉的军统干部，又有保密局副局长的实任职务，种种机缘加在一起，保密局局长的位置不安排给他都说不过去了，于是乎他就从前任局长毛人凤手中接印视事了。

徐志道突遭升迁，正在琢磨其中的内涵，看了这份名单后便恍然大悟，原来，那份名单上所列的92个人员，全是局内的一般文职人员，并无一个外勤人员和组织，是用来装点门面糊弄李宗仁的，这说明一切仍在毛人凤的控制之中。

设置好假保密局的伪装，毛人凤又着手处理真保密局的善后工作。他首先命令亲信、局长办公室王主任将重要档案和文件封存好，派专人送往台湾。同时，着手将保密局本部大部分人员及机构分批由南京撤往上海，并在上海成立一个办事处，以此名义继续指挥各地保密局外勤组织的活动。上海办事处实际上成为真正的保密局指挥中枢。等到上海办事处布置完成，毛人凤才正式向李宗仁辞职，并由徐志道接任局长。

为防止李宗仁追查保密局档案资料的下落，毛人凤又一手策划了焚烧南京洪公祠1号局本部大楼的计划，这座抗战胜利后新建的保密局大楼便在一场烈火中化为灰烬，同时保密局所有的档案就此“失踪”。辞职后毛人凤便赶赴上海，为了避人耳目，他把手下原来的八大处机构全部降格为组。

毛氏保密局和徐氏保密局，一真一假，本来是蒋介石要的一个手段，孰料却由此引发了一场真假保密局大战。

此时，虽然徐志道的保密局只是个空架子，不执行任何秘密任务，但由于它是正宗的，同国民党国防部的日常交道和领取经费等工作，都由其负责，故有财权和方便的活动余地。在开始阶段，徐志道不得不听命于毛人凤，将所领到的经费全部汇到上海办事处，供毛人凤使用。可当徐氏保密局随国防部南下广州后，他便凭借手中掌握的保密局印信，领取经费后不再交给毛人凤，而是自己截留下来，用于成立自己的外勤组织，同毛氏保密局相抗衡。

徐志道连保密局的家底都不清楚，核心业务他根本插不进去手，毛人凤离任时，只给他留了几十个人的内勤小班子，所有外勤单位和情报业务一律带走，徐志道手里空握一颗保密局的官防，却调动不了保密局的人马。论钱，徐志道还真得感谢毛人凤留给他的大印，凭着这颗印，徐记保密局就可以名正言顺地领用经费，这一下徐志道倒是占了个先，而把毛人凤和保密局一干人甩在了一边。结果，追随毛人凤的"地下保密局"就只能苦挨了。这段地下化期间，政府根本没有编列预算，因此，从2 月至8 月整整半年期间，毛人凤手下3000 多人没有薪水，每个月仅由会计室依同僚的家眷数分发适量的白米及少量的黄豆，每日三餐，就这样白米饭配腌黄豆过下来了。徐志道手中的一颗大印把一批"忠诚同志"逼得只能过"白米饭配腌黄豆"的日子，这种苦日子和大家印象中的特务们大鱼大肉的生活相去甚远。

徐志道计划首先派人前往广西十万大山一带，收编那里的地方土匪武装，作为自己的外勤人员，然后分派到各地。同时，又以广州为中心，向其他地方派出人员，组建自己的情报小组，作为情报搜集来源。徐志道假戏真做，准备大干一番事业了。

为了维持上海办事处的运作，毛人凤决定依靠自身力量筹措经费。他指示手下干将组织套汇走私机关，从事黑市交易赚钱自用。与此同时，他又主动派人去徐志道处说和，试图说服徐志道回头。

1949 年3 月，毛人凤的亲信、重庆兵工署稽查处处长廖宗泽赶到广州。廖宗泽同徐志道颇有私交，此行是奉毛人凤之命前来做说客。徐志道对此开始犹豫。考虑到不可能一下子达成目的，也想给自己留条后路。但他又不想向毛人凤全面让步，故最后勉强同意，将他所领经费交给毛人凤小半部分，自己截留大半。毛人凤同徐志道的这场争斗，最终以徐志道的妥协而告结束。

有了经费，毛人凤开始了追杀共产党的一整套计划。

1949 年5 月11 日，毛人凤得到了可靠消息：共产党近日要去安徽徽州的雄村取当年许家铭留在那里的特务化名。

毛人凤决定，由小扣子率一支队伍赶到雄村，消灭共党，销毁名单。

毛人凤拍拍小扣子的肩膀："年轻人，有没有信心啊？"

小扣子“啪”地敬了一个军礼:“保证完成毛局长交付的任务!”

毛人凤摆摆手,微笑地说:“不对,不对,应该是蒋委员长交付的任务。”

小扣子又是一个军礼:“保证完成蒋委员长交付的任务,请毛局长放心。”

毛人凤接着告诉小扣子:“小扣子啊,虽然你在上海站工作,可南京的头头脑脑对你十分熟悉啊,那些党国要员对你小扣子评价高得很啦。撤退台湾,像你这种级别的人根本就不在考虑范围内,但我还是跟老头子提到了你。老头子说,像你这样的党国精英一定要带到台湾,日后委以重任。”

听了毛人凤这番话,小扣子感激涕零,他“啪”地又是一个军礼:“此生只为毛局长而活,愿为毛局长肝脑涂地!”

六十

思念一个人的滋味,就像是喝了一杯冰冷的水,然后一滴一滴凝成热泪。

夜深人静,一丝微弱的光线从窗口透进室内,在地上洒上了几许清辉。曹曼筠仿佛看到许家铭从江南烟雨中缓缓走来,游走于万丈红尘。

夜色还没褪尽,曹曼筠仍挣扎在梦里。就算再明媚的明天也会有像她一般孤独的人,离别与重逢,是人生不停上演的戏。一个人,一场梦,一座空城,一生心疼。曹曼筠已习惯独自在夜深人静里回忆过去,每一段记忆都有一个密码,只要时间、地点、人物组合正确,无论尘封多久,那人那景都将在遗忘中重新拾起,细细回味,很多事物都沾染上了时光的味道。静静的,旧旧的。

有时候曹曼筠也曾自我抚慰地想:也许这是属于我一个人的世界,我该是一个超越凡尘、摆脱世俗的精灵。然而,每当无眠的长夜来临,心绪被烦恼所困时,她只能凄婉地苦笑着,一种发自内心的卑微和怜悯油然而生。

总有一个人,一直住在心里,却告别在生活里,忘不掉的是回忆,继续的是生活。

曹曼筠沉浸在对许家铭的怀念中,她哪里知道,远在千里之外的雄村已乌云密布……

1949年5月13日,小扣子带着20多个兄弟到达雄村。

自从1946年下半年培训班撤出之后,雄村冷清了许多。即便偶尔有人来雄村想看看培训班旧址,都被一条“任何人不得进入,否则军法处置!”的条幅挡住了脚步。多数人只得从四周张望几眼,有少数胆大的人不顾禁令涉足场地,也看不出所以然来。所以说,雄村在被人渐渐忘记。

小扣子来到雄村,他熟悉这里的大部分地方。在靶场,他想起了救下胡兆宝的场景;在6号营房,他想起了许家铭叫他送给曹曼筠的那封信;在竹山书院2号,他想起了戴笠与胡蝶曾经在这里翻云覆雨;在4号卧室,他想起了胡兆宝为西樵画裸体画的场景;在慈光庵,他想起了电讯组的姐妹们在那里苦苦训练指法,破解密码。

对于慈光庵,小扣子既陌生又向往。那时不是本专业的学员们不得串门,尤其是电讯组的大门口还有士兵站岗,这对于那些想和女学员接触的小伙子来说,无疑是添了一堵墙。小扣子心仪电讯组的一位女学员,他想接触她,靠近她,往往只能晚餐前在慈光庵的门前等候。即便是等到她出来了,小扣子也紧张得说不出一句完整的话。

今天,小扣子大摇大摆地进到慈光庵,仔细看这个四合院。

在一楼,小扣子用手摸摸满是灰尘的课桌,擦干净凳子,他点上一支烟,坐了下来,他想体验一下当年女学员们上课时的感觉。一会儿,他又起身在教室里走了两个来回,不时地用手敲击课桌。

上了二楼,他东瞅瞅西瞅瞅,在回廊上转了一圈。忽然,一只大花猫从阁楼里蹿了出来,小扣子吓得一身冷汗。他刚举起弹弓,身后的兄弟制止了他,那人告诉小扣子,这只猫或许不是猫,是仙。小扣子这才收起了弹弓。这一刻,小扣子感到慈光庵阴森森的。

他招手示意了一下大家:“下去吧。”

走出慈光庵,小扣子想到了曹正泰。

应该说，毛人凤也好，王主任也好，李崇诗也好，压根就没有把曹正泰放在眼里。他们认为，曹正泰只不过是一个茶商，一个巴结权贵的投机者。他还不具备杜月笙、黄金荣的实力，更谈不上在老蒋那里能左右某个人的仕途。至于曹正泰与上海滩大亨的关系，与重庆的关系，说白了就是生意上的需要，或者是保全自己的一种手段。所以，这次小扣子回雄村，他们谁也没有提起曹正泰。

尽管毛人凤、王主任、李崇诗没有提到曹正泰，小扣子还是想到了曹正泰。他把怀疑曹曼筠是共产党与许家铭、曹正泰挂起了钩。这种想法一旦闪现，他越来越觉得曹正泰有问题。于是，他的头脑在迅速转动，胡伟便出现在了眼前。小扣子深知曹正泰与胡伟的关系，现在胡伟是共产党已无须怀疑了，曹曼筠也值得怀疑，那曹正泰会不会也是共产党呢?

站在渐江岸边，小扣子一边抽烟一边眺望远方。此时，一个大胆的想法浮现在他的眼前:为何不在胡伟没有到达雄村之前把曹正泰干掉。

小扣子猛地把香烟扔在地上，用脚狠狠地踩了踩。

曹正泰，这位历经风雨的老人，他深深懂得在波澜起伏的当今如何洁身自好，他更懂得在这特殊的历史时期如何彰显正义，使人生更有意义。他结交杜月笙，那是生意场上的需要;他攀附戴笠，那是为了生意做大做强;他暗中帮助共产党，数次前往上海、杭州为共产党运回物资，那是他的政治信仰。他洞察世事，明察秋毫，深知只有共产党才能救中国。正因为如此，当他知道二女儿汪晓茹也投身共产党，并为中国革命解放事业献出生命的时候，他没有一句怨言，任老泪纵横。

五指山巍峨，渐江水长流。

多年未见曹曼筠了，作为父亲，曹正泰知道曼筠在军统上海站任职，他更知道女儿是一名中国共产党党员。无数次，他在心里默默祈祷女儿平安。无数次，他来到夫人的坟前，叩求夫人保佑曼筠。

今天，曹正泰站在阁楼上俯视雄村大地，心中感慨万千。

不远处，一队人马朝茶庄方向走来。渐渐地，曹正泰看到了走在最前面的那人是小扣子。训练班已经停办3年了,如果是恢复,也轮不到他小扣子来打前站啊?雄村留下了军统的重要东西,现在小扣子来取?那也不对,军统绝不会把重要的东西放在雄村。如是,怎么没有留人把守呢?那么,小扣子是来看望自己?曹正泰也觉得不像,他摇摇头,迅速走下阁楼。

“伙计们,你们赶紧停下手中的活,迅速进入暗道。没有我的命令,谁也不要出来!”正在干活的伙计们一头雾水,他们只得听从曹老板的吩咐跑进暗道。

曹正泰走到卧室,从衣柜里拿出了那把戴笠送给他的驳壳枪。曹正泰估计,这会小扣子也快到门口了,他端了把靠椅放在大门口,然后坐下。

“曹老爷,好久不见,还认识我小扣子吗?”小扣子说话有几分轻佻。

“认识,认识,上海站的干将,我女儿的同事,我还能不认识?”曹正泰微笑回答,没有起身。

小扣子接着说道:“曹老爷,你知道曹曼筠通共吗?”

“我女儿怎么会通共?如果是通共,你们不早把她抓起来了?”曹正泰根本没有把小扣子放在眼里,他既没有让座、沏茶,也没有迎客进屋。

这时小扣子走近曹正泰身边,拍拍曹正泰肩膀:“还是老实交代吧,既然我小扣子不远千里从上海赶来,你一两句搪塞的话就能敷衍过去吗?”

曹正泰把小扣子的手拿开,小扣子感觉到了曹正泰手腕的力量,他拔出手枪,指着曹正泰的头。

“胡伟,你的干儿子,不能说你不认识吧。他如今是共产党的骨干分子了,前前后后杀了我几十个兄弟,这笔账有一半要记在你曹正泰头上!”

“你这上海滩的小混混,劣迹斑斑,兄弟反目,屠杀同胞,你有什么资格与我说话!”曹正泰站了起来,拔出驳壳枪。

“小扣子,估计你也玩到头了,今天想走出雄村,你得从我身上踏过去!”

恼羞成怒的小扣子反手就是一枪击中曹正泰脑门,曹正泰顿时倒下。

躲在暗道里不知所以的伙计们听到枪响,他们不顾一切冲出暗道,纷纷拿起木棍、铁锹跑到大门外。小扣子一个手势,一阵雨淋般的子弹射向曹正泰茶庄的工人们。

紧接着,小扣子放火点燃了茶庄。

火光冲天,烟气蒸腾。曹正泰毕生经营的茶庄被小扣子的一根火柴化为乌有。

六十一

1949 年 5 月 14 日下午,胡伟到了雄村。

顾不上旅途劳累,胡伟带着同志们急匆匆来到慈光庵,在慈光庵二楼的一个夹缝里胡伟找到了那个包裹很严的信封,他打开一看,果然是一组名单,每个人名的后面备注了化名。在许家铭的名字后面,胡伟清晰地看到“许从静”3 个字,他顿时泪湿眼眶。

就在胡伟等人走出慈光庵的时候,小扣子双手持枪,20 多人把胡伟他们团团围住。

胡伟他们 6 人,小扣子手下 20 多人,敌众我寡,胡伟心想今天是难以走出雄村了。万一真的走不出,那这份名单怎么办？此时,已容不得胡伟多想了。

小扣子一阵狂笑后,大声说道:“胡伟,我的兄弟,想不到吧,你我在这里相遇,那就在这里作个了结吧。”

“你不配‘兄弟’二字！如果今天你能网开一面,我保证你日后会得到从宽处理。如果你坚持一条黑路走到底,那么,雄村就是你的人生终点!”

这时,小扣子一挥手,特务们蜂拥而上。

一阵激烈的枪战之后,胡伟带的 5 个同志全部牺牲。小扣子这边也就剩下 3 人。三对一,身负重伤的胡伟并没有绝望,他慢慢从地上爬了起来,小扣子上去一脚把他踢趴下,如此几次。

小扣子掏出弹弓,后退几步。

“胡伟,你现在可以站起来了,你用你的飞镖。我要看看,是你的飞镖快还是我的弹弓快。”说着，小扣子转身就是两枪，他手下的两个兄弟应声倒地。

“到了这个地步，要你们也没多大用处了。”

小扣子收起枪，举起了弹弓。

就在小扣子弹弓张弦即将发射的一瞬间，一颗子弹击中小扣子拉弦的右手手腕。

原来，胡兆宝带人赶到了。

胡兆宝看到小扣子掏出弹弓，他在小扣子的左前方已瞄准了他。

小扣子不顾疼痛，掏出手枪射向胡伟，胡伟就地翻腾，躲过子弹。这时，胡兆宝已走到小扣子面前，向小扣子连击两枪，小扣子重重地倒在地上。

包扎好胡伟，胡兆宝和兄弟们搀着胡伟走出了雄村。

胡伟面带笑容，他告诉兄弟们：“虽然我肢体伤残，但活着就是胜利！”

六十二

山雨欲来风满楼。

1949 年 4 月，中国人民解放军挟渡江之锐势，一举攻克南京。

这时，上海已是人心惶惶。

1949 年 5 月 12 日，解放军第九、十两兵团向上海外围守敌发起进攻，主要箭头指向吴淞，汤恩伯被迫从市区调出 3 个军增援，从而使市区更加空虚。

5 月 23 日晚上，解放军提前发起总攻，为了不打烂城市，进入市区作战时，尽可能不使用重炮轰击。24 日，上海守敌全面退却。

5 月 26 日至 27 日凌晨，第二十军在铁路管理局等地接受国民党守军 1500 人投降。第二十三军在造币厂等地歼灭国民党守军 9400 多人。第二十六军攻占真如车站等地，俘虏和接受投诚国民党军 3.2 万余人，进至江湾以东地区。

5 月 27 日，在第三野战军的强大军事压力和政治攻势下，在上海工人群众的逼迫下，国民党第二百三十师 8000 多人缴械投降。

至此，上海完全解放。从此红旗永远飘扬在上海滩的上空。

其实，早在1949年1月，上海许多进步人士和革命志士就开展了“反对破坏、反对屠杀、反对迁移”的地下工作，从多方面全力声援解放军的战斗。战斗在敌人心脏的100多位中共地下党员倒在了曙光来临前的最后一刻。在这场解放上海的战斗中，许多解放军战士、共产党员、进步人士和革命志士失去了自己年轻的生命。

历史会永远记住他们，曹正泰、许家铭、汪晓茹、方书琴、西樵……

历史会永远记住他们，那些不知姓名的英雄。

英雄，在危难时刻挺身而出，他们默默无闻，却让我们屹立于世界；他们失去生命，却让我们生生不息；他们走进历史，却让我们拥抱未来。